Shelia Fisher

Der andere Kunsthändler

Shelia Fisher ist das Pseudonym der deutschen Autorin Silke Fischer.
Sie wurde 1967 geboren und lebt mit ihrer Familie und Hund am Niederrhein.
Nach abgeschlossenem Wirtschaftsstudium hat sie viele Jahre mit Zahlen jongliert, die sie in der letzten Zeit öfter in Buchstaben umwandelte.

Besuchen Sie die Autorin im Internet:
www.sheliafisher.de

Shelia Fisher

Der andere Kunsthändler

Part I

Deutsche Erstausgabe
1. Auflage, Juni 2017
Copyright (C) 2017 by Shelia Fisher
Cover-Design: Jens Bachmann
Cover-Abbildungen:
redneks Bild#103348373/Fotolia.com
Lektorat: Daniela Humblé, Katja Kühn
Herstellung und Verlag:
BoD – Books on Demand, Norderstedt
ISBN 9 783743 181441

Alle Rechte vorbehalten.
Ein Nachdruck oder eine andere Verwertung ist nur mit
schriftlicher Genehmigung der Autorin möglich.

Die Personen und Handlungen sind frei erfunden.
Jegliche Ähnlichkeiten mit lebenden oder verstorbenen Personen
sind rein zufällig.

for Tiffany and Jens

Chapter 1

Clive

*L*ondon, 23 Uhr

„Mr. Henderson, wir sind da", bemerkt mein Fahrer Anthony.
Erschrocken über diese Tatsache sehe ich auf und mein Blick fällt auf die weiße Eingangstür des vierstöckigen Apartmenthauses. „Das ging aber schnell", sage ich leise, lasse mein Smartphone in der Jackett-Tasche verschwinden und streiche mir vor Nervosität meine dunklen Haarsträhnen aus dem Gesicht. Bevor ich aussteige, versichere ich mich drei Atemzüge lang, ob ein anderes Fahrzeug hinter uns hält.
Alles ruhig.
„Danke Anthony. Schlafen Sie gut!", sage ich.
„Ich soll Sie wirklich nicht in die Notaufnahme bringen, Sir?"
„Nein. Es sieht schlimmer aus, als es ist, danke", wiegle ich ab. „Fahren Sie nach Hause. Es war ein langer Abend."
„Dann wünsche ich Ihnen gute Besserung, Mr. Henderson!"
„Das wird schon wieder", brumme ich, öffne mit einer Portion Vorsicht die Autotür und steige aus der Limousine. Die laue Sommerluft sauge ich für einen Moment lang mit einem tiefen Atemzug auf. Dann bin ich mit zwei großen Schritten am Kofferraum und klopfe darauf, damit Anthony die Entriegelung auslöst. Ich hole eine mittelgroße, schwere Tasche heraus und schließe die Klappe so leise wie möglich. Bevor ich im nächsten Augenblick auf die Eingangstür des weißen Häuserblocks zusteure, gebe ich meiner Hündin Amy mit einem Handzeichen zu verstehen, dass sie mir gefahrlos folgen kann. Auf dem Weg zur Tür wandert mein

Blick erneut in alle vier Himmelsrichtungen.

Der gegenüberliegende Hyde Park ist in der Dunkelheit nur spärlich beleuchtet, ansonsten herrscht auf der vielbefahrenen Straße, die hinein in das Londoner Stadtzentrum führt, nur wenig Verkehr.

Einen weiteren Moment lang warte ich, doch als ich nichts Verdächtiges erkennen kann, drehe ich mich um und drücke die weiße Eingangstür auf. Der Portier hat bereits unsere Ankunft bemerkt.

„Guten Abend, Mr. Henderson", begrüßt er mich vom Tresen aus - freundlich wie immer. Ich lächle ihn verhalten an und nuschle: „Ihnen auch!" Danach senke ich sofort wieder meinen Blick und marschiere, mit Amy als Gefolge, an ihm vorbei in Richtung Fahrstuhl. Er muss mein geschwollenes, rechtes Auge gar nicht erst sehen. Ich weiß, dass er schweigen und es auch nie wagen würde, mich daraufhin anzusprechen, aber ich möchte dennoch um jeden Preis verhindern, dass ich irgendwie zum Gesprächsstoff werde. Das kann ich mir weder in meinem Privat- und schon gar nicht in meinem Geschäftsleben leisten. Es reicht schon, dass ich durch meine gewöhnungsbedürftige Kleiderordnung auffalle, denn zu meinen teuren Anzügen und Hemden trage ich oft diverse Talismane, die ich auch nur selten ablege. Außerdem kennen nur die wenigsten Menschen meine über den gesamten Körper verteilten Tätowierungen.

Das typische Signal für die Ankunft des Fahrstuhls reißt mich aus meinen Gedanken. Sofort steige ich ein und Amy folgt mir nur zögerlich, denn das Fahren mit dem Fahrstuhl ist ihr noch immer suspekt.

Jetzt ist sie schon fast ein Jahr bei mir, doch ihre vielen Narben am Körper sind noch immer gut zu erkennen. Ich habe sie, halb zerfleischt und zum Sterben zurückgelassen, bei einem Treffen mit einem Informanten gefunden. Ich vermute stark, dass sie für sogenannte Hundekämpfe missbraucht wurde. Eine befreundete Tierärztin versorgte sie damals medizinisch und es dauerte wirklich eine lange Zeit, bis sie wieder gesund war.

Bis heute ist sie gegenüber anderen Menschen unwahrscheinlich scheu und zurückhaltend. Männer, die sie nicht kennt, knurrt sie grundsätzlich an, was wohl auf ihre schlechte Haltung zu Beginn ihres Lebens zurückzuführen ist. Auch anderen Hunden, denen sie sicherheitshalber erstmal aus dem Weg geht, vertraut sie nicht - mit einer Ausnahme: Ein schwarzer Labrador-Rüde Namens Lou – der hier mit seiner Besitzerin im Haus wohnt, den liebt sie abgöttisch.

Die Liebe beruht auf Gegenseitigkeit und zu meinem Entsetzen gehört die Besitzerin ebenfalls dazu. Mein Typ Frau ist sie absolut nicht, denn mein Geschmack hat sich auf groß, blond und schlank eingependelt. Diese Frau ist eher klein, zierlich, hat dunkle Locken und trägt – egal, wann ich sie treffe - eine Sonnenbrille. Selbst im Fahrstuhl. Jedes Mal schüttle ich unbemerkt den Kopf, wenn ich sie sehe.

Jetzt auch, obwohl sie noch nicht einmal hier ist.

Das Signal für die Ankunft des Fahrstuhls erlöst mich von meinen irrsinnigen Gedanken. Amy kann es kaum erwarten, daraus zu fliehen und rennt daraufhin den langen Flur zu meiner Wohnung entlang.

Sofort nach dem Betreten springt sie auf die braune Ledercouch und legt sich zufrieden schnaufend hin. Ich hingegen stelle meine Tasche mit dem wertvollen Inhalt in einer sicheren Ecke ab und schlendere zu der dunklen Anrichte im Wohnzimmer.

Mein gesamtes Mobiliar stammt aus diversen Versteigerungen und meine Vorliebe für den Kolonialstil kann ich an dieser Stelle einfach nicht leugnen. Ich schenke mir einen schottischen Whisky ein, den ich besonders mag, und lasse mich zu Amy auf die Couch fallen. Sie robbt sich augenblicklich an mich heran. Automatisch streiche ich ihr über den Rücken und spüre dabei, wie sie sich entspannt.

So sitze ich einige Minuten lang da und nippe an meinem Whisky. Mit jedem Schluck spüre ich das Brennen in meinen Rachen mehr und irgendwann halte ich mir das fast leere Glas an mein demoliertes Auge. Die Kühle des Glases verschafft mir eine kurze Linderung der Schmerzen. Meine aufgeschürfte rechte Hand bräuchte ebenfalls eine Behandlung und so entschließe ich mich, ins Bad zu schlurfen und unter fließend kaltem Wasser die kleinen Wunden auf dem Handrücken zu säubern. Dabei fällt mein Blick in den Spiegel. „So kann ich morgen nicht in die Galerie gehen", brumme ich meinem Spiegelbild zu, während ich mein geschwollenes Auge kritisch betrachte.

Kate, meine Haushälterin, muss mir erneut mit ihrem Make-up aushelfen. Nicht der Schönheit wegen, sondern um meine Blessuren zu verdecken. Es macht einen verdammt schlechten Eindruck, so meinen Kunden gegenüber zu treten. Mir ist nicht erst seit heute bewusst, dass ich in London ein angesehener Kunsthändler bin und niemand Kenntnis davon hat, dass mich Kunst nur im geschäftlichen Sinne interessiert. Das Fachwissen dafür habe ich mir vor fünfzehn Jahren, nach dem Verkauf eines Gemäldes meiner verstorbenen Großmutter, mühevoll angeeignet. Ohne zu wissen, wer es gemalt hat, erhielt ich damals eine fünfstellige Summe und habe daraufhin beschlossen, in Zukunft damit mein Geld zu verdienen.

Natürlich klingt das wahnsinnig blauäugig - was ich bei Weitem nicht bin - aber in mir loderte plötzlich eine Leidenschaft, die ich bis dahin nicht von mir kannte. Allerdings bin ich zugegebenermaßen kein normaler Kunsthändler, sondern bewege mich hin und wieder auf der dunklen Seite dieses Gewerbes. Das reizt mich besonders, auch wenn es verdammt gefährlich ist.

Genau das habe ich heute Abend wieder einmal zu spüren bekommen. Der Inhalt in meiner Tasche ist eine sechsstellige Summe wert und die voraussichtliche Käuferin wird sich sehr darüber freuen, denn sie hat den Kunstgegenstand bei mir vorbestellt und kommt ihn morgen Vormittag abholen. Deswegen war ich heute Abend Gast in einem Hinterzimmer im Stadtteil Chinatown und habe dort mit ein paar schmierigen Typen zähe Verhandlungen geführt. Nach nur zehn Minuten durchschaute ich sie jedoch, denn sie wollten mir den Gegenstand nur für einen deutlich überteuerten Preis verkaufen.

Als ich kurz darauf wutentbrannt aufstehen und das Zimmer verlassen wollte, zwangen sie mich jedoch unter Gewalt, zu bleiben. Als Andenken dafür habe ich nun mein demoliertes Auge.

Doch es war deren Pech, dass sie vorher nicht genügend über mich recherchiert hatten, denn in den besagten Kreisen ist bekannt, dass man mich nicht hintergehen sollte. Da ich die Chinesen um einen Kopf überragte und auch mit diversen Kampfsportarten vertraut bin, konnte ich mich sehr schnell aus meiner misslichen Lage befreien.

Natürlich nicht, ohne den Kunstgegenstand mitzunehmen. Vergessen zu bezahlen habe ich auch nicht, jedenfalls gab ich ihnen die Summe, die ich für angemessen hielt.

Das plötzliche Vibrieren meines Smartphones holt mich in die Realität zurück. Ich tupfe mir vorsichtig mein Gesicht und die Hände ab und laufe ins Wohnzimmer. Als ich auf dem Display des Telefons *Satan* lese, weiß ich, von wem die Nachricht ist und atme dabei tief ein. „Was willst du denn um diese Zeit von mir?", grolle ich und öffne die Nachricht. Meine Noch-Ehefrau, die ich irgendwann in *Satan* umbenannt habe, erinnert mich gerade netterweise daran, dass am Dienstag unser Scheidungstermin ist. „Wie könnte ich das vergessen!", sage ich mit tiefer Stimme und greife zu der Flasche Whisky, um sofort einen tiefen Schluck daraus zu nehmen.

Damit gehe ich zum Fenster, öffne es, stelle mich in den Austritt und atme die milde Abendluft ein. Mit der freien Hand ziehe ich die Schachtel Zigarillos aus meiner Hosentasche und zünde mir einen an. Den Rauch des ersten Zuges blase ich frustriert wieder aus.

Diese Frau - die ich vor zwei Jahren zu meinem vierzigsten Geburtstag im Juni geheiratet habe - wirft mir jetzt häusliche Gewalt vor und deshalb will sie sich scheiden lassen.

Wir kennen uns seit fünf Jahren und bis zur Hochzeit hatten wir eine gute Beziehung, doch ich habe immer noch keine Ahnung, wie sie meine sehr positive finanzielle Situation durchleuchten konnte. Seit der Heirat gab es fast nur noch Streit: Der Grund war immer derselbe – mein Geld. Dass sich auf meinem Konto in den letzten Jahren eine Menge Geld angesammelt hat, kann ich nicht leugnen und das Juwel meines Besitzes ist eine Kunstgalerie im angesehenen Stadtteil Mayfair. Nur diese allein treibt meinem Versicherungsagenten schon Schweißperlen auf die Stirn, wenn es darum geht, neue Kunstwerke zu bewerten.

Und jetzt denkt meine Noch-Ehefrau fälschlicherweise jedoch, sie kann ein großes Stück von meinem Vermögen abbekommen. Ich bin mir sicher, ich hätte sie großzügig abgefunden, aber nachdem sie mir häusliche Gewalt – die nie stattgefunden hat - vorwirft, um damit ihre Chancen und die Höhe der Abfindungssumme selbst zu steigern, werde ich mich um jeden Penny mit ihr streiten. Beziehungsweise nicht ich, sondern mein Anwalt wird dies tun.

Danach hoffe ich, dass diese Frau für immer aus meinem Leben verschwindet. Die ihr gewidmeten Tattoos habe ich schon letzten Monat überstechen lassen. Auf meinen rechten Innenarm war bis zu dem Zeitpunkt ihre Silhouette tätowiert gewesen – jetzt grinst mich dafür ein Totenkopf an.

Bei den Gedanken daran puste ich den Rauch in Kringeln wieder aus und mein Blick fällt dabei auf eine mir fremde Person, die plötzlich im Lichtkegel der spärlich leuchtenden Straßenlaterne auftaucht. Als sie zudem noch in meine Richtung sieht, bin ich mir ziemlich sicher, dass ich doch verfolgt wurde.

Verdammt!

Chapter 2

Clive

Galerie in Mayfair, 9 Uhr

Mit leichter Nervosität entsperre ich den Code der Tür des Hintereingangs zu meiner Galerie, schließe sie auf und betrete den Flur. Mich empfängt ein Geruch aus Farben, abgestandener Luft und Rauch.

Sofort überlege ich, wann die Filter der Klimaanlage das letzte Mal ausgewechselt wurden. Ehrlich gesagt, habe ich keine Ahnung. Das muss ich in meinen Unterlagen nachsehen und unbedingt erneut in Auftrag geben.

Mit Amy zusammen und der Tasche mit dem Inhalt meines nächtlichen Beutezugs in der Hand, trete ich ein und sperre hinter mir sofort wieder ab. Von dem vermeintlichen Verfolger der letzten Nacht fehlt bis jetzt jegliche Spur.

Ich traue dem trügerischen Frieden nicht!

Offiziell öffnet die Galerie erst um 11 Uhr, doch vorher muss ich noch einige Büroarbeiten erledigen und außerdem erwarte ich in einer halben Stunde die Kundin, für die der Inhalt meiner Tasche bestimmt ist. Deshalb auch meine leichte Nervosität.

Ihr Name lautet Violet Clark und das heute ist bereits unser viertes Treffen. Jedes Mal stellt sie besondere Ansprüche und hat sehr spezielle Wünsche, was die Art der Kunstgegenstände betrifft. Auch konnte ich bisher keinen ihrer Wünsche auf legalem Weg erfüllen.

Ich möchte es nicht offen zugeben, aber ich arbeite gern für sie - außerdem ist es zumeist äußerst lukrativ. Viel mehr über Mrs.

Clark in Erfahrung bringen konnte ich bisher nicht.

Moment, das stimmt nicht ganz: In solchen Situationen unterstützt mich mein Freund Alexander, der für den Geheimdienst arbeitet. Natürlich darf er nicht einfach Menschen und deren Identität ausspionieren, doch, wenn man sich nicht erwischen lässt, bemerkt es niemand. So war es auch bei Mrs. Clark.

Mittlerweile weiß ich zumindest, dass sie Ende dreißig ist, verheiratet mit einem zwanzig Jahre älteren Mann und sie absolut nicht meinem Frauentyp entspricht, denn ihre Art ist kalt und ziemlich überheblich. Außerdem ist sie mindestens einen Kopf kleiner als ich, sehr zierlich und hat dunkle, glatte, lange Haare.

Doch ihre Augen haben es mir wirklich angetan. Sie sind himmelblau und ihr Blick ist stechend kalt. Jedes Mal, wenn sie mich ansieht, versetzt es mir einen Schlag in die Magengrube. Erschwerend kommt hinzu, dass sich ihre Augen ständig in meinen Träumen wiederfinden. Nur der Gedanke an sie jagt mir bereits leichte Schauer über den Rücken.

„Du bist total bescheuert", sage ich zu mir, während wir ins Büro laufen und Amy wirft mir dabei einen verdatterten Blick zu. „Dich meine ich nicht", murmle ich, beuge mich zu ihr hinab und streiche ihr sanft über den Rücken. Sie beobachtet mich daraufhin noch weitere fünf Sekunden und trabt dann zu ihrem Körbchen unter meinem Schreibtisch. Mein Blick folgt ihr kurz und wird dann von dem Blinken des Anrufbeantworters abgelenkt.

Ich drücke die Taste zum Abspielen der Nachrichten und stütze mich dabei mit beiden Händen auf dem Schreibtisch ab. Nach fast drei Minuten ist der Spuk vorbei, und zu meiner Erleichterung ist keine Nachricht dabei, die sofortiger Beachtung bedarf.

„Gut ...", sage ich, klatsche in die Hände, um meine Nervosität zu zähmen und gehe zur Toilette. Dort fällt mein Blick als Erstes in den Spiegel.

Kate hat heute früh wirklich ganze Arbeit geleistet. Mein Auge ist zwar noch etwas geschwollen, aber die Verfärbungen sind mit Hilfe ihres perfekt sitzenden Make-ups kaum noch zu erkennen. Außerdem fallen mir meine bis zu den Wangenknochen reichenden Haarsträhnen ständig vor die Augen und lenken so hoffentlich den Betrachter ab.

Zusätzlich überprüfe ich in meiner Nervosität meinen Oberlippen- und Kinnbart, ob sich dort vielleicht Krümel vom Frühstück versteckt haben. Beide habe ich heute früh auf präzise fünf Millimeter getrimmt. Dann fletsche ich abschließend meinem Spiegelbild die Zähne und will sichergehen, dass sich auch dort keine Überraschungen festgesetzt haben.

Alles gut!

„Das ist kein Date, auf welches du jetzt gehst", raune ich dem Mann im Spiegel zu und bin irritiert von mir selbst.

Plötzlich steht Amy neben mir und stupst mich mit der Nase vorsichtig an. Als ich nicht reagiere, dreht sie sich einfach um und rennt in den Ausstellungsraum. Das bedeutet, dass dort jemand an der Tür ist.

Automatisch folge ich ihr also und bleibe nach ein paar Schritten abrupt stehen. Vor der verschlossenen Eingangstür wartet Mrs. Clark. Obwohl ich mir geschworen habe, sie nicht anzusehen, verfange ich mich sofort wieder in ihren blauen Augen. Als Dank wirft sie mir einen stechenden Blick zu. Mein Magen bäumt sich daraufhin leicht auf und ihm zuliebe hätte ich heute auf das Frühstück verzichten sollen.

Durchatmen.

Ich straffe meinen Oberkörper, ziehe mir meine weißen Hemdsärmel zurecht, setze eine überhebliche Grimasse auf und durchquere die Galerie, um ihr die Eingangstür zu öffnen. Auf dem Weg dahin scanne ich sie mit einem abschätzenden Blick.

Ihre langen glatten Haare hat sie am Hinterkopf zusammengesteckt, zu ihrem leichten Make-up trägt sie einen auffällig roten Lippenstift, der die gleiche Farbe wie ihre Bluse hat, die in einem schwarzen Bleistiftrock endet. Ihre wohlgeformten, leicht gebräunten Beine stecken in verdammt hohen schwarzen Pumps. Jeder Mann, der auf diesen Typ Frau steht, wäre jetzt sprachlos. Ich hingegen öffne ihr die Tür und begrüße sie mit gespielter Höflichkeit.

„Sehen wir mal, was der Tag heute so bringt, Mr. Henderson", antwortet sie schnippisch auf meine Begrüßung und stolziert augenblicklich an mir vorbei. Ein Hauch ihres dezenten Parfüms bleibt in meiner Nase hängen.

Warum Amy sie vor Freude anstupst, kann ich absolut nicht erklären – auch erntet sie daraufhin von Mrs. Clark nur einen abwertenden Blick.

Diese läuft auch einfach weiter in Richtung des Tresens, der im hinteren Bereich der Galerie steht. Leider kann ich es mir nicht verkneifen, ihr auf den Hintern zu schielen. Dabei zuckt meine linke Augenbraue wohlwollend nach oben und ein süffisantes Lächeln umspielt meine Mundwinkel. Als sie sich zu mir umdreht, erstarren meine Gesichtszüge und meine Wangenknochen treten hervor. Jetzt ist Professionalität gefragt.

Ich komme drei Atemzüge nach ihr am Tresen an und beginne sofort, die ominöse Tasche, die ich schon vorher daraufgestellt habe, vorsichtig auszupacken. Dabei sieht sie mir gebannt zu.

Gerade entferne ich das letzte Stück Papier von dem Kunstgegenstand und halte eine Porzellanvase von unschätzbarem Wert, aus dem späten 16. Jahrhundert einer chinesischen Dynastie, in den Händen.

„Sehr schön, Mr. Henderson", flötet Mrs. Clark und ihr Ton hat eine gewisse Arroganz. „Ich darf doch bitte …", sagt sie kalt und nimmt mir die Vase einfach aus der Hand.

Auf einen angebrachten Protest verzichte ich vorerst und beobachte sie, wie sie mit ihren blauen Augen jeden Zentimeter dieses so wertvollen Sammlerstücks genauestens betrachtet.

„Es ist tatsächlich die fehlende Vase aus der Zeit zwischen 1522 und 1566. Die rote Farbe ist weder verblasst und auch die Mint- und Blautöne sind hervorragend erhalten."

Sie meint mit ihrer Aussage das Motiv auf der Vase, was einen asiatisch aussehenden Krieger auf einem Pferd darstellen soll.

Ich kann immer noch nicht verstehen, wie man für so ein Porzellanteil so viel Geld ausgeben kann. Es gibt wirklich schönere Motive.

Aber gut, mir soll es egal sein. Ich bin kein Fan der Kunstgegenstände aus dieser chinesischen Dynastie, aber mit ihnen kann man unwahrscheinlich viel Geld verdienen. Nur deshalb bin ich letztlich hier. „An dem Preis hat sich nichts geändert!", sage ich mit Bestimmtheit.

„Ich habe auch nicht vor, mit Ihnen zu handeln, Mr. Henderson. Im Gegenteil. Ich brauche auch noch das passende Gegenstück dazu!"

„Bitte?", knurre ich und sehe sie entsetzt an. Ich bin froh, dass ich diese Vase erbeutet habe und jetzt will sie noch mehr? Wie stellt sie sich das bloß vor?

„Sie haben mich schon richtig verstanden. Oder gibt es da ein Problem, Mr. Henderson?"

Meinen Namen betont sie nun besonders und ich muss die Zähne zusammenbeißen, um ihr nicht zu sagen, dass mir ihre Arroganz gehörig auf die Nerven geht. „Der Moment, um die zweite Vase zu erstehen, ist seit gestern etwas ungünstig", erkläre ich umständlich, in der Hoffnung, sie weiß, was ich damit meine.

„Das ist mir schon klar", sagt sie kalt. „Aber die Zeiten ändern sich auch wieder und ich stelle Ihnen für die Anzahlung einen Scheck aus!" Bei ihren Worten wirft sie mir einen provokanten Blick zu und greift zu ihrer sündhaft teuren Markenhandtasche, um das Scheckheft herauszuholen.

Meinen ihr gereichten Kugelschreiber lehnt sie wortlos ab und schraubt ihren mitgebrachten schwarzen Federhalter auf. Ihr Diamantring, den sie an der linken Hand trägt, blitzt dabei kurz auf.

Dann beugt sie sich zum Ausfüllen der beiden Schecks nach vorn und automatisch fällt mein Blick in ihren leicht geöffneten Ausschnitt. Ihr Brustansatz ist nur andeutungsweise zu sehen und dennoch beginnt mein Puls zu rasen.

Ich verstehe mich gerade selbst nicht mehr und als sie plötzlich aufsieht, grinse ich sie so breit an, dass man meine weißen Zähne sehen kann. Daraufhin legt sie ihren Kopf leicht zur Seite und der stechende Blick aus ihren blauen Augen durchbohrt mich. Mein Magen erhält einen weiteren Schlag und zusätzlich pocht der Puls in meiner rechten Schläfe. „Ich hole den Katalog aus meinem Büro, um sicher zu gehen, dass wir die gleiche Vase meinen", sage ich schnell und wende mich ab.

Ich brauche dringend eine Auszeit und aufgrund des positiven Umstands, dass sie mein Büro nicht einsehen kann, lasse ich mir mehr Zeit als nötig.

Natürlich weiß ich genau, welche Vase sie meint. Und obwohl der Katalog mitten auf meinem Schreibtisch liegt, täusche ich unterdessen vor, dass ich ihn nicht finden kann und schiebe wahllos verschiede Gegenstände hin und her. Die Geräusche müssen so laut sein, dass sie zu ihr in die Galerie vordringen. Dabei atme ich fünfmal tief ein und lasse die Luft langsam wieder entweichen.

Erst als ich spüre, dass sich mein Puls beruhigt, bin ich bereit, ihr wieder entgegen zu treten.

„Sie sollten das Make-up für Ihre Fingerknöchel stärker auftragen", sagt sie süffisant, als ich wieder vor ihr stehe. Sie schraubt dabei mit einem überheblichen Blick ihren Federhalter zu.

Automatisch schiele ich auf meine Hand und bemerke erst jetzt, dass das Make-up verwischt ist und meine Abschürfungen leicht sichtbar sind. Hoffentlich ist ihr nicht auch noch mein überschminktes lädiertes Auge aufgefallen?

Genau jetzt fange ich an, sie zu hassen.

„Und das nächste Mal", beginnt sie, „sorgen Sie dafür, dass Ihr Hund nicht ständig an meiner Seite sitzt. Mein Rock ist schon voller Hundehaare."

„Dann kommen Sie doch einfach ohne Rock!", antworte ich gereizt und schenke ihr ein dümmliches Lächeln. Statt einer Antwort schürzt sie nur ihre roten Lippen und dreht sich um. „Ich schicke meinen Fahrer vorbei, um die Vase abzuholen", sagt sie, während sie in Richtung Tür läuft.

Ich verziehe mein Gesicht zu einer Grimasse und starre ihr dabei doch wieder auf den Hintern, den sie für mein Empfinden deutlich mehr schwingt, als sie müsste.

Als die Tür hinter ihr ins Schloss fällt nuschle ich: „Zicke!", und blicke zu Amy, die ihr immer noch nachsieht und dann enttäuscht ins Büro trabt. „Was findest du bloß an ihr?", rufe ich Amy nach und kann nicht verstehen, warum sie ausgerechnet dieser Frau hinterherrennt.

***

Durch Londons Straßen weht heute Abend ein lauer Sommerwind. Die Temperaturen sind angenehm, ich schätze so um die 20 Grad Celsius.

Ich bin auf dem Weg zu meinem Stamm-Pub, das nicht weit entfernt von meiner Wohnung liegt und treffe mich dort mit Alexander.

Schon von Weitem kann ich das schwarze Dach des kleinen Gebäudes erkennen und mit großen Schritten biege ich um die Ecke. So renne ich beinahe in eine Menschentraube, denn vor dem

Pub stehen heute mehr Raucher als sonst. Einige davon kenne ich persönlich und begrüße sie nun mit festem Handschlag.

Als ich durch die offene Tür trete, entdecke ich Alexander, der schon wartend am Tresen sitzt. Es scheint, als würde er vier Frauen an dem gegenüberliegenden Tisch beobachten.

Automatisch folge ich seinem Blick durch meine blaugetönte Sonnenbrille und plötzlich spüre ich einen Stich in der Magengegend. Für nur zwei Sekunden blitzen stechend blaue Augen auf. Abrupt bleibe ich stehen, beuge den Kopf leicht nach vorn, nehme die Brille ab und schiele durch meine Haarsträhnen hindurch.

Wer von den vier Frauen hat diese blauen Augen? Keine!

Drei von ihnen haben braune und bei einer kann ich es nicht erkennen, weil sie sich gerade wegdreht. Außerdem sieht sie der Besitzerin von Lou, die mit dem Labrador bei mir aus dem Haus, recht ähnlich. Aber vielleicht täusche ich mich auch, denn nur die wirr abstehenden Locken haben mich an sie erinnert.

Mit einem verdatterten Gesichtsausdruck gehe ich an den Tresen zu Alexander und wir begrüßen uns mit unserem üblichen Ritual - was wir seit unserer Schulzeit beibehalten haben – einmal die rechte Faust aneinanderstoßen.

Meine Mutter ist völlig vernarrt in ihn, weil er sie an die kalifornischen Männer auf Surfbrettern erinnert. Er ist ein hochgewachsener schlanker Mann mit hellblauen Augen und blonden längeren Haaren. Auf jeden Fall steht nicht nur meine Mutter auf ihn, sondern viele andere Frauen tun es ihr gleich. Er hingegen bevorzugt den Typ Frau, mit dem ich nichts anfangen kann. Das Schicksal hat es wirklich gut mit unserer Freundschaft gemeint.

„Ich habe uns einen Tisch reservieren lassen", sagt er zu mir und erwischt mich dabei, wie ich wieder verstohlen zu den Frauen schiele. Zwei von ihnen erwidern meinen Blick mit einem Lächeln, doch das Lockenwunder wühlt stattdessen in ihrer Handtasche. Für meine Begriffe tut sie das viel zu lange.

Um ehrlich zu sein, weiß ich, dass Frauen in ihren Handtaschen fast ihren gesamten Hausstand mitschleppen, um für alle Notfälle gerüstet zu sein. Brauchen sie dann aber tatsächlich etwas daraus, kann es Stunden dauern, bis sie fündig werden.

Ich sollte später noch einmal nach ihr sehen, entscheide ich und laufe Alexander hinterher zu unserem Tisch, der nur unweit von den Frauen entfernt ist.

Perfekt.

Sofort steuere ich den Stuhl an, von wo aus man sie gut beobachten kann. Als Alexander sich mir gegenübersetzt, wirft er mir einen spöttischen Blick zu. „Hast du deinen Geschmack geändert?", fragt er.

„Ich?"

„Ja, genau du! Denn wo du ständig hinguckst sitzt keine blonde Frau. Ich sehe dort nur Dunkel- und Rothaarige, die ich alle irgendwie süß finde. Die mit den Locken hat übrigens stechend blaue Augen."

Also doch, knurre ich tonlos und presse dabei die Zähne aufeinander. „Ist mir gar nicht aufgefallen", lüge ich.

„Wie auch, sie ist ja nicht dein Typ."

Ich murmle etwas für Alexander Unverständliches, was nicht einmal ich verstehen kann.

„Was ist los?", fragt er mich daraufhin mit tiefer Stimme, denn mein Verhalten kommt ihm scheinbar suspekt vor.

Kein Wunder. Irgendwie benehme ich mich auch wirklich merkwürdig.

„Diese verdammt stechend blauen Augen von Mrs. Clark!", fluche ich. „Die treiben mich echt noch in den Wahnsinn. Überall sehe ich sie und ich träume mittlerweile schon nachts davon. Sogar Amy hat dabei blaue Augen!"

Alexander sieht mich mit einer Mischung aus Mitleid und Spott an. „Du hast Mrs. Clark wieder getroffen?"

„Ja!", grolle ich. „Sie war heute in der Galerie und hat sich ihre Bestellung abgeholt. Und kannst du dir vorstellen, dass sie mir nahe gelegt hat ... wenn sie das nächste Mal wieder kommt ... ich Amy von ihr fern halten soll ... wegen der Hundehaare an ihrer Kleidung!" Mein Entsetzen über diese Forderung ist nicht zu überhören, doch Alexander lacht schallend auf.

Sofort sehen alle zu uns – auch der Tisch mit den vier Frauen – nur das Lockenwunder nicht.

Verdammt!

Als die Bedienung plötzlich vor uns steht, lacht Alexander immer noch und ich überlege, was ich trinken soll. Eigentlich ist Whisky für heute die beste Wahl, aber ich entscheide mich für ein dunkles Bier. Alexander ebenfalls und sieht mich ernst an.

„Kennst du die Frau mit den Locken?"

„Ich? Bestimmt nicht!", sage ich entsetzt.

„Ich denke aber, sie dich!", bemerkt Alexander.

„Was? Wie meinst du das?"

„Als du die Bar betreten hast, fiel ihr Blick sofort auf dich und ihre rosafarbene Gesichtshaut verfärbte sich plötzlich in kreideweiß. Dann senkte sie den Blick und vermied es, dich weiterhin bewusst anzusehen. Du weißt, dass ich für suspektes Verhalten ein Gespür habe."

„Deshalb arbeitest du ja auch beim Geheimdienst", sage ich so leise, dass es nur Alexander hören kann.

„Wie nah sind sie dir auf den Fersen?"

„Du meinst die Internationale Behörde, die den illegalen Kunsthandel bekämpft?"

Als Antwort nickt Alexander nur kurz.

„Ich bin mir nicht sicher … aber ich denke … ich habe noch etwas Spielraum", sage ich und schiele ihn dabei von der Seite her an.

Genau in diesem Moment bringt uns die freundliche Bedienung unsere Bestellung. Wir grinsen sie beide zum Dank an und prosten uns zu. „Cheers", sagt sie und wartet noch zwei Atemzüge am Tisch, um sich danach dem Nachbartisch zuzuwenden.

„Die Kellnerin steht auf dich", raune ich Alexander zu.

„Aber ich nicht auf sie", entschuldigt er sich. „Ich würde das Lockenwunder, was dich im Visier hat, bevorzugen. Da mich mein Verstand jedoch warnt, werde ich auf Nummer sicher gehen und die Lady überprüfen."

Ich huste gekünstelt auf bei Alexanders Vorhaben. „Was willst du machen?", frage ich.

„Wenn sie das ist, was ich vermute, dann hast du keinen Spielraum mehr!"

Bei seinen Worten sehe ich automatisch zu ihr und meine Mimik verfinstert sich. „Und wie willst du das herausfinden?", brumme ich.

„Lass' das mal meine Sorge sein. In ein paar Stunden wissen wir mehr", flüstert er verschwörerisch.

Augenblicklich steigt in mir ein mulmiges Gefühl hoch und ich

nehme einen besonders großen Schluck von dem dunklen Bier.
Was ist, wenn Alexander recht hat?

Ohne, dass wir uns abgesprochen haben, sehen wir so unauffällig wie möglich immer wieder zu dem Tisch, an dem die vier Frauen sitzen.

Nach ungefähr einer Stunde rüsten sie sich zum Aufbruch. Da dies bekanntlich in der Damenwelt immer etwas länger dauert, als bei uns Herren, kommt es uns eher gelegen. Während sie alles wieder in ihre Handtaschen verpacken, müssen sie sich unbedingt noch belanglose Dinge erzählen und verlassen mit kleinen Schritten und abrupten Unterbrechungen das Pub.

Alexander hat sich in der Zwischenzeit unbemerkt an ihnen vorbeigeschmuggelt und erwartet sie am Ausgang. Ich hingegen habe mich derweil am Tresen positioniert und kann ihn gut beobachten.

Er steckt sich eine Zigarette in den Mund und tut so, als würde er sein Feuerzeug suchen. Mit den Händen klopft er dabei seinen Körper ab und zieht eine traurige Grimasse, als die Frauen direkt vor ihm stehen. Ganz gezielt spricht er das Lockenwunder an und legt ihr vertraut seine linke Hand auf den Rücken. Sofort verwickelt er sie in ein intensives Gespräch - und beide beginnen aufgeregt zu diskutieren.

Zu meinem Leidwesen kann ich kein Wort verstehen, doch als seine Hand zu dem Kragen ihrer Bluse wandert, weiß ich ganz genau, was er vorhat. Mir huscht ein wohlwollendes Grinsen über das Gesicht.

***

„Komm' mit", sagt Alexander und zieht mich wieder zu unserem Tisch in das Pub hinein. Dort setzen wir uns hin und sofort holt er sein Smartphone aus der Hosentasche. Er tippt etwas auf dem Display herum und hält das Gerät so, dass ich den roten Punkt darauf besser sehen kann.

Die ersten Minuten verfolgen wir schweigend, was passiert, doch als sich der Punkt in die Nähe meiner Wohnung bewegt, fange ich vor Nervosität an, meinen Totenkopfring am Finger zu drehen. Ich denke, Alexander geht es nicht anders, denn er wirft mir ab und an einen vielsagenden Blick über den Tisch zu.

Als der rote Punkt genau vor meinem Haus anhält, fange ich an zu fluchen. „Verdammt!", grolle ich mit tiefer Stimme und krame mein Smartphone aus der Hosentasche. Ich wähle eine bestimmte Nummer und nach ein paar Sekunden wird mein Gespräch angenommen. „Mr. Porter …", sage ich. „Wer ist die Frau, die gerade das Haus betreten hat?"

Während des Gesprächs starre ich Alexander an und dieser tut es mir gleich. Er ist auf die Antwort genauso gespannt wie ich. „Mrs. Violet Donovan", wiederhole ich mit gespielt überraschter Stimme. „Seit wann wohnt sie dort, Mr. Porter?", will ich wissen. „Aha!", sage ich und bedanke mich höflich für die Auskunft.

Ich fluche erneut, zwar leise, lehne mich nach hinten und verschränke provokativ die Arme vor der Brust. „Laut der Aussage von meinem Portier war das gerade Mrs. Donovan und sie ist dort eingezogen, als ich Anfang des Jahres für ein paar Tage in New York war."

Alexander zieht die linke Augenbraue hoch und knurrt: „Wenn das mal kein Zufall ist. Das gefällt mir gar nicht! Wir müssen in deine Galerie und zwar jetzt sofort!"

„Was hast du vor?"

„Das wirst du gleich sehen", sagt er mit einer geheimnisvollen Stimme und steht auf. Ich folge ihm und am Tresen halten wir nur kurz an, um zu bezahlen.

Minuten später sitzen wir bereits in seinem weißen Sportwagen und fahren mit viel zu hoher Geschwindigkeit in den Stadtteil Mayfair - direkt zu meiner Galerie. Dort parken wir am Hintereingang und verschwinden augenblicklich darin.

„Ich muss an deine Videoüberwachungsanlage", sagt Alexander, während wir das Büro betreten.

„Bedien' dich ruhig! Du weißt ja, wo sie ist und wie sie funktioniert, du hast sie schließlich eingebaut."

Alexander öffnet sofort den Wandschrank und schaltet den innenliegenden Rekorder auf Stopp. Danach sucht er so lange im Speicher des Gerätes, bis es 9.25 Uhr anzeigt.

„Jetzt sind wir auf deine Mrs. Clark gespannt", sagt er und fährt sich nervös durch seine blonden Haare. Dann geht er zu meinem Schreibtisch und schaltet den Laptop ein. Sobald er hochgefahren ist, greift er auf das Programm der Videoüberwachungsanlage zu und wir können beobachten, wie Mrs. Clark gerade den Laden betritt.

Den weiteren Ablauf habe ich nur zu gut in Erinnerung und es ist deutlich zu erkennen, wie Amy diese Frau förmlich anhimmelt.

Doch dann geschieht das Unfassbare. Während ich in meinem Büro verschwinde, um den Katalog zu holen, beugt Mrs. Clark sich zu Amy hinunter und streichelt sie voller Hingabe. Amy schlabbert ihr vor Freude dabei über die Nase und kurz bevor ich wieder zurückkomme, stellt sich Mrs. Clark wieder gerade hin und versucht, die Hundehaare an ihrem Rock mit der Hand abzuwischen.

Alexander drückt soeben auf Stopp. „Habe ich das gerade richtig gesehen?", fragt er mich mit einer gewissen Fassungslosigkeit in der Stimme.

„Und zu mir sagt sie noch, ich solle Amy wegen der Hundehaare von ihr fernhalten. Jetzt wird mir auch klar, warum Amy sie so mag. Mrs. Clark und Mrs. Donovan sind ein und dieselbe Frau! Sie unterscheiden sich nur durch die Frisur und die Sonnenbrille ... das ist alles nur Tarnung, damit ich sie nicht erkenne!" Vor Enttäuschung fluche ich laut und es hallt durch die gesamte Galerie.

„Du hast ein Problem würde ich sagen", schnaubt Alexander und fährt fort: „Dann ist ihr Mann auch nicht echt!"

„Das ist anzunehmen. Also denkst du, sie ist von dieser Behörde?"

„Zumindest tippe ich auf irgendeine Kommission, die den Handel mit geschützten Kunstgegenständen überwacht."

Ich streiche mir nachdenklich meine Haare aus dem Gesicht. „Verdammt! Sie hat mich sogar noch gewarnt und ich habe es nicht verstanden."

„Wie, sie hat dich gewarnt?", fragt Alexander und reißt die Augen dabei weit auf.

„Meine Handknöchel hatte ich heute ebenfalls mit diesem Make-up überschminkt, aber das habe ich wohl dummerweise beim Händewaschen abgespült ... jedenfalls machte sie eine zweideutige Bemerkung. Wahrscheinlich ist ihr auch mein überschminktes Auge aufgefallen."

„Gut, dass du mich daran erinnerst. Wenn ich es nicht besser wüsste, hätte ich es nicht gesehen." Alexander grinst mich hämisch an.

„Mittlerweile kann ich bestens mit Schminke umgehen, danke. Kate hat mich erst heute früh in die Tiefen der Schönheitsindustrie eingeweiht."

„Dann bin ich beruhigt. Aber ernsthaft … kann es sein, dass Mrs. Clark weiß, wo du gestern warst?", fragt Alexander mich argwöhnisch.

„Ich habe mich auch schon gewundert … als ich den Hinterraum in Chinatown verließ … haben sich mir keine Chinesen mehr in den Weg gestellt", sage ich nachdenklich.

„Die hat sie scheinbar zuvor beseitigt."

„Nur stelle ich mir aber ernsthaft die Frage, warum sie mir dann heute einen weiteren Auftrag erteilt und schon anteilig bezahlt hat?"

„Das musst du sofort herausfinden. Allerdings steht für mich fest, dass sie dich bei dem nächsten Verkauf festnageln will. Nur kann ich ihre Rolle dabei nicht so richtig einschätzen. Im Moment sieht es für mich eher so aus, als würde sie dich beschützen. Aber aus welchem Grund?"

Daraufhin sehen wir uns die Aufzeichnung noch zweimal an und analysieren jede einzelne Bewegung von ihr. Wie sie sich heimlich zu Amy beugt und sie liebevoll streichelt, brennt sich fest in meine Gedanken ein. Irgendetwas muss sie an sich haben, dass Amy ihr vertraut. Auch wenn sie mir nun sehr suspekt ist, die Neugier, diese Frau zu entschlüsseln, ist in mir geweckt.

„Denk' daran, sie ist nicht dein Typ", ermahnt mich Alexander und sieht mich dabei von der Seite her spöttisch an.

„Das wird sie auch nie werden", grolle ich. „Aber ich will wissen, wer sie wirklich ist!"

„Das finden wir schon heraus", sagt Alexander voller Zuversicht.

„Jetzt brauche ich doch einen Whisky", beschließe ich und gehe zur Anrichte hinüber.

Je mehr ich über Mrs. Clark nachdenke, umso mehr bin ich von mir enttäuscht, weil ich ihr doppeltes Spiel nicht sofort erkannt habe.

Ich kann es wirklich kaum erwarten, ihr erneut zu begegnen!

Chapter 3

Violet

*O*xford, 10 Uhr

Auf der rechten Seite liegt das riesige Gelände der Oxford University und wird durch die Strahlen der Sonne mit einer schillernden Hülle überzogen.

Automatisch denke ich an meine sorglosen Studentenjahre zurück und mich überfällt eine gewisse Wehmut. Da ich mindestens einmal die Woche hier vorbeifahre, ist das Gefühl jedoch nur von kurzer Dauer.

Meine Großmutter wohnt außerhalb der Stadt, mitten auf dem Land. Sie besitzt dort ein wunderschönes altes Bauernhaus mit einem herrlichen Garten voller Obstbäume. Dort bin ich aufgewachsen und flüchte heute noch fast jedes Wochenende zu ihr.

„Violet, Kindchen. Du bist aber früh dran", sagt sie zu mir, als sie die Haustür öffnet. Lou rennt sofort an ihr vorbei ins Haus und stürzt sich in der Küche auf seinen prall gefüllten Futternapf.

„Gibst du ihm nichts zu fressen?", fragt mich Grandma mit ernstem Blick.

Ich verdrehe genervt die Augen. „Ein Labrador frisst immer irgendetwas. Das hätte der Züchter dir sagen müssen, als du ihn gekauft hast."

„Schlecht geschlafen?", fragt Grandma.

„Ja!", knurre ich und lasse mich auf einen der alten Küchenstühle fallen, die noch aus der Zeit meiner Urgroßmutter stammen. Unter Sammlern wird dieses antike Möbel hoch gehandelt und ist selten so gut erhalten zu finden.

„Ich koche uns Kaffee. Hast du frische Croissants mitgebracht?"

„Natürlich! Auch wenn mir Lou dabei fast das Auto verwüstet hat, weil er nur ein paar Minuten warten musste."

„Armes Tier", schnaubt Grandma und füllt Wasser in die Kaffeemaschine.

„Er muss lernen, zu warten!", setze ich ihr entgegen.

„Das sagt genau die Richtige, weil du auch so ein unglaublich geduldiger Mensch bist." Bei ihren Worten verziehe ich meine Mundwinkel zu einer Schnute und beobachte dabei weiter meine Grandma.

Sie ist nicht viel größer als ich und hat die gleichen lockigen Haare. Besser gesagt, ich habe sie von ihr geerbt. Nur mit dem Unterschied, dass ihre Haare grau und nur bis zum Kinn lang sind. Meine dagegen sind dunkelbraun und im glatten Zustand reichen sie mir fast bis zur Hüfte.

Grandma trägt eine rote Hornbrille und für ihr Alter – sie ist letzten Monat achtzig Jahre geworden – sieht sie wirklich noch verdammt gut aus. Ihre Vorliebe für Zigarillos teile ich hingegen absolut nicht und auch ihre gelegentlichen Trinkspiele würde ich nach spätestens der dritten Runde verlieren - wenn nicht schon nach der zweiten.

Was für mich zählt, ist aber die Tatsache, dass sie ihr Herz am richtigen Fleck hat. Meine Mutter war neunzehn Jahre alt, als sie mich zur Welt brachte. Danach zog sie in die Ferne - ich blieb bei Grandma – und Mum hatte sich nur noch sporadisch um mich gekümmert.

„Du hast von deiner Mutter gehört, dass sie uns besuchen kommt?", fragt mich Grandma nun.

„Ja!", nuschle ich. Mir ist noch nicht ganz klar, was das bedeutet. „Sie bringt ihren neuen Lover mit."

„Ist er schon volljährig?" Bei ihrer süffisanten Frage zündet sich Grandma eine dieser stinkenden Zigarillos an.

„Du kannst es nicht wirklich lassen", mahne ich.

„Was? Das Rauchen oder über die Lover deiner Mutter zu lästern."

„Beides!"

Wir grinsen uns verschwörerisch an und schweigen für einen

kurzen Moment.

„Du siehst müde aus", sagt Grandma, während sie mir den lang ersehnten Kaffee einschenkt.

„Ich hatte eine echt harte Woche", murmle ich.

Grandma zieht an ihrem Zigarillo und bläst den Rauch langsam wieder aus. „Aha. Und was macht dein Liebesleben?"

Nein, Grandma, nicht diese Frage, bitte.

„Welches meinst du? Das mit dem verheirateten Mann, die Affäre mit dem schwulen Lover oder ...", frage ich gereizt.

„Hast du etwa keinen Sex?" Grandma senkt den Kopf und visiert mich über ihre Hornbrille hinweg an.

„Nein!", fauche ich.

„Du lebst jetzt seit zwei Jahren allein und hast nicht mal eine Affäre? Das ist nicht gut, Kindchen."

Bei ihren Worten hole ich tief Luft und presse meine Kiefer aufeinander. Lou legt mitleidig seinen Kopf auf meinen Schoß. Zumindest könnte man das denken. In Wirklichkeit visiert er mein Croissant an. „Das ist meins", grolle ich.

„Der Hund kann nichts dafür, dass du keinen Sex hast."

„Grandma!", rufe ich entsetzt.

„Ich habe doch recht!"

„Großvater ist vor drei Jahren verstorben und du lebst seitdem auch alleine."

„Nicht immer", sagt sie und grinst mich dabei frech an.

„Das heißt?", frage ich leise und mir graut es bereits vor der Antwort.

„Na, ich habe wenigstens Sex!"

„Du bist achtzig Jahre alt!", schnarre ich sie an.

„Und da darf man keinen Sex mehr haben?" Grandmas provokanter Blick bringt mich zum Schweigen. Ich kann es gerade nicht fassen, was ich gehört habe. „Und wer ist der Glückliche?", will ich schließlich wissen.

„Will!", verkündet sie stolz.

„Dein Nachbar?", rufe ich voller Entsetzen.

„Ja ... er ist genau wie ich ... verwitwet. Weißt du, meine liebe Violet, wir tragen unsere verstorbenen Ehepartner tief in unserem Herzen mit uns ... aber wir sind selbst noch nicht tot und gönnen uns ab und zu etwas Spaß. Da ist nichts Verwerfliches dran."

Als Antwort nicke ich ihr verstohlen zu und die Vorstellung, die beiden beim Sex zu erwischen, jagt mir einen Schauer über den Rücken. „Und wie viele Male gönnt ihr euch den Spaß?", frage ich sie leicht ironisch.

„Er bringt immer eine Flasche französischen Rotwein mit und dann weiß ich, was er vorhat", kichert sie.

Ich pruste vor Schreck einen Schluck Kaffee über die Tischdecke. „Ich habe letztes Wochenende zwanzig Weinflaschen in den Glasmüll gebracht. Die waren alle von euch? Über welchen Zeitraum denn bitte?"

„Vier Wochen", sagt Grandma nun kleinlaut und kichert wieder.

Wie erstarrt sitze ich da und Lou nimmt das zum Anlass, um sich mein Croissant zu schnappen und damit in die nächste Ecke zu verschwinden.

„Lou!", schimpfe ich und verschränke meine Arme provokativ vor der Brust.

„Denk' jetzt nicht schlecht von mir, Violet. Wenn du erst einmal so alt bist wie ich, wirst du mich verstehen." Sie sagt das mit weicher Stimme und plötzlich kämpfe ich mit den Tränen. Grandma weiß, warum und sofort befinde ich mich in ihren Armen. Ein nicht gewollter Weinkrampf überrollt mich und ich brauche einige Zeit, um mich wieder zu beruhigen.

„Hast du ihn wieder getroffen?", fragt Grandma und reißt mich damit aus meiner trüben Stimmung.

„Was? Wen?", frage ich irritiert und befreie mich aus ihrer Umarmung.

„Deinen Kunsthändler!"

Bei ihren Worten schlucke ich schwer und wische mir mit beiden Händen die Tränen ab.

„Ich bin nicht sein Typ!", sage ich enttäuscht.

„Woher willst du das wissen?" Grandma wirkt aufgebracht.

„Durch meine Recherchen über ihn, da habe ich auch viel Privates erfahren. Seine beiden Ehefrauen waren blonde Models. Nächsten Dienstag ist übrigens seine zweite Scheidung."

„Das weißt du also auch?", sagt sie und zwinkert mir verschwörerisch zu.

„Ja …", druckse ich und puste mir eine Locke aus dem Gesicht. „Das zu wissen gehört zu meinem Job ... und um deine Frage zu beantworten ... ja, ich war gestern wieder bei ihm", sage ich geknickt.

„Aha. Das erklärt so einiges."

Dann schweigen wir beide, bis wir vom Garten her Gekreische hören.

„Wo ist Lou?", frage ich entsetzt und suche mit den Augen nach ihm.

„Er hat sich heimlich davon geschlichen und wird gerade die Katze der neugierigen Nachbarin jagen. Lass' ihn einfach, er braucht den Auslauf."

Irgendwie kann ich mir bei Grandmas Worten ein Grinsen nicht verkneifen und sie blinzelt schelmisch durch ihre Hornbrille.

„Ihr mögt euch immer noch nicht ... du und die Nachbarin?", setze ich ironisch hinzu.

„Nein! Nach fünfzig Jahren wird sich das auch nicht mehr ändern."

Jetzt kichern wir beide und ich bin sehr froh, bei ihr zu sein. Dieses Haus ist immer mein Zufluchtsort, egal, was in meinem Leben gerade passiert.

Die Auswirkungen meiner zehnjährigen Ehe habe ich unter den Blüten der Apfelbäume verarbeitet, oder sagen wir besser: Grandma hat Schadensbegrenzung betrieben.

„Du begibst dich auf sehr dünnes Eis", reißt sie mich abrupt aus meinen Gedanken. „Oder willst du ihn an die Regierung ausliefern?"

Ich schüttle leicht den Kopf und einzelne Locken fallen mir dabei ins Gesicht. „Gestern habe ich versucht, ihn zu warnen. Hoffentlich hat er es verstanden."

Grandma sieht mich an und mustert mich. Ich kenne diesen Blick. „Mir fällt gerade ein, dass ich noch einige Bilder zum Verkauf habe. Die sollte er sich einmal ansehen", bemerkt sie.

Augenblicklich schnappe ich nach Luft und krächze:„Untersteh' dich!".

Grandma verzieht ihre Mundwinkel leicht, steht auf und verlässt - ohne einen weiteren Ton von sich zu geben - die Küche.

Chapter 4

Clive

Meine Wohnung am Hyde Park, 20 Uhr

Ich schlucke gerade den letzten Bissen der köstlichen Pizza mit Meeresfrüchten hinunter und sehe dabei immer wieder zu meinem Smartphone, welches demonstrativ mitten auf dem Couchtisch liegt.

Zusammen mit Alexander habe ich das ganze Wochenende Mrs. Clark oder - wie wir nun auch wissen – Mrs. Donovan, im Gebäude ausspioniert. Durch ein paar nette Worte an den Portier und eine nicht ganz so kleine Summe Trinkgeld wissen wir jetzt, dass sie die Wochenenden meist außerhalb Londons verbringt – genauer gesagt in Oxford, bei ihrer Großmutter. In der Woche pendelt sie oft zwischen einem Apartment in Mayfair – ganz in der Nähe meiner Galerie - und der Wohnung hier im Haus hin und her. Die genauen Zeiten, wann sie mit Lou zum Spaziergang unterwegs ist, konnte mir der Portier ebenfalls mitteilen.

Was uns noch etwas Kopfzerbrechen bereitet ist, wer ihr angeblicher Ehemann ist. Hier im Haus wurde er noch nie gesehen. Also ist anzunehmen, dass er diese Rolle nur *spielt*. Deshalb muss ich doppelt vorsichtig sein.

Endlich.

Mein Display leuchtet auf und mich ruft eine unbekannte Nummer an. „Kein anonymer Anruf? Das ist sehr mutig", sage ich rau. Ich lasse es dreimal klingeln und melde mich total verschlafen mit: „Henderson."

Am anderen Ende ist tatsächlich Violet Donovan und sie entschuldigt sich mindestens zweimal hintereinander für die späte Störung. Sie erklärt mir, dass vor ihrer Wohnungstür eine gelbe Rose gelegen hätte mit einer Danksagung für ein tolles Dinner. Bei ihren Worten grinse ich hinterhältig.

Die Rose habe nämlich ich vor ihre Tür gelegt und das mit purer Absicht. Mein Plan scheint aufzugehen. „Oh, das tut mir leid, Mrs. Donovan. So heißen Sie doch, oder?"

„Ja!", schnaubt sie.

„Ich muss mich im Stockwerk geirrt haben. Die kleine Aufmerksamkeit war für die junge Lady gedacht, die direkt unter Ihnen wohnt."

Ihre Reaktion auf meine Entschuldigung ist leicht unterkühlt. Ich habe das Gefühl, Mrs. Donovan ist enttäuscht. Zumindest klingt das so, deshalb will mein Grinsen nicht aufhören.

Jetzt muss ich zuschlagen.

„Ich bin in zwei Minuten bei Ihnen und hole mir die Rose wieder ab", sage ich schnell.

Am anderen Ende der Leitung herrscht plötzlich angespannte Stille.

Auf ihre Ausreden bin ich jetzt gespannt.

Mrs. Donovan erklärt mir nun umständlich, dass sie seit heute Nachmittag eine allergische Reaktion auf Getreide habe und ihre Augen sehr lichtempfindlich seien, deshalb würde sie eine Sonnenbrille tragen und ich sollte mich nicht wundern.

Jetzt bin ich enttäuscht.

Ich wollte die wohl haarsträubendste Geschichte hören und bekomme nur die Version mit der Allergie vorgesetzt?

„Ich bin gleich bei Ihnen!", brumme ich und beende das Gespräch, ohne ihr noch eine Chance der Gegenreaktion zu geben.

Einen kurzen Moment verharre ich und dann sage ich: „Komm' Amy, wir besuchen Lou." Sie ist schneller an der Tür, als ich zu Ende sprechen kann.

Bevor ich die Wohnung verlasse, überprüfe ich noch das aufgetragene Make-up für mein lädiertes Auge.

Sitzt perfekt. Jetzt verstehe ich auch, warum die Frauen bei jedem Spiegel, der ihnen im Leben begegnet, hineinsehen müssen.

Ich nehme den Wohnungsschlüssel und ziehe die Tür hinter mir zu. Auf den Fahrstuhl verzichte ich und renne stattdessen mit Amy die Treppen hinunter.

Leicht außer Atem – ich mehr als Amy – klopfe ich an die haselnussbraune Wohnungstür. Lou ist sofort zu hören und Amy schnuppert winselnd unten am Türschlitz.

Plötzlich wird die Tür aufgerissen und ich stehe vor einer kleinen Frau mit wilden Locken, die eine *sehr* dunkle Sonnenbrille trägt. Die Größe stimmt schon mal mit Mrs. Clark überein.

Ich habe keine Chance, sie zu begrüßen – im Gegensatz zu Amy, die sofort durch den Türspalt in die Wohnung gehuscht ist - denn sie drückt mir ohne zu zögern die Rose in die Hand und will die Tür sofort wieder schließen.

Aber nicht mit mir!

Provokativ trete ich einen Schritt in ihre Wohnung ein und deute mit dem Finger auf die Hunde. Amy und Lou haben sich mittlerweile zum Spielen auf Mrs. Donovans Couch verabredet.

Genau das wollte ich!

„Oh", flötet Mrs. Donovan und wirkt leicht orientierungslos.

Sie geht einen Schritt zur Seite und lässt mich nur widerstrebend eintreten. Zu gern hätte ich ihre abweisende Mimik gesehen, doch unter der überdimensionalen Sonnenbrille ist nur ihr Mund zu erkennen - und ihre fest aufeinander gepressten Lippen. Für den Anfang reicht mir das.

Allerdings habe ich das Temperament beider Hunde unterschätzt. Diese stürzen in wilder Verfolgungsjagd über die Couch, unter dem Esstisch hindurch ins Schlafzimmer, quer über das Bett und wieder zurück. Statt präziser Kommandos höre ich von ihr immer nur: „Oh", und frage mich, ob sie auch noch andere Wörter in ihrem Sprachgebrauch hat. Jedenfalls stelle ich es mir äußerst schwierig vor, in dem schon dämmrig beleuchteten Zimmer, und dann noch mit dieser dunklen Sonnenbrille auf der Nase, überhaupt etwas zu sehen.

Schlagartig wendet sich das Blatt in meine Richtung und die Hunde haben den Pizzakarton auf dem Couchtisch entdeckt. Lou zieht ihn mit dem Maul zu Boden und will sich über den restlichen Inhalt hermachen. Doch Mrs. Donovan ist nun mit drei großen Schritten bei ihm und versucht, ihm den Karton samt Pizza zu entreißen. Zu dumm ist nur, dass Lou dies als Spielaufforderung sieht und nicht nur eine Sekunde lang daran denkt, nachzugeben. Die gehauchten Kommandos von ihr ignoriert er völlig.

Ich stehe zwei Schritte entfernt und verdecke meinen Mund mit meiner Hand. Eigentlich ist mir danach, laut loszulachen, weil die Situation wirklich zu lustig ist.

Man bedenke, dass Mrs. Donovan immer noch die Sonnenbrille trägt und die Pizzareste mittlerweile auf ihrem braunen Parkettboden liegen. Das bemerkt auch Lou und gibt den Karton plötzlich frei, um den Boden vom Essen zu befreien.

In weiser Voraussicht halte ich die Hand in ihre Richtung, weil ich befürchten muss, dass sie gleich nach hinten fällt. So ist es dann auch und Mrs. Donovan liegt Sekunden später direkt in meinen Armen. Dass ihr dabei die Sonnenbrille nach unten rutscht, versetzt sie in Panik. Sofort dreht sie sich von mir weg und schiebt sich die Brille wieder korrekt auf die Nase. Allerdings hat ihre Frisur – wenn man das so nennen darf – mächtig unter der Aktion gelitten.

Ihr gesamtes Gesicht wird nun von der Lockenmähne verdeckt. Mit einem leisen Stöhnen fasst sie ihr Haar im Nacken zusammen, dreht es einmal und legt es auf der rechten Schulter wieder ab. Die übrig gebliebenen Locken pustet sie sich aus dem Gesicht. Für einen kurzen Moment klappt das ganz gut, bis sie einfach wieder zurückfallen.

„Lou ist noch sehr jung, oder?", frage ich unterschwellig.

Augenblicklich wirft sie ihren Kopf in meine Richtung und ihr gedrehter Zopf geht dabei wieder auf. „Ja!", faucht sie leise.

In der Zwischenzeit haben Lou und Amy die restlichen Pizzastücke gefressen und Lou springt mit beiden Vorderpfoten auf den Couchtisch, um nachzusehen, ob dort vielleicht noch Nachschub zu finden ist. Dass er dabei ein volles Glas Rotwein umwirft, die Flüssigkeit sich über den Tisch nebst Smartphone ergießt, das Glas weiter rollt und auf dem Boden in viele Teile zerspringt, lässt uns beide für einen Moment erstarren.

Zu meiner Freude hat Lou damit erreicht, dass Mrs. Donovan ihre Maskerade aufgeben muss. Ziemlich hektisch rennt sie nun in die Küche und ich höre nur ein „Au" und ein „Verdammt".

Humpelnd und ohne Sonnenbrille, dafür mit saugfähigen Küchentüchern ausgestattet, kommt sie kurz darauf wieder und rettet zuerst ihr Smartphone, was ich jedoch schon mal vorsichtshalber aus der roten Flüssigkeit gefischt habe. Ich halte es ihr, zwischen meinen zwei Fingern tropfend, entgegen und sie wickelt es sofort in mehrere Lagen Küchenpapier ein. „Danke!", haucht sie und wirft mir einen von ihren stechenden Blicken zu. Der Schlag in die Magengrube sitzt perfekt und die Erholungsphase dauert länger, als ich gedacht habe.

Jetzt mit Sicherheit zu wissen, dass sie ein und dieselbe Person ist und sie diejenige sein wird, die mir die Handschellen anlegt, ruft in mir Magenkrämpfe hervor. Allerdings treibt mir ihre chaotische Art - wie sie versucht, Lou zu einer gewissen Ordnung zu bringen, damit sie die Scherben beseitigen kann - ein fettes Grinsen ins Gesicht. „Haben Sie es schon einmal mit Hilfe eines Hundetrainers versucht, Lou in den Griff zu bekommen?" Meine dezente Ironie lässt sie kurz in meine Richtung blicken.

„Ja ... ja", sagt sie knapp. „Wir sind seit einem Monat im Training und er ist schon viel ruhiger geworden."

„Aha!" Es ist mir nicht klar, ob sie das ernst meint oder mich gerade vorführt. Als Lou nun das Küchenpapier durch das Wohnzimmer schleppt und sich dabei das Papier abwickelt und sie ein genervtes „Lou!", ruft, bin ich mir sicher, sie meint es ernst. Ich kann nicht anders und muss eingreifen.

Aus meiner Hosentasche zücke ich einen Hundekeks, den ich für Amy immer dabei habe und rufe Lou zu mir. Zu meiner Überraschung gibt er das Papier sofort frei, als er den Keks sieht und kommt auf mich zu gerannt. Dafür lobe ich ihn besonders intensiv und der Keks ist jetzt nur noch Formsache.

Stolz sehe ich zu Mrs. Donovan, die mich mit weit aufgerissen Augen anstarrt. „Wie haben Sie das denn jetzt fertiggebracht?" Ihre Tonlage ist ein Mix aus Verblüffung und Bewunderung. Die ihr ins Gesicht fallenden Haarsträhnen scheint sie nicht zu bemerken.

Ob ich will oder nicht: Ich bin - auf eine mir fremde Art - von ihr fasziniert.

„Ich glaube ... Lou vertraut Ihnen nicht und das müssen Sie ändern", bemerke ich selbstsicher.

Statt einer Antwort seufzt Mrs. Donovan hörbar auf und bringt die Scherben zurück in die Küche.

Ich sorge in der Zwischenzeit dafür, dass sich beide Hunde beruhigen und beginne, mich in ihrer Wohnung umzusehen.

Sie scheint ein großer Bewunderer der Tierwelt Afrikas zu sein, denn an den Wänden entdecke ich wunderschöne Porträts von einem Leoparden und einer Elefantenherde. Ich trete näher heran, um das Signum des Malers zu entschlüsseln, da nehme ich plötzlich ihr dezentes Parfüm wahr. Sie scheint hinter mir zu stehen, denn es ist der gleiche Duft, den sie schon am Freitag bei dem Besuch in meiner Galerie trug.

„Den Maler kenne ich nicht", versuche ich mich aus der Situation zu retten. Ihre Nähe ruft in mir ein beklemmendes Gefühl hervor.

„Er ist auch unbekannt und ich habe die Bilder auf meiner letzten Reise durch Kenia erstanden."

„Wie schön", sage ich gekünstelt und traue mich nicht, mich umzudrehen, denn dann würde wahrscheinlich mein Blick in ihre stechend blauen Augen fallen.

„Mögen Sie Kunst?" Ihre plötzlich harte Tonlage lässt mich aufhorchen.

Die kenne ich doch.

„Ja!", sage ich rau und wende mich ruckartig zu ihr um.

Zu meiner Verwunderung steht sie nicht wie erwartet vor mir, sondern neben der Eingangstür. „Ich bin müde", sagt sie leise und öffnet einen Spalt die Tür.

Ich verstehe. Sie hat alle Mühe, ihre Tarnung aufrecht zu erhalten.

Sofort rufe ich Amy zu mir und zusammen verlassen wir die Wohnung. Beim Hinausgehen drehe ich mich noch einmal kurz zu ihr um und sage: „Die Rose können Sie behalten. Und bitte feuern Sie Ihren Hundetrainer."

Chapter 5

Clive

*H*yde Park, 9 Uhr

„Warum begleitest du mich so früh beim Spazierengehen mit Amy?", frage ich Alexander verwundert, als er plötzlich neben mir auftaucht. Um diese Zeit sitzt er normalerweise in seinem Büro und trinkt seinen ersten Kaffee.

„Weil ich gerade aus deiner Galerie die gesamten Wanzen entfernen lasse", brummt er.

„Die was …?", brülle ich.

„Ja, richtig gehört!", bestätigt er mir und verzieht den Mund zu einer schrecklichen Grimasse.

„Wie konnte das nur passieren … und seit wann sind die dort … und hast du schon eine Ahnung wer dahinterstecken könnte?", frage ich total aufgebracht und meine Worte überschlagen sich dabei.

„Du hattest letzte Woche einer Malerfirma den Auftrag erteilt, eine Wand in deiner Galerie neu zu streichen, oder?"

„Das stimmt!"

„Genau seit diesem Zeitpunkt konnten sie dich überwachen."

„Wer?"

„Die Internationale Behörde!" Alexander sieht mich von der Seite mit kritischem Blick an.

„Das ist doch ein Scherz!", fluche ich.

Seit ich Kunsthändler bin, bewege ich mich auf dunklen Wegen und nach fünfzehn Jahren hat mich plötzlich diese Behörde auf dem Radar? Damit steht meine gesamte Existenz auf dem Spiel!

„Du arbeitest doch für den Geheimdienst", werfe ich unterschwellig ein.

„Wohl nicht mehr lange, wenn die mein Treiben erst einmal bemerken."

„Und wieso ist uns das nicht früher aufgefallen?" Ich kann das alles einfach nicht glauben. „Die Videoüberwachung …", sage ich hastig.

„War wegen der Stromabschaltung an diesem Tag für zwei Stunden aus, damit nicht ständig der Alarm losging, wenn du ein Bild von der Wand genommen hast."

„Verdammt!", fluche ich so laut, dass die an mir vorbeigehenden Spaziergänger böse den Kopf schütteln.

„Ich hätte es merken müssen", entschuldigt sich Alexander. „Doch da *DU* die Firma bestellt hast", fährt er fort, „habe ich keinen Grund gesehen, eine Gegenmaßname einzuleiten."

„Steckt *SIE* vielleicht dahinter?", knurre ich.

„Du meinst Mrs. Clark?"

„Wen sonst?"

„Hast du ein Problem damit, wenn ich sie zum Dinner ausführen würde?" Alexander sieht mich mit zusammengekniffenen Augen an.

„Du verarschst mich gerade, oder?"

„Nö …", sagt er und ein breites Grinsen zieht sich nun quer über sein Gesicht.

Was will er damit bezwecken?

Ich kenne nur zu gut seine Vorgehensweise bei Frauen, denn seine Affären dauern nie länger als ein paar Monate. Aber das spielt momentan keine Rolle, sondern es geht um *mich* und *mein* Leben.

„Das will ich jetzt nicht glauben", sage ich kopfschüttelnd.

„Clive, sie ist eine äußerst interessante Frau. Ich bin diese Nacht im sogenannten *Deep Web* unterwegs gewesen und habe dort dein Lockenwunder enttarnen können."

„Du meinst mit *Deep Web* die Internetseiten, die du als Normalsterblicher ohne Zugangscode gar nicht erst öffnen kannst?" Meine Ironie übertrifft sich selbst. Ich habe immer noch mit der Frage von Alexander zu kämpfen, ob er mit ihr zum Dinner gehen darf. Eigentlich müsste mir das so was von egal sein, aber ist es nicht!

„Du hast dazu gelernt!", krächzt er anerkennend.

„Was hast du außerdem über sie herausgefunden, was wir noch nicht wissen?", schnarre ich ihn an.

„Das wird dir nicht gefallen. Sie ist die Leiterin der Kommission für den illegalen Handel von Kunstschätzen ... zuständig für Europa."

Ich fluche und verziehe danach die Mundwinkel weit nach unten. „Dann ist dieser weißhaarige Gorilla, der ihr Ehemann sein soll, vielleicht doch eher ihr Bodyguard? Zumindest sollte sie sich ab jetzt einen zulegen!", grolle ich.

„Oh, da ist jemand aber mächtig sauer."

„Wie kommst du denn darauf?", blaffe ich ihn an. „Sie untergräbt gezielt mein ganzes Leben, indem sie in das gleiche Apartmenthaus einzieht. Außerdem ist ihre Tarnwohnung nur ein paar Schritte von meiner Galerie entfernt und nun hat sie mich auch noch verwanzt. Nein, ich bin nicht sauer ... wenn ich sie zwischen die Finger bekomme, wird sie es bereuen, sich jemals mit mir angelegt zu haben."

„Aber vorher gehe ich noch mit ihr zum Dinner", wirft Alexander schmunzelnd ein.

„Wer warst du gleich nochmal in meinem vorherigen Leben ... mein bester Freund?"

„Yep! Komm' schon. Vielleicht *muss* sie diese Dinge auch tun, um ihre wahren Absichten zu tarnen."

„Das finde ich heraus! Ich lasse mir von niemanden meine Existenz ruinieren!"

In diesem Moment klingelt Alexanders Smartphone und er erhält die Nachricht, dass nun alle Wanzen entfernt wurden.

„Dann kann ich endlich in mein Büro gehen. Was machst du jetzt noch?", will er von mir wissen.

Ein kurzer Blick auf meine Uhr und meine Gesichtszüge erhellen sich. Mrs. Donovan ist nun mein Ziel.

„Ich gehe noch etwas mit Amy spazieren."

„Aha!", sagt Alexander knapp und zieht die Stirn in Falten. Er scheint zu ahnen, was ich vorhabe. „Dann bis später!"

„Ja! Und ... danke für deine Unterstützung."

„Wir sehen uns", sagt er, dreht sich um und geht.

„Und wir zwei suchen jetzt Lou", erkläre ich leise Amy und

diese spitzt augenblicklich ihre Ohren.

Während wir durch den Hyde Park auf Spurensuche gehen, rasen die absurdesten Gedanken durch meinen Kopf. Zwar sind die Wanzen in meiner Galerie entfernt, das heißt aber nicht, dass das so bleiben *muss*. Sobald ich wieder zu Hause bin, werde ich Gegenmaßnahmen einleiten und meine bestehenden Kontakte warnen. Doch zuvor ist Mrs. Donovan mein Ziel, die just in diesem Moment in mein Blickfeld gerät.

„Wen haben wir denn da entdeckt?", frage ich Amy.

Mrs. Donovan steht ungefähr einhundert Meter entfernt unter einer großen Eiche – sie trägt eine Jeans und ein weißes bedrucktes T-Shirt – und unterhält sich gerade mit einem großen Mann.

Wer ist das denn? Etwa der Hundetrainer?

Es sieht so aus, als würde er ihr etwas erklären. Lou liegt derweil auf der Wiese an einer Schleppleine - ungefähr drei Meter von ihr entfernt - und beobachtet voller Neugier sein Umfeld. Diesen Umstand will ich mir zunutze machen und ein schelmisches Grinsen huscht dabei über mein Gesicht.

Ich öffne den Karabinerhaken von Amys Leine und rufe im nächsten Augenblick nach Lou. Dieser steht sofort auf seinen vier Pfoten und Amy rennt zeitgleich los. Als Lou sie sieht, setzt er zum Sprint an und Mrs. Donovan landet in den Armen des vermeintlichen Hundetrainers. Das war wiederum nicht meine Absicht. Sie sollte nur auf der Wiese landen.

Mist!

Zwischenzeitlich haben sich die Hunde in der Mitte getroffen und ziehen im hohen Tempo ihre Kreise. Als Mrs. Donovan mich entdeckt, löst sie sich sofort aus der Umarmung und beide Personen schreien nach Lou. Doch dieser rennt einfach weiter seine Runden mit Amy und kümmert sich nicht im Geringsten um die Rufe seiner Besitzerin.

Stattdessen versuche ich nun mein Glück und rufe nach Amy. Sie kommt sofort in meine Richtung gerannt und Lou folgt ihr ohne zu zögern. „Fein gemacht!", lobe ich beide überschwänglich und ziehe aus meine Hosentasche zwei Hundekekse.

„Sie scheinen ein Naturtalent zu sein", höre ich es plötzlich hinter mir.

„Und Sie sind der Hundetrainer?", frage ich unterschwellig und grinse ihn bei meinen Worten an.

„Ich versuche es zu sein, ja. Lou ist sehr temperamentvoll und noch jung."

„Diesen Umstand habe ich gestern Abend schon einmal gehört", sage ich mit leichter Ironie in der Stimme und mein Blick wandert zu Mrs. Donovan. Mir ist nicht entgangen, dass sie mich schon seit Minuten ununterbrochen beobachtet.

Ich weiß, wer du bist.

„Es tut mir leid", beginne ich, „dass ich keine Zeit für ein längeres Gespräch habe. Ich muss in meine Galerie. Dort gibt es plötzlich Ungereimtheiten." Den letzten Satz betone ich besonders laut und sehe dabei Mrs. Donovan mit zusammengekniffenen Augen an. Umgehend steigt ihr eine leichte Röte ins Gesicht und sie presst die Lippen aufeinander.

Sie weiß, was ich meine. Da bin ich mir sicher.

Es fällt mir sichtlich schwer, meinen Groll auf sie zu unterdrücken. Als sie Amy streicheln will, rufe ich diese zu mir, um sie wieder anzuleinen. Dem unfähigen Hundetrainer nicke ich zum Abschied arrogant zu und stelle mich ganz nah an Mrs. Donovan heran, um ihr ins Ohr zu flüstern: „Sie haben meinen Rat von gestern Abend nicht befolgt."

Danach starre ich ihr in die blauen Augen und plötzlich verfärben sich diese dunkelblau. Außerdem erhält sie noch ein süffisantes Grinsen und ein vernichtendes Schweigen von mir - mehr habe ich nicht für sie übrig.

Als ich mit Amy schon ein paar Meter entfernt bin, höre ich den Hundetrainer fragen: „Wer war das denn gerade?"

„Niemand!", gibt sie ihm knapp zur Antwort. Ich grinse wohlwollend bei ihren Worten.

Kurze Zeit später betrete ich meine Galerie und mein Weg führt mich sofort ins Büro. Mit einer gewissen Anspannung und Wut im Bauch tätige ich ein paar kurze Telefonate mit meinen Kontakten. Ich teile ihnen eine neue Rufnummer mit und beschließe, in der nächsten Zeit nur über ein Prepaid-Handy mit ihnen zu kommunizieren. Darüber kann man mich im Zweifelsfall nicht orten. Mein Smartphone nutze ich nun nur noch für die *sauberen* Geschäfte.

Mittlerweile ist es schon spät am Nachmittag, als ich über die Kamera in der Galerie ein älteres Ehepaar bemerke. Unverzüglich stehe ich von meinem Schreibtisch auf und gehe ihnen entgegen. Die rote Hornbrille der älteren Dame fällt mir sofort auf. Ihre grauen kurzen Locken hängen ihr teilweise davor. Sie trägt ein buntes, fast bodenlanges Kleid und ihre wachen Augen heften sich gleich an mir fest. Als ich direkt vor ihr stehe, kann ich ihre Augenfarbe erkennen. Himmelblau.

Was für ein Zufall.

„Sie sind Mr. Henderson?", fragt sie und lächelt mich dabei verschmitzt an.

„Ja", sage ich leicht verwirrt. „Kennen wir uns?"

„Noch nicht", kichert sie. „Sagen Sie aber bitte Granny zu mir."

„Gern." Leicht irritiert reiche ich ihr meine Hand zur Begrüßung und danach ihrer Begleitung. „Ihr Ehegatte, nehme ich an?"

Granny fängt wieder an zu kichern und beugt sich zu mir.

„Nein, mein Liebhaber, Will", flüstert sie. Jetzt kichern beide und halten sich dabei an den Händen.

Was für ein außergewöhnliches Paar.

„Wollen Sie sich setzen?", frage ich und biete ihnen meine Sessel vor dem Tresen im hinteren Bereich der Galerie an.

„So alt sind wir nun auch wieder nicht", antwortet Granny schon fast beleidigt.

„Natürlich!"

Ich mustere die beiden und überlege, was wohl der Grund für ihren Besuch in meiner Galerie sein könnte und in welche Kategorie Kunden sie einzuordnen sind. Ich komme zu dem Schluss, dass ihr Wunsch eher etwas Ausgefallenes sein wird.

„Was tragen Sie denn da für einen aufregenden Ring", fragt mich Granny gerade.

„Oh", sage ich überrascht und sehe auf meine Hand, als wenn ich gar nicht wüsste, welches Schmuckstück ich gerade an mir trage. „Als Kind habe ich immer davon geträumt, ein Pirat zu sein", antworte ich. Eine andere Erklärung fällt mir gerade nicht ein.

„Sie auch?", gluckst sie und gibt mir einen leichten Schlag auf meinen Arm, dann zieht sie überraschenderweise eine ähnliche Kette unter ihrem Kleid hervor und hält mir einen Anhänger mit Totenkopf vor die Augen. „Ich war natürlich eine Piratenbraut", raunt sie mir zu und schielt über den Brillenrand zu mir hinüber.

Ihre stahlblauen Augen funkeln mich an. Mein Magen reagiert darauf sehr sensibel.

„Die bist du heute noch", fügt Will hinzu und küsst sie auf die Schläfe. Als ich das sehe, verzieht sich mein rechter Mundwinkel wohlwollend nach oben.

„Nennen Sie mir bitte den Grund Ihres Besuches?", frage ich nun neugierig nach, denn besonders Granny weckt in mir ein krankhaftes Interesse.

„Also …", beginnt sie. „Ich habe zuhause noch ein paar Bilder rumstehen und wollte Sie fragen, ob Sie sich diese eventuell einmal ansehen würden. Meine Enkelin behauptet, die wären nichts wert, aber sie hat auch keine Ahnung von Kunst."

„Aha …", sage ich und mir entgeht nicht das Aufblitzen in ihren Augen.

„Sie müssten dafür allerdings nach Oxford kommen", flötet sie leise.

„Oxford?", wiederhole ich mit tiefer Stimme. Das könnte verdammt interessant werden. Dabei könnte ich Mrs. Donovan besuchen und bei dem Gedanken muss mir ich ein süffisantes Grinsen unterdrücken.

„Natürlich komme ich auch zu Ihnen nach Hause", bemerke ich schnell.

„Prima!", sagt Granny und klatscht vor Freude in die Hände. „Am Mittwoch, so gegen 14.30 Uhr zum Tee?"

„Das passt mir sehr gut. Ich werde für diese Zeit eine Aushilfe arrangieren. Haben Sie auch eine Adresse für mich?"

Granny drückt mir daraufhin einen kleinen Zettel in die Hand und fragt mich ganz nebenbei: „Sie kommen allein?"

„Wenn es Ihnen nicht zu unangenehm ist, dann würde ich meine Hündin mitbringen. Sie ist meine einzige ständige Begleiterin." Ich zwinkere Granny verschwörerisch zu, denn ich habe das Gefühl, dass sie den letzten Satz so hören will.

„Das ist gut … dann kann sie sich die *Katze* meiner Nachbarin etwas näher ansehen!", murrt sie und rümpft dabei die Nase.

Bei ihren Worten schmunzle ich über das ganze Gesicht.

Was für eine interessante Frau.

Zwei Atemzüge später schicken sich beide zum Gehen an und bevor Granny an der Tür angekommen ist, dreht sie sich noch einmal um und sagt zu mir: „Meine Enkelin hat übrigens auch einen Hund. Lou heißt er." Danach schürzt sie für ein paar Sekunden ihre Lippen, schenkt mir daraufhin einen intensiven Blick und folgt Will zur Tür hinaus.

„Auf Wiedersehen … Mrs. Donovan", rufe ich ihr nach. Sie winkt mir – ohne mich dabei noch einmal anzusehen – mit der rechten Hand zum Abschied.

Das Schicksal scheint es wirklich gut mit mir zu meinen.

Chapter 6

Clive

Straße nach Oxford, 14 Uhr

Heute ist Mittwoch und ich befinde mich gerade auf dem Weg nach Oxford. Eigentlich sollte ich mich auf den Verkehr konzentrieren, doch meine Gedanken schweifen immer wieder zu den Geschehnissen der letzten zwei Tage ab.

Am Montagabend traf ich mich mit Joseph - meiner Kontaktperson hier in London - und wir haben einige *spezielle* Kundenwünsche *bearbeitet*. Von einem alten schottischen Lord hatte ich vor zwei Monaten eine Anfrage für einen besonderen Degen aus der Renaissance erhalten und genau diesen hat mir Joseph beschafft.

Wie? Das spielt für mich keine Rolle. Den Preis dafür haben wir schon vor Auftragserteilung festgelegt und ich brauchte nur noch den Scheck auszustellen. Außerdem gingen aus Josephs Beutezug ein Blumengemälde aus dem 20. Jahrhundert und ein Revolver aus der Barock-Zeit in mein Eigentum über. Das war für uns beide ein erfolgreicher Abend.

Die darauffolgende Nacht jedoch weniger, denn ich habe mich stundenlang nur in meinem Bett herumgewälzt. Am nächsten Tag, um 10 Uhr, war endlich mein Scheidungstermin. Auch wenn ich für diese Frau nichts mehr empfinde, waren die letzten Monate doch eine emotionale Achterbahnfahrt für mich.

Seit der Trennung von Emma habe ich mich auf keine festen Beziehungen mehr eingelassen und meistens blieb es bei einem One-Night-Stand. Irgendwie war mir der Glaube an die Ehe abhandengekommen und mein Vertrauen in die Frauenwelt fast gänzlich verschwunden.

Jetzt ist Emma endlich meine Ex-Frau. Sie hat vor der Richterin im Gericht einen wohlkalkulierten Auftritt hingelegt. Ihre langen blonden Haare waren streng nach hinten gebunden, sodass ihre feingeschnittenen Gesichtszüge gut zur Geltung kamen. Ihre braunen Augen wurden von einer großen Sonnenbrille bedeckt, die sie nur nach Aufforderung der Richterin abnahm. Natürlich hatte sie ihr Make-up so aufgelegt, dass ihre dunklen Augenringe niemand übersah und ein schlecht sitzender Hosenanzug rundete zudem ihren weinerlichen Auftritt bei Gericht ab. Ich verweigerte ihr jegliche Beachtung, denn mein Hass auf sie war mittlerweile grenzenlos.

Ihre Behauptung – ich hätte Gegenstände nach ihr geworfen und sie dabei im Gesicht verletzt - konnte ihre Anwältin in keinem der Anklagepunkte glaubhaft beweisen - mein Anwalt dagegen konnte bezeugen, dass sie nur aus finanziellem Eigennutz handelte. Auch der vorgetäuschte Schwächeanfall von ihr im Gerichtssaal und die manipulierten Fotos von den angeblichen Verletzungen - die ich ihr zugefügt haben sollte - halfen nicht, die Richterin zu überzeugen.

Ich konnte im Gegenzug mit einer polizeilichen Videoaufzeichnung belegen, dass ich mich zum angeblichen Tatzeitpunkt in New York anlässlich einer Kunstausstellung aufhielt. Die Beschaffung der Dateien habe ich natürlich Alexander zu verdanken, der seinen Kollegen in New York mächtig Erdnussbutter um die Mäuler schmieren musste – auch war es mein Glück, dass die Ausstellung vom Bürgermeister persönlich eröffnet wurde und deshalb die Polizei für die Sicherheit zuständig gewesen war.

Aber egal, wie es Alexander auch geschafft hatte, nur das Ergebnis zählte und meine finanziell gebeutelte Ex-Frau musste sich mit einer einmaligen Unterhaltszahlung von einhunderttausend Pfund abfinden – statt der von ihr geforderten fünfhunderttausend. Für das, was sie mir mit ihrer Behauptung angetan hatte, war das meiner Meinung nach aber immer noch viel zu viel.

Wenn es anders gelaufen wäre, dann hätte ich ihr wahrscheinlich sogar eine eigene Wohnung als Abfindung gekauft. Aber wer hoch pokert, der kann eben auch alles verlieren.

Jedenfalls bin ich ab jetzt ein freier Mann und - was mir viel wichtiger ist - sie musste die Anklage gegen mich sogar zurückziehen. Trotzdem bleibt sie bei mir im Telefonbuch weiter unter S*atan* gespeichert, denn ich könnte wetten, dass ich noch einmal von ihr hören werde.

Die monotone weibliche Stimme meines Navigationssystems holt mich aus meinen Gedanken zurück. Es dauert nur noch ein paar Minuten und ich treffe in Oxford ein. Ein Grinsen huscht mir dabei über das Gesicht.

***

Ich fahre einen schmalen Feldweg entlang und bin mir nicht sicher, ob die Stimme meines Navis mich im Niemandsland verschwinden lassen will.

Jedenfalls sind um mich herum nichts weiter als Felder und Wiesen zu entdecken. Als auf der linken Seite plötzlich - hinter Bäumen versteckt - ein weißes kleines Bauernhaus auftaucht, atme ich vor Erleichterung tief ein. „Ich glaube, wir sind richtig", sage ich zu Amy, die lang ausgestreckt auf dem Rücksitz meiner schwarzen Limousine liegt.

Nur wenige Minuten später halte ich vor dem liebevoll gepflegten Vorgarten und steige aus. Während ich Amy von ihrem Gurt befreie und sie aus dem Auto springt, taucht in meinem Blickwinkel eine zierliche Person auf. Ich greife nach dem Blumenstrauß, den ich fürsorglich im Fußraum deponiert habe und schlage die Autotür zu.

Mrs. Donovan steht drei Meter von mir entfernt und betrachtet mich skeptisch durch ihre rote Hornbrille.

„Waren Sie auf der Gentleman-Schule?", begrüßt sie mich spöttisch und schielt auf den bunten Blumenstrauß. Mir huscht bei ihrer Frage ein Lächeln über das Gesicht.

„Mrs. Donovan, bitte, die sind für Sie", sage ich freundlich und überreiche ihr das Gebinde.

„Dankeschön", flötet sie. „Kommen Sie doch herein."

„Sehr gern!" Meine angestaute Neugier ist hoffentlich nicht so leicht unter meiner blaugetönten Sonnenbrille zu erahnen.

„Sie wohnen hier wirklich sehr ruhig", bemerke ich während

wir in den Garten gehen.

„Sie meinen wohl eher ... ich wohne *am Ende der Welt*."

Das habe ich gedacht.

„Meine Enkelin liebt dieses Haus mit dem Garten und *das Ende der Welt* um uns herum."

Ihre Enkelin also.

Ich stelle mir gerade vor, wie Mrs. Clark mit ihren hohen Pumps durch diese Felder stakst. Ein süffisantes Grinsen umspielt dabei meine Mundwinkel. „Und Sie?", will ich wissen.

„Ich flüchte ab und zu heimlich in die Stadt und genieße das hektische Leben dort. Es ist, als wenn man auf See wäre ... ohne das Meer kann der Pirat nicht leben, aber ab und zu muss er einfach Land unter seinen Füßen haben." Sie zwinkert mir bei ihren Worten verschwörerisch zu und ich verstehe, was sie damit meint.

Zwischenzeitlich sind wir in dem Garten - der von wilden Hecken umzäunt und mit Obstbäumen zugewachsen ist - angekommen. Auf der leicht erhöhten Terrasse steht ein liebevoll gedeckter Tisch. Mein Augenmerk fällt sofort auf ein farbenfrohes Service.

„Es ist geschätzte einhundertfünfzig Jahre alt", wispert sie in mein Ohr.

„Russisch?", frage ich, denn nach seiner - für die Zeit typisch abgeflachten Form, der intensiven Farben Blau und Rosa sowie dem üppig aufgetragenen Blattgold – kann es nur daher stammen.

„St. Petersburg, zwischen 1845-1850 ... hat mein Urgroßvater von einer seiner Schiffsreisen mitgebracht. Es ist aber nicht für den Geschirrspüler geeignet, deswegen nehme ich es nur sehr selten", bemerkt Granny und zieht dabei die Mundwinkel nach unten.

Ich habe alle Mühe, nicht laut loszulachen. Vor mir auf dem Tisch steht ein russisches Service, welches einen Wert von mindestens fünfzehntausend Pfund hat und Granny hadert mit dem Umstand, dass sie es von Hand spülen muss.

„Warum verkaufen Sie es dann nicht?", frage ich betont freundlich.

„Meine Enkeltochter würde zur Strafe bei mir einziehen und mich täglich mit ihrem nicht vorhandenen Kunstverstand nerven", grollt sie und wirft mir dabei einen schelmischen Blick über ihren Brillenrand hinweg zu.

„Ja ... Menschen, die keine Ahnung von Kunst haben, können

sehr anstrengend sein", sage ich mit viel Ironie in der Stimme.

„Wollen Sie wirklich Tee trinken?", fragt mich Granny skeptisch.

„Kaffee wäre mir lieber", gestehe ich.

„Jetzt enttäuschen Sie mich aber. Ich habe wirklich eine andere Antwort erwartet."

„Die da wäre?"

„Na, ich dachte eher an Rum, Whisky, Tequila oder was auch immer. Dann wenigstens einen Kaffee mit Schuss."

Mit gespielter Höflichkeit sehe ich auf meine Armbanduhr und bemerke die doch noch recht frühe Tageszeit. „Danke, aber ich bin mit dem Auto hier und Amy hat den Führerschein noch nicht bestanden, sodass ich wohl selbst fahren muss."

„Papperlapapp", erhalte ich als Antwort. „Ich hole mal eine Vase für die Blumen", nuschelt sie und schlurft ins Haus.

Mein Blick fällt wieder auf das Service und meine Neugier treibt mich dazu, dass ich nach dem Kuchenteller greife, ihn umdrehe und den Buchstaben *B* in russischer Sprache darauf entdecke.

„Die Manufaktur ist unbekannt", höre ich Granny nun von Weitem rufen. Sie muss mich beobachtet haben.

„Man könnte fast denken, Sie hätten Ahnung von Kunst", gebe ich als Antwort.

„Denken wird überbewertet!", knirscht sie und steckt die Blumen in eine Vase.

„In St. Petersburg, wie auch in Paris", beginne ich, „gab es viele unbekannte Manufakturen, die das rohe Porzellan angekauft und danach die Verzierung vorgenommen haben."

„Es ist trotzdem nicht für einen Geschirrspüler gemacht."

„Nein", erwidere ich, schüttle den Kopf und grinse sie dabei an.

„Kommen Sie, ich will Ihnen jetzt die Bilder zeigen." Granny schickt sich zum Gehen an und ich folge ihr ins Haus. Zuvor schiebe ich mir meine Sonnenbrille in die Haare.

Nicht, dass mir wichtige Details entgehen.

Als ich das Haus betrete, nehme ich sofort den unverkennbaren Geruch alter Möbel wahr. Wir durchqueren den Flur und mir fällt die große weiße, mit Kobaltblau bemalte Bodenvase auf, die neben einer Kommode steht. Bestimmt stammt diese aus der Manufaktur mit den zwei blauen gekreuzten Schwertern. Weiter geht es durch das Wohnzimmer, welches mit wertvollen und antiken Möbelstücken geschmackvoll eingerichtet ist. Mein Augenmerk fällt auf einen alten Sekretär, der - wenn ich mich nicht täusche - aus der Barockzeit stammen müsste.

Ich muss meine Meinung, was Granny betrifft, revidieren, denn ich dachte eher, dass ihr Zuhause dem Chaos auf einem Trödelmarkt ähneln würde.

„Da sind wir auch schon", sagt sie und öffnet die nächste Tür. Augenblicklich empfängt mich der typische Geruch von Farben und an den Wänden hängen sechs Gemälde mit unterschiedlichen Landschaften. In der Mitte des Raums steht eine Staffelei - um diese herum liegen wild durcheinander etliche Pinsel, Farbpaletten und Lappen – was wirkt, als wäre der Künstler nur mal eben schnell einen Kaffee trinken gegangen.

„Das ist das Zimmer meiner Tochter", klärt mich Granny auf. Das heißt, die Tochter ist die Mutter von Mrs. Clark, resümiere ich für mich.

„Aha", sage ich und betrachte die Gemälde aus der Nähe.

Sie sind vor vielen Jahren und mit keiner wirklich hochwertigen Ölfarbe gemalt worden. An manchen Stellen tauchen bereits verblasste Farben auf. Außerdem hat der Stil der Malerin nichts Besonderes an sich, so zeichnet wirklich jeder, der Talent und einige Kurse belegt hat.

„Malt die Künstlerin noch?", frage ich, ohne den Blick dabei zu heben.

„Ja! Jetzt aber nur noch ihre jungen Liebhaber!"

„Das ist doch schön, wenn man Arbeit und Vergnügen verknüpfen kann", bemerke ich spitz. Natürlich glaube ich Granny kein Wort.

„Sie haben schon richtig verstanden. Amelie Spencer ... sagt Ihnen der Name vielleicht etwas?" Grannys durchdringender Blick ruht solange auf mir, bis ich entsetzt frage: „Das ist ihre Tochter?"

Statt einer Antwort erhalte ich ein freches Zwinkern.

„Wow ... ich habe sie vor ein paar Jahren bei einer ihrer Ausstellungen in Australien getroffen. Ihre Art Kunst hat mittlerweile weltweit viele Anhänger gefunden. Die Landschaftsmotive von damals haben sich in ... sagen wir ... eher menschliche Landschaften umgewandelt."

„Ja ... nur so kann ich mir den Verschleiß ihrer jungen Lover erklären. Sie braucht andauernd neue Modelle."

„Und was sagt ihre Enkelin zu den Gemälden ihrer Mutter?", frage ich Granny und ziehe dabei die Stirn in Falten.

Granny senkt den Kopf, schielt über den Brillenrand und sagt mit tiefer Stimme: „Mr. Henderson. Diese Frage kann Ihnen meine Enkelin nur selbst beantworten."

„Natürlich!", bemerke ich mit einem Hauch Sarkasmus in der Stimme. In meinem Kopfkino taucht eine chaotische Mrs. Donovan auf, der meine Frage definitiv peinlich wäre. Mrs. Clark dagegen würde mit Sicherheit abstreiten, dass diese Frau überhaupt ihre Mutter sei.

„Mit wem muss ich mich duellieren?", schnarrt nun eine männliche Stimme hinter mir. Es ist Will.

„Duellieren?", rufen Granny und ich gleichzeitig.

„Ja! Du hast Blumen von einem anderen Mann bekommen", sagt er mit verschmitzten Lächeln und zieht Granny zu sich heran.

Diese kichert und säuselt: „Er soll ihr doch nur einmal auch einen jungen Verehrer gönnen".

Damit meint sie dann wohl mich. Ich schenke Will daraufhin ein dezentes Zahnpasta-Werbe-Lächeln und gebe mich geschlagen. „Es wird nie wieder vorkommen", schwöre ich und halte meine gekreuzten Finger in die Höhe.

Will schickt mir einen gespielten, finsteren Blick und brummt: „Gibt es dann jetzt Kuchen?" Das war das Aufbruchssignal und zusammen gehen wir wieder auf die Terrasse hinaus.

Gerade, als ich mich an den Tisch setzen will, vernehme ich das Klicken von Absätzen und in meinen Blickwinkel schiebt sich eine schwarze Gestalt.

Sofort reiße ich den Kopf herum und meine Sonnenbrille landet dabei ungeschickt wieder auf meiner Nase, doch die bernsteinfarbenen Augen von Lou erkenne ich trotzdem. Bevor ich reagieren kann, rennt dieser – natürlich mit Amy im Schlepptau - im rasanten Tempo um die Obstbäume herum. Dann höre es neben mir blaffen: „Grandma, was hat das zu bedeuten?" Als ich mich in die Richtung drehe, aus der die Frage kommt, funkeln mich zwei stechend blaue Augen an. Dass diese dabei keine Funken sprühen und mich sofort an Ort und Stelle in Asche verwandeln, grenzt an ein Wunder.

Etwas irritiert richte ich meine Brille. „Ich freue mich auch, Sie zu sehen, Mrs. Clark", zische ich und lächle über ihre empörte Miene.

Daraufhin wendet sie sich ihrer Grandma zu und fragt besorgt: „Was ist denn passiert? Du hast so krank am Telefon geklungen?"

Mein Blick wandert zu Granny und diese schielt mich verschwörerisch an. Dann flötet sie in Richtung ihrer Enkelin, dass es ihr schon wieder besser gehe und sie Mr. Henderson – also mir – die alten Gemälde zum Kauf angeboten habe.

Das stimmt nicht! Von Geld war bisher gar keine Rede.

„Kannst du dir vorstellen, Kindchen, er bietet mir zweitausend Pfund für die Gemälde deiner Mutter!"

„Zweitausend!", ruft Violet entsetzt aus und schickt mir einen weiteren finsteren Blick.

„Du hast gesagt, sie sind höchstens zweihundert Pfund wert", setzt Granny nach und ich finde, dass hätte sie zu meinem Schutz eher nicht tun sollen.

„Wie großzügig von Ihnen!", zischt es nun neben meinem Ohr und ich spüre eine große Feindseligkeit von ihr ausgehen. „Sie wagen es, in das Haus meiner Großmutter zu kommen und sie mit Geld zu bestechen", faucht sie weiter.

Das ist zu viel, beschließe ich und stehe auf. Da ich sie um einen Kopf überrage, sehe ich mit abwertendem Blick auf sie herab. „Ihre Großmutter hat mich eingeladen und wenn es Ihnen nichts ausmacht, mäßigen Sie sich bitte mit Ihren Unterstellungen." In diesem Moment geht sie mir mit ihrem überheblichen Getue mächtig auf die Nerven und am liebsten würde ich jetzt sofort gehen.

Augenblicklich halte ich Ausschau nach Amy, doch die ist verschwunden. Lou ebenfalls.

„Sie suchen die *K*atze", sagt Granny mit der Betonung auf dem *K*. Sie scheint zu ahnen, was ich vorhabe.

„Aha!", sage ich nur knapp und fahre mir durch die Haare.

Mit leicht zusammengekniffen Augen mustere ich Mrs. Clark. Sie trägt einen hellgrauen Hosenanzug und eine weiße Bluse darunter. Die langen glatten Haare hat sie zu einem Pferdeschwanz

gebunden.
Wie einfallslos.
„Violet, du solltest erst einmal einen Rotwein trinken", bemerkt Will und hält ihr ein leeres Glas entgegen.
„Rotwein?", blafft sie und ihre Zornesfalte zwischen den Augen ist jetzt deutlich zu erkennen.
„Den haben wir uns nach dem Essen gegönnt", sagt Will und Granny kichert daraufhin.
„Und wann war der Zeitpunkt, wo es dir schlecht ging, Grandma?"
Violet ist mit jedem Wort anzumerken, dass sie mit dem Verhalten ihrer Großmutter nicht einverstanden ist.
„Das habe ich vergessen", gibt die jedoch entschuldigend zu.
„Grandma!", beginnt Violet. „Ich habe bei deinem Hilferuf im Büro alles stehen und liegen lassen und bin auf dem schnellsten Weg zu dir gefahren. Und jetzt muss ich erfahren, dass es nur der Rotwein war, den ihr ... wer weiß wie zeitig am Tag getrunken habt?"
Granny schürzt bei Violets Standpauke die Lippen, pustet sich ihre Locken aus dem Gesicht und schweigt. Fest steht, dass sie das Treffen zwischen mir und Violet geplant haben muss. Nur den Grund dafür kann ich mir beim besten Willen nicht erklären.
„Solltest du auch einmal versuchen", nuschelt Will. „Der würde dir gut tun ... der ist wirklich sehr beruhigend."
„Was mir gut tut, weiß ich selbst", faucht sie zurück. „So wie ich das sehe, werde ich hier nicht mehr gebraucht. Mr. Henderson kann sich jetzt weiter um euch kümmern."
In diesem Moment wendet sie sich ab und schreit nach Lou. Von dem schwarzen Teufel ist in den nächsten Sekunden nichts zu sehen – nur das Aufschreien einer Katze ist deutlich vernehmbar.
„Sie lebt noch!", knirscht Granny und ich presse meine Zähne aufeinander, um nicht loslachen zu müssen. Die Frau ist wirklich unglaublich.
Violet ruft Lou erneut und das ziemlich ungehalten. Bevor sie mir jetzt noch die nächste Stunde ins Ohr brüllt - weil Lou ganz bestimmt nicht von allein kommen wird - beschließe ich, die Sache zu beschleunigen.
„Wenn Sie wollen, können Sie Lou heute Abend bei mir abho-

len."

Habe ich das wirklich gerade gesagt?

Violet schielt mich von der Seite her irritiert an, dann schiebt sie ihr Kinn nach vorn und öffnet leicht den Mund. Irgendetwas will sie mir sagen, da bin ich mir sicher, nur bringt sie es vor Verblüffung nicht über die Lippen.

„Klar soweit?", schnarre ich und schenke ihr mein Zahnpasta-Werbe-Lächeln - gepaart mit einem gehässigen Grinsen. „Sie wissen doch sowieso, wo ich wohne", setze ich zynisch nach. Ich bin mir sicher, sie weiß fast alles über mich. Sogar welche Unterhosenmarke ich trage und die Größe dazu. Mein Groll, dass sie in meiner Galerie Wanzen installieren ließ, flammt gerade neu auf.

„Dann bis heute Abend", grummelt es neben mir. Die Verabschiedung von Granny und Will fällt ebenfalls sehr kühl aus und erst, als wir ihren Wagen davonbrausen hören, atmen wir alle auf.

„Was hat sie denn heute?", fragt Will und sieht Granny verwundert an.

„Du weißt doch, dass letzte Woche Daniels zweiter Todestag war."

„Wer ist Daniel?", frage ich leicht schockiert.

„Violets verstorbener Ehemann."

„Wie bitte? Sie ist Witwe?"

„Ja, leider." Granny schlägt die Augen für einen Moment nieder. Danach zündet sie sich mit leicht zittrigen Händen einen Zigarillo an und inhaliert den ersten Zug.

„Das tut mir leid. Ich wollte nicht alte Wunden aufreißen", entschuldige ich mich und setze meine Sonnenbrille ab.

„Ach, papperlapapp", schnaubt Granny. „Violet ist gar nicht diese arrogante und überhebliche Zicke, die sie gerade erlebt haben. Auch nicht diese chaotische Frau, die ihr Leben und den Hund nicht im Griff hat. Eigentlich ist sie die gleiche Rebellin wie ich, doch die ist scheinbar mit dem Tod ihres Mannes von uns gegangen."

Na, das lässt hoffen!

„Wie ist es passiert?", frage ich leise. Meine Gedanken behalte ich natürlich für mich.

„Sie meinen den Unfall?"

Ich nicke zögerlich.

„Ein Autofahrer übersah eine rote Ampel, weil er sich gerade mit seiner Frau am Telefon gestritten hat. Mit noch sehr hoher Geschwindigkeit ist er dann direkt in die Fahrerseite von Daniels Auto gerast und dieser verstarb noch an der Unfallstelle. Violet hat damals nur ein paar Kratzer abbekommen und konnte nach einem Tag wieder aus dem Krankenhaus entlassen werden. Der Fahrer sitzt seither im Rollstuhl ... er ist querschnittsgelähmt. Aber Violets Welt ist mit diesem Unfall zerbrochen. Wissen Sie, Mr. Henderson, die beiden haben eine wunderbare Ehe geführt. Er war Banker, und als ich ihm zum ersten Mal sah, traf mich der Schlag. Der passt nie zu Violet, habe ich gedacht. Aber ich täuschte mich. Sie, Mr. Henderson, zeigen ganz offen ihren rebellischen Lebensstil durch ihre Kleidung und den Schmuck und all das, er jedoch konnte sich das nur im privaten Bereich erlauben. Ein Banker mit Totenkopfring am Finger hätte viele Fragen aufgeworfen." Granny schmunzelt bei ihren Worten.

„Daniel zeigte Violet die Welt", fährt sie weiter fort. „Er entfachte ihre Liebe zu Afrika, segelte mit ihr auf einem Dreimaster durchs Mittelmeer, entführte sie zum Weihnachtsshopping nach New York, unternahm mit ihr Strandspaziergänge in Malibu und trug sie die Spanische Treppe in Rom hinauf."

Bevor Granny weiterspricht, bittet sie Will, den Rum aus dem Wohnzimmer zu holen. „Auch, wenn es noch früh am Nachmittag ist, ein Schluck von dem Teufelswasser kann uns nicht schaden."

„Sicher nicht!", murmle ich gedankenversunken. In meinem Kopf schwirren ihre Worte durcheinander und erzeugen ein Gefühlschaos, welches ich gerade nicht sortieren kann.

„Violet hat sich nach der Beerdigung eine dreimonatige Auszeit von ihrem Job genommen und ist hier bei mir untergetaucht. Sie aß kaum noch etwas und wurde von Tag zu Tag dünner. Sie zog sich immer mehr zurück. Ich habe mir damals natürlich große Sorgen gemacht und sogar ihre Mutter hat es geschafft, für vierzehn Tage ihre Lover in Australien allein zu lassen und Violet in ihrer Trauer zu unterstützen. Wir taten, was in unserer Macht stand. Die gemeinsame Wohnung aufzulösen war der schwerste Schritt, aber Violet hat es dort nicht mehr ausgehalten. Sie wohnte noch eine Zeit lang bei mir, bis ich ihr endlich diese Wohnung am Hyde Park – wo Sie ja auch wohnen – kaufen konnte. Lou sollte dazu dienen, dass sie wieder unter die Leute kommt. Das funktioniert ganz gut, wie Sie wissen. Allerdings ist der Hundetrainer wirklich ein Trottel."

„Das kann ich nicht leugnen", sage ich mit leichter Ironie in der Stimme. Grannys Augen blitzen über den Brillenrand zu mir herüber.

„Nur eins haben wir nicht geschafft ... Violetts rebellische Ader wiederzubeleben. Mit ihrer unnahbaren Art hat sie sich einen Schutzschild geschaffen und ich habe keine Ahnung, ob den je ein Mann wieder zerstören kann. Man sagt, die Zeit heilt alle Wunden, aber die Narben schmerzen täglich."

„Das tut mir wirklich leid für Sie alle", sage ich kleinlaut. Plötzlich komme ich mir wie ein Eindringling vor, der sich in die *heiligen Hallen* geschlichen hat. Jetzt kann ich Violets Empörung über mein Auftauchen hier verstehen. Ich habe *das Ende der Welt* entweiht.

Trotzdem ist sie eine Zicke!

„Kein Mitleid, Mr. Henderson. Das nützt weder ihr noch uns etwas. Ich habe das Ihnen nur erzählt, damit Sie Violet mit anderen Augen sehen. Aber legen Sie jetzt bloß nicht ihre raue Art ab, sonst tanzt sie Ihnen auf der Nase herum."

„Da muss Sie erst einmal hinkommen", grinse ich und versuche, meine Fassung wiederzugewinnen.

„Ich weiß, dass Sie sie nicht besonders mögen ..."

„Das stimmt nicht", werfe ich sofort ein. „Ihre arrogante Art geht mir wirklich auf die Nerven ... aber ihre chaotische Seite dagegen bringt mich zum Schmunzeln."

„Die Rebellin würden Sie ebenfalls mögen", flüstert Granny, trinkt in einem Zug das Glas Rum aus, welches Will ihr zwischenzeitlich eingeschenkt hat und steht daraufhin ohne weitere Worte auf.

Vielleicht würde ich sie tatsächlich mögen.

***

Kurz vor 19 Uhr ist es bereits, als es verhalten an meiner Tür klopft. Das ist bestimmt die *Zicke,* denn unter diesem Namen habe ich Violet mittlerweile in meinem Telefonbuch eingespeichert.

Als ich die Wohnungstür öffne – und weder Lou noch Amy rühren sich, sondern bleiben einfach eng aneinander gekuschelt auf meiner braunen Ledercouch liegen – steht eine müde und abgespannt wirkende Frau vor mir.

„Guten Abend", sagt sie leise. „Es tut mir leid, dass es so spät geworden ist. Vielen Dank noch einmal, dass Sie sich um Lou gekümmert haben."

„Kein Problem", sage ich und mustere Violet mit kritischem Blick. „Beide sind noch fast eine Stunde durch den Garten Ihrer Grandma gerannt und haben sich richtig austoben können. Möchten Sie vielleicht hereinkommen?", frage ich der Höflichkeit wegen.

„Ja!"

Wie, ja?

Mit dieser Antwort habe ich nicht gerechnet und trete deshalb mit skeptischem Gesichtsausdruck zur Seite. Violet schwebt wie selbstverständlich an mir vorbei und zieht ihren dezenten Parfümduft hinter sich her. Für einen kurzen Moment lang verharre ich und kämpfe um meine Fassung, bevor ich die Tür wieder schließe.

„Ich wollte mich noch für das Verhalten meiner Grandma entschuldigen", sagt sie.

Genau zu diesem Zeitpunkt nimmt Lou sie wahr, springt auf und stürzt mit voller Wucht auf Violet zu.

Das kann nicht gut gehen.

Kaum habe ich meine Vorahnung zu Ende gedacht, fallen mir beide in die Arme. „Da freut sich aber jemand", nuschle ich und puste mir Violets Haare aus meinem Gesicht. Sie hingegen hat alle Mühe, Lou zur Ruhe zu bringen und bevor Amy auch noch angerannt kommt – sie liegt schon auf der Lauer - zücke ich aus meiner Hosentasche einen Hundekeks und halte ihn Lou unter die Nase. Dieser lässt sofort von Violet ab, die jetzt wieder ohne meine Hilfe Halt findet und allein stehen kann.

„Was für ein Energiebündel", sage ich rasch, damit sie meine Verlegenheit nicht bemerkt, denn es wäre glatt gelogen zu sagen, dass mir die Situation gerade unangenehm war.

Mit ein paar Schritten bringe ich mich vor Violet in Sicherheit und sage dann mit meinem wiedergefundenen Selbstbewusstsein: „*ICH* muss mich bei Ihnen entschuldigen, denn ich hatte keine Ahnung, wer Granny ist, als sie am Montag bei mir in der Galerie erschien." Das ist nicht einmal gelogen. Erst als sie Lou und ihre Enkelin erwähnte, wusste ich mehr.

„Hat Sie Ihnen die Gemälde wirklich verkauft?"

„Nein. Davon war nie die Rede."

„Dass Sie ihr dafür zweitausend Pfund bezahlen, ist also auch erfunden?"

Ich nicke und setze dabei einen Unschuldsblick auf.

„Typisch Grandma", grummelt Violet und schüttelt leicht den Kopf. Ihr scheint das alles sehr unangenehm zu sein.

„Hat Sie Ihnen sonst noch etwas erzählt?" Violet starrt mich bei ihrer Frage unsicher an.

„Mir? Nein!", sage ich schnell und drehe mich leicht zur Seite. Ich ahne, auf was Violet hinaus will. Aber ich kann mir denken, dass sie nicht darüber erfreut sein wird, dass ausgerechnet *ich* ihre Lebensgeschichte kenne. Obwohl, wenn ich es mir so richtig überlege, weiß sie durch ihre Recherchen mehr über mich, als mir lieb ist.

„Sie sind ein schlechter Lügner! Aber belassen wir es dabei. Und Alexander Grant? Was weiß er über mich?"

„Wie kommen Sie jetzt auf Alexander?", frage ich und sehe ihr dabei in ihre stechend blauen Augen.

Ein wirklich großes Risiko und nicht gerade magenschonend.

„Komm' schon ...", blafft Violet plötzlich. „Lassen wir das Versteckspiel. Du weißt genau, wer ich bin und für wen ich arbeite."

„*DU*?", rufe ich empört, „und weiß ich das?", frage ich süffisant.

„Entschuldigung ... *SIE*!", berichtigt Violet sich und verdreht dabei genervt die Augen.

„Nein ... *DU* ist in Ordnung, wenn *SIE* meine Einladung zum Dinner annehmen."

„Warum das denn?", fragt sie entsetzt.

Das kann ich nun wiederum verstehen. Aber für mich dient diese Dinner-Einladung dem Selbstzweck. „Ich glaube ...", beginne ich, „wir haben etwas zu besprechen!"

„Das stimmt. Aber das kann nicht bis zu einer Dinner-Verabredung warten. Vor einer Stunde habe ich einen Durchsuchungsbeschluss für deine Galerie beantragt."

„Du hast was?", blaffe ich.

„Du weißt weshalb ... illegaler Handel mit geschützten Kunstgegenständen."

„Aha! Und das unterstellst du mir also, ja?"

„Ich hätte dich schon bei dem Verkauf der chinesischen Vase festnehmen können."

„Das hast du aber nicht! Und vergiss nicht, dass du das Gegenstück bei mir bestellt hast!"

„Natürlich nicht! Dieser Auftrag bleibt auch bestehen. Darüber reden wir aber ein anderes Mal."

„Wenn du mich festnimmst, wird es kein *anderes* Mal mehr geben." Mein Sarkasmus übertrifft sich gerade selbst.

„Deswegen warne ich dich!"

„Oh ... und jetzt soll ich wohl auch noch *danke* sagen."

„Die Einladung zum Dinner sollte vorerst reichen", erhalte ich als Antwort. Schlagfertig ist sie, das muss ich zugeben.

„Wann soll die Durchsuchung stattfinden?"

„Freitag früh ... wenn sie genehmigt wird, woran kein Zweifel besteht ... bis dahin wirst du rund um die Uhr überwacht."

„Wie nett ... hast du mich auch wieder verwanzt?"

„Nein!", sagt sie knapp.

„Violet ... solltest du das nochmal beauftragen, dann bin ich nicht mehr so freundlich zu dir."

„Mach' dich nicht lächerlich ... erstens bist du noch nie freundlich zu mir gewesen und zweitens solltest du froh sein, dass ich dich warne. Nur ein Befehl von mir und du hattest mal dein Leben."

Das Schlimme an der derzeitigen Situation ist, dass mich diese *Zicke* tatsächlich in der Hand hat.

„Warum warnst du mich dann?", will ich wissen.

„Du bist einfach der bessere Hundetrainer für Lou."

Bei ihren Worten lache ich laut auf, sodass die Hunde für einen kurzen Moment irritiert zu mir rüber schielen. „Violet, du hast doch Humor", rufe ich überrascht.

„Ich will das Gemälde von dem berühmten niederländischen Maler ... das mit dem Segelschiff!", sagt sie.

„Moment ... Moment! Von was reden wir jetzt wieder? Gerade

noch ging es um die Galerie und meine Existenz ... und jetzt redest du von einem Gemälde?"

„Natürlich! Ich weiß, dass es sich in deinem Besitz befindet. Das Gemälde suche ich schon seit Jahren! Wenn sie dich wegen illegalem Kunsthandel festnehmen, dann landet es in der Asservaten-Kammer und wird nach deinem Prozess in einem Londoner Aktionshaus versteigert. Wenn ich Pech habe, verschwindet das Gemälde wieder in irgendeinem Privatbesitz und ist der Öffentlichkeit nicht mehr zugänglich.

„Hast du deine soziale Ader entdeckt, oder was?", frage ich ironisch, denn ich kann ihr im Moment beim besten Willen nicht folgen.

„Ich habe meine Gründe!"

„Wenn du mich überwachen lässt, kann ich es aber nicht beiseite schaffen."

„Es gibt da noch eine Möglichkeit ..."

Ich habe mit vielen Dingen gerechnet, aber nicht mit so einem ausgeklügelten Plan, den Violet mir nun offenbart. „Aber alles darüber erzähle ich dir nicht."

„Das heißt?", frage ich leicht irritiert.

„Lass' dich einfach überraschen!" Ihre Augen funkeln mich spöttisch an und mein Magen bäumt sich kurz auf.

„Kann ich dir wirklich trauen?"

„Probier' es aus!", bemerkt sie süffisant.

***

Alexander trifft dreißig Minuten, nachdem Violet meine Wohnung mit Lou verlassen hat, bei mir ein. Ich hatte ihm sofort eine Nachricht geschickt, dass ich unbedingt mit ihm reden muss, weil es alarmierende Neuigkeiten gäbe.

„Welches blonde Model hast du jetzt wieder im Visier?", grinst er hinterhältig und lässt sich betont lässig mir gegenüber in den Ledersessel fallen.

„Keins!", knurre ich.

Augenblicklich wird Alexanders Miene ernst und er visiert mich an. „Erzähl'!"

Sofort beginne ich alles zu berichten, was ich in den letzten

Stunden erfahren habe. Angefangen von Granny, dem Besuch bei mir in der Galerie bis hin zum Durchsuchungsbeschluss und lasse dabei kein Detail aus.

„Wow!", sagt Alexander und streicht sich seine blonden Haare nach hinten. „Das mit dem Unfall von Violets Mann ist vor zwei Jahren passiert?"

Ich nicke zur Bestätigung.

„Dann muss ich morgen Abend beim Dinner besonders behutsam mit ihr umgehen."

„Wie ... beim Dinner?", stottere ich.

„Ich gehe morgen Abend mit Violet aus", verkündet Alexander stolz.

„Und danach mit ihr ins Bett", setze ich gehässig nach.

Mir sind seine vorgespielten, romantischen Methoden seiner unverbindlichen Affären nur zu gut bekannt und ich kenne kaum eine Frau, die ihm bisher widerstehen konnte.

„Hast du etwa ein Problem damit?"

„Warum?", blaffe ich.

Sein durchbohrender Blick geht mir auf die Nerven und plötzlich habe ich das Bedürfnis, den weiteren Abend ohne ihn zu verbringen. „Ich bin ziemlich müde", sage ich gereizt.

„Nein ... du bist nicht müde, sondern ein Idiot!"

„Ach, bin ich das?", frage ich überheblich.

Alexander beugt sich plötzlich in meine Richtung, hebt die rechte Augenbraue und sagt: „Traust du mir wirklich zu, dass ich mit der Frau ausgehe, von der du mir seit ihrem ersten Besuch in deiner Galerie jede noch so winzige Kleinigkeit berichtest?"

„Kannst du doch machen." Um ihm zu zeigen, wie egal mir das ist, zucke ich mit der Schulter und setze eine gelangweilte Miene dazu auf.

„Hör auf!", ruft Alexander. „Den Scheiß kannst du deinem Anwalt erzählen, aber nicht deinem besten Freund. Du hättest dir die ganze Zeit mal zuhören sollen. Du fährst für irgendwelche unbekannte Gemälde bis nach Oxford, hörst dir die Lebensgeschichte von einer Frau an, die dir egal ist und nimmst sogar noch ihren Hund mit nach Hause. Clive, entweder hat dir deine Scheidung gestern so schlimm zugesetzt, dass ich mir Sorgen machen muss, oder du belügst dich gerade selbst. Übrigens, ich habe gar keinen

Kontakt zu Violet, sondern wollte dich nur testen."

„Du bist ein …"

„Dein Freund!", fällt er mir ins Wort.

Mein Gesichtsausdruck verwandelt sich dabei von finster in ein verschmitztes Lächeln.

„Du hast genau zwei Möglichkeiten", beginnt Alexander, „wie du Violet in Zukunft begegnen willst. Wenn du sie wirklich hasst … was ich nicht glaube … dann verschwinde aus ihrem Leben. Keine Granny mehr, kein Lou und schon gar nicht sie. Wenn du dich dafür entscheidest, dann kann ich auch guten Gewissens mit ihr essen gehen." Alexander grinst mich siegessicher an. „Solltest du sie doch mögen …", fährt er fort, „dann geh' einen Schritt auf sie zu."

„Wenn du mir richtig zugehört hast, dann weißt du, dass sie in der Lage ist, meine Existenz zu zerstören", sage ich und mein Blick fällt dabei auf die schlafende Amy, die vor mir auf dem Teppich liegt. Wenn es nach mir geht, sollte sie das einzige weibliche Wesen in nächster Zeit in meinem Leben sein.

Alexander schweigt zu meinem Vorwurf und erzählt mir stattdessen von seiner neuesten Eroberung, die er nach drei Tagen schon wieder langweilig findet. Ich höre ihm kaum zu, denn das Gespräch mit Violet geht mir nicht aus dem Kopf.

Als Alexander endlich nach einer weiteren Stunde gegangen ist, schnappe ich mir die Flasche Whisky von der Anrichte und schlurfe mit ihr in der Hand zum offenen Austritt. Auch heute Abend haben wir wieder ein laues Klima und geistesabwesend fixiere ich im gegenüberliegenden Hyde Park einen Punkt an und drehe dabei den Verschluss der Flasche auf. Der entweichende Geruch der Spirituose setzt meine Gedanken und Gefühle schachmatt und ich gönne mir einen außergewöhnlich großen Schluck aus der Flasche. Bei einem bleibt es dann auch nicht.

Chapter 7

Clive

*M*eine Wohnung, 8 Uhr

Mein Wecker mahnt zum dritten Mal und ich suche blind auf dem Display des Smartphones die Aus-Taste. Nach dem vierten Klingeln bringe ich ihn endlich zum Schweigen.

Mühevoll gelingt es mir, meine Augen zu öffnen und irgendwann schiele ich auf die leere Whiskyflasche, die neben meinem Bett liegt. „Verdammt!", fluche ich und das ist das Erste, was ich an diesen Morgen über die Lippen bringe.

Angewidert von dem schlechten Geschmack im Mund setze ich mich auf und vergrabe meine Hände in den Haaren. Der dumpfe Druck im Kopf wird davon leider nicht weniger. Eine Dusche und Zähneputzen könnten meinen Gesamtzustand zumindest etwas verbessern, denke ich mir.

Als ich die Bettdecke zur Seite schlage, erschrecke ich mich vor mir selbst. Ich bin splitterfasernackt – außer meinen schwarzen Socken, die ich immer noch trage - habe ich nichts weiter am Körper.

Was für ein abtörnender Anblick.

Völlig verstört schleiche ich ins Bad und betrachte mich skeptisch im Spiegel. Heute fühle ich mich nicht nur alt, sondern sehe auch noch so aus. Ich schmeiße mir eine Ladung kaltes Wasser ins Gesicht und so langsam beginnen meine Gehirnzellen wieder zu arbeiten. Sie suchen nach dem Grund meines übermäßigen Whiskykonsums und werden schnell fündig.

Violet.

Dieser Name hat eine erstaunliche Wirkung auf mich: Der Druck im Kopf lässt nach und meine Gesichtszüge glätten sich etwas. Soeben habe ich das Gespräch von gestern Abend wieder im Kopf. Was immer die Frau für heute auch geplant hat, ich sollte mich besser beeilen.

Mit zwei großen Schritten bin ich unter der Dusche und erst als ich das Wasser auf meiner Haut spüre, fallen mir die Socken an meinen Füßen wieder ein.

„Shit!", fluche ich und ziehe mir etwas umständlich die durchweichten Stofflappen aus.

Minuten später stehe ich vor meinem viertürigen Kleiderschrank im Ankleidezimmer und hole mir gerade eine schwarze Hose und ein rotgestreiftes Hemd heraus, als es an meiner Wohnungstür klingelt.

„Wer ist das denn bitte?", frage ich Amy, die noch dösend in meinem Bett liegt. Hastig ziehe ich mir die Hose an und schlüpfe in das Hemd. Zum Schließen der Knöpfe komme ich nicht mehr, weil es erneut klingelt und das mehrmals hintereinander. Ich habe kein gutes Gefühl, als ich genervt die Tür aufreiße. „Was ist?", schnarre ich, weil ich mit Violets Leuten gerechnet habe.

Doch vor mir stehen zwei Frauen – und was für welche! Etwas verlegen fahre ich mir über meinen Kinnbart und mustere beide aus schmalen Augen heraus und mit einem dümmlichen Grinsen.

„Mr. Henderson ...", beginnt die jüngere. Ich schätze sie Anfang fünfzig und ihre langen blonden Locken wippen bei jeder Bewegung von ihr auf und ab. Ihre Kleiderordnung ist eine Mischung aus: Der Rock zu kurz und das Dekolleté zu tief. „Wir haben einen Termin", flötet sie weiter. „Sie wissen doch, wer ich bin, oder?" Ihr Tonfall passt nicht im Geringsten zu ihrem gierigen Blick, den sie an meinen nackten Oberkörper festgesaugt hat. Spätestens jetzt sollte ich nüchtern sein.

Nur leider geht das aber nicht so schnell.

„Mrs. Spencer?", frage ich und schenke ihr mein Zahnpasta-Werbe-Lächeln.

„Ja!", haucht sie - ohne den Blick von meinem Oberkörper abzuwenden. Plötzlich bekommt sie einen Stoß mit dem Ellenbogen in die Seite.

„Kannst du dich auch mal beherrschen!", faucht die kleine Frau mit einer schwarzen Cleopatra-Frisur, einer roten Hornbrille und einem Kleid aus den wilden Sixties. „Er ist viel zu alt für dich."

Als ich das höre, schließe ich für einen Moment die Augen, beiße mir auf die Unterlippe, damit ich den in mir anschwellenden Lachanfall unterdrücken kann. Dann atme ich tief ein und blicke Mrs. Spencer direkt in ihre braunen Augen. „Unser Termin ist erst um 11 Uhr. Wenn Sie mir die Gelegenheit geben, mich entsprechend zu kleiden, dann können wir uns in einer halben Stunde an meiner Galerie treffen und dort alles Weitere besprechen."

„Wegen mir müssen Sie sich nicht anziehen", sagt sie mit einem strahlenden Lächeln im Gesicht. Es dauert keine zwei Sekunden und wieder landet ein Ellenbogen an ihrer Hüfte.

„Aua!", keift Mrs. Spencer.

„Natürlich warten wir an der Galerie auf Sie", sagt die kleine Frau mit der roten Hornbrille und wirft mir einen bedeutungsvollen Blick zu. Ich nicke freundlich und als sich beide zum Gehen anschicken, schließe ich die Wohnungstür hinter mir.

Jetzt gibt es keinen Grund mehr, meinem unterdrückten Lachanfall freien Lauf lassen. Amy, die in der Zwischenzeit im Wohnzimmer auf dem Parkettboden liegt, betrachtet mich kritisch.

„Oh, Violet", rufe ich und lache dabei immer noch. „Dein Plan ist teuflisch."

Sofort suche ich nach meinem Smartphone, welches im Schlafzimmer auf dem Boden liegt und tippe folgende Nachricht für sie ein:

Ich: *„Kann ich dir schreiben oder wird mein Smartphone über wacht?"*

Es dauert etwa zwei Minuten, bis ich eine Antwort erhalte:

Violet: *„Nein. Ich habe deine Nummer als sicher einstufen lassen. Du kannst mir schreiben und mich auch anrufen. Alles gut bei dir?"*
Ich: *„Ich hatte gerade Damenbesuch ;-) Du hast eine sehr kreative Familie :-)"*
Violet: *„Ich habe dich gewarnt ;-). Vor deinem Haus hat ein Fahrzeug Stellung bezogen und zwei weitere stehen versetzt um*

deine Galerie herum. Ich schicke dir gleich die Nummernschilder, damit du weißt, welche es sind. Und was deinen Damenbesuch angeht, über die Vorgehensweise ihrerseits bin ich nicht informiert ;-).

Ich: *„Du wirfst mich denen also zum Fraß vor?"*

Violet: *„An deiner Stelle würde ich mit Mantel und Rollkragenpullover gehen. Aber um ehrlich zu sein, das wird nicht viel nützen ;-)"*

Ich: *„Gut zu wissen! Ich berichte unaufgefordert ;-).*

Violet: *„Das will ich hoffen!"*

„Amy", sage ich amüsiert, „das wird ein interessanter Tag."

***

Als ich mit einer kleinen Verspätung an meiner Galerie ankomme – ich musste noch schnell mit Amy spazieren gehen – entdecke ich sofort die zwei Autos, die mich überwachen sollen. Auffälliger konnten sie wirklich nicht parken und ich schüttle wegen dieser Dummheit verständnislos meinen Kopf.

Bei dieser Arbeitsweise ist es kein Wunder, dass sie mir nicht schon eher auf die Schliche gekommen sind.

Alexander hat mir vor zehn Minuten ebenfalls eine Nachricht geschickt, dass in der Galerie alles sicher ist. Er besitzt einen Zweitschlüssel und hat sich bereits schon heute früh in die Galerie geschlichen, um sicher zu gehen, dass nicht irgendwo erneut Wanzen installiert wurden. Bis jetzt hat Violet ihr Wort gehalten.

„Meine Damen", rufe ich schon von Weitem und winke ihnen euphorisch zu. Vor Freude lässt Mrs. Spencer fast ihr mitgebrachtes Gemälde – welches zu Violets Plan gehört – fallen. Doch sie kann es gerade noch fassen und dabei rutscht ihr die Abdeckung zur Seite und zum Vorschein kommt ein Mann – ein *sehr* nackter Mann. Auch das gehört zum Plan, als Ablenkung sozusagen.

Behilflich wie ich bin, lasse ich Amys Leine fallen und eile zu Mrs. Spencer hinüber und zusammen verhüllen wir das Gemälde wieder. Als wir das geschafft haben, bitte ich beide Damen zu mir in die Galerie. Natürlich benutzen wir den Vordereingang.

Als die Eingangstür hinter uns ins Schloss fällt und ich sie sicherheitshalber noch von innen verschließe, bleiben wir für einige Minuten im fünf Meter hohen Ausstellungsraum stehen und ich tue so, als würde ich beiden Frauen etwas zur Bauweise und der Beschaffenheit der riesigen bodentiefen Fensterfront erklären. In Wirklichkeit reden wir aber über das Wetter. Uns ist es wichtig, dass wir von außen noch beobachtet werden können.

Erst viel später gehen wir in kleinen Schritten tiefer in den Ausstellungsraum hinein und irgendwann verschwinden wir ganz in meinem Büro, welches niemand mehr einsehen kann.

„Der erste Teil ist geschafft", sage ich und atme dabei tief ein.

„Haben Sie etwas zu trinken hier?", fragt mich Granny, bevor ich sie begrüßen kann. Dabei rückt sie unwirsch ihre schwarze Perücke zurecht.

„Cooles Outfit", bemerke ich anerkennend. „Möchten Sie Wasser oder ..."

„Ich meinte was *Richtiges*!", zischt sie und zwinkert mir verschwörerisch zu.

„Whisky?", frage ich zögerlich und zeige auf die weiße Anrichte. Bei dem Anblick der Flasche rebelliert mein Magen. Dieses Mal nicht wegen Violets stechender Blicke, denn sie ist gar nicht hier, sondern wegen meines gestrigen ausschweifenden Abends. Wirklich nüchtern bin ich noch lange nicht und eigentlich hätte Amy den Sportwagen zur Galerie fahren müssen.

„Das klingt gut!", krächzt Granny. „Ich bediene mich schon mal selbst. Kümmern Sie sich um das Gemälde." Sie scheucht mich mit ihren wedelnden Händen davon.

Daraufhin suche ich den Blickkontakt zu Violets Mutter und diese grinst mich verführerisch an.

„Ich habe dir schon einmal gesagt, er ist zu alt für dich!", höre ich Granny schimpfen.

„Wolltest du nicht deinen Whisky trinken?", faucht Mrs. Spencer.

„Das tue ich, aber dabei habe ich dich immer im Blick, meine Liebe."

„Ich gehe mal das Gemälde holen", sage ich schnell und flüchte in den kleinen vollklimatisierten Nebenraum. Natürlich ist die gesamte Galerie klimatisiert, aber dieser Raum ist allein auf das berühmte Gemälde abgestimmt. Es ist um 1882 entstanden und die

Erhaltung der roten, orangen und gelben Töne benötigt eine konstante Temperatur von 20 Grad Celsius.

„Warum will Violet dieses Gemälde unbedingt für die Öffentlichkeit zurück?", frage ich, als ich wieder das Büro betrete. Beide Frauen sehen sich plötzlich ernst an und tauschen vielsagende Blicke aus. Als ich das bemerke, frage ich mich, ob ich Violet zu früh vertraut habe.

Bin ich kurz davor, eine herbe Enttäuschung zu erleben?

„Also ...", beginnt Granny und schüttet sich einen kleinen Schluck Whisky in ihr Glas nach. „Das Gemälde hing vor über zehn Jahren in der National Gallery hier in London und Violet hat es geliebt, vor allem das Segelschiff darauf. Irgendwann hat sie Daniel davon erzählt und dieser hat ..." Granny stockt plötzlich und trinkt.

„Daniel hat ...", fährt Mrs. Spencer fort, „mit Absprache des Museumsdirektors unter das Bild einhundert Rosen gelegt und Violet, die natürlich vollkommen ahnungslos war, dorthin gelockt, um ihr unter besagtem Gemälde einen Heiratsantrag zu machen."

„Wow!", bringe ich hervor.

„Jetzt werden Sie verstehen", sagt Granny leise, „dass es ihr so wichtig ist, dass das Gemälde nicht irgendwo wieder verschwindet. Seit es vor fünf Jahren - während der Restaurierungsarbeiten - gestohlen wurde, ist Violet schon auf der Suche danach. Als Sie erfuhr, dass es seit Kurzem in ihrem Besitz ist, hat sie vor Freude geweint."

Einen Moment lang lasse ich das eben Gehörte auf mich wirken und erwidere mit staubtrockenem Mund: „Dann sorgen wir jetzt dafür, dass es in die richtigen Hände kommt." Dabei frage ich mich, ob ich mich nicht vielleicht doch mit der Flasche Whisky kurz anfreunden sollte.

Natürlich nicht!

Stattdessen gehe ich nach Violets Plan weiter vor, trenne von dem mitgebrachten Gemälde die Rückwand ab und lege das berühmte Gemälde darauf. Danach befestige ich die Wand wieder und niemand anderes als wir wissen nun, dass der *sehr* nackte Mann jetzt einen Wert von einer Million Pfund zusätzlich unter dem Hintern hat.

Granny trinkt noch rasch den verbleibenden Schluck Whisky

aus und dann schicken sich beide an zu gehen. Den Rest von Violets Plan müssen sie allein erledigen. Ich bleibe hier in der Galerie und bete inständig, dass das Bild so schnell wie möglich nach Oxford gebracht wird. Jetzt beginnt der gefährlichste Teil unseres Plans.

Ich bringe beide Frauen bis zur Eingangstür und verstecke mich danach hinter einer antiken griechischen Statue, sodass ich den Vorplatz zu meiner Galerie weiterhin einsehen kann.

Plötzlich fangen die Frauen heftig an zu diskutieren und gestikulieren dabei wild. Dadurch rutscht die Abdeckung des Gemäldes zur Seite und man kann wieder den *sehr* nackten Mann erkennen.

„Gut gemacht", sage ich anerkennend und klatsche tonlos in die Hände. Nicht auszudenken, wenn Granny und Mrs. Spencer von Violets Leuten kontrolliert worden wären, aber durch dieses Ablenkungsmanöver wird niemand Verdacht schöpfen.

Was für Trottel!

Als sie endlich in ihr Auto steigen und losfahren, beobachte ich genau, ob sie verfolgt werden. Aber die zwei Wagen für meine Überwachung bewegen sich keinen Zentimeter.

Ziemlich erleichtert ziehe ich mein Smartphone aus der Hosentasche und tippe eine Nachricht an Violet ein:

Ich: *„Sie sind unterwegs!"*

Zwar befinde ich mich durch meinen Whiskyrausch von letzter Nacht immer noch in einem fragwürdigen Zustand, aber so klar kann ich denken, dass Alexander nicht die Gelegenheit bekommt, Violet zum Dinner auszuführen. Das übernehme ich selbst.

Warum? Das weiß ich nicht!

Vielleicht sollte ich im völlig nüchternen Zustand noch einmal über meine Entscheidung nachdenken.

Chapter 8

Clive

*W*ohnhaus am Hyde Park, 20 Uhr

Gestern Abend habe ich auf dem Weg von der Galerie zu meiner Wohnung bei einem Blumengeschäft angehalten und eine weiße Rose gekauft. Die Entscheidung, Violet zum Dinner auszuführen, hat sich mit sinkendem Alkoholspiegel nicht geändert. Meine krankhafte Neugier zwingt mich einfach dazu, hinter die Fassade dieser Frau zu blicken, deshalb habe ich ihr die Rose mit der Einladung vor die Tür gelegt.

Erst heute Vormittag hat sie mir zugesagt und nur unter der Bedingung, dass jemand für Lou in der Zeit ihrer Abwesenheit sorgt. Dafür ist meine Haushälterin Kate bestens geeignet. Sie kümmert sich, seit ich Amy habe, hingebungsvoll um sie und das wird sie mit Lou ebenfalls tun. Zu ihrer Entlastung habe ich beide heute Abend eine Stunde durch den angrenzenden Hyde Park gejagt, denn Violet hat den Hundetrainer tatsächlich auf mein Anraten hin entlassen.

Neugierig - wie der Abend wohl verlaufen wird - steige ich in den Fahrstuhl und fahre eine Etage tiefer zu Violets Wohnung. Vor ihrer Tür ziehe ich mir mein schwarz-weiß-kariertes Jackett zurecht, streiche mir noch einmal durch die Haare, ordne meine langen Halsketten samt dem weißen Hemdkragen und reibe mir vor Nervosität meine Hände. Erst dann klopfe ich zögerlich an.

Es dauert nur zwei Atemzüge bis Violet die Tür öffnet. Mein Blick verfängt sich sofort in ihren funkelnden Augen und weiter unten in einer langen Kette mit einem Totenkopf-Amulett, das eine Krone aus glitzernden Steinen trägt.

„Hat deine Mutter dir nicht beigebracht, dass man Frauen nicht so anstarrt?", flüstert sie.

„Und *du* solltest nicht so aussehen!", antworte ich mit rauer, tiefer Stimme. Violet steigt bei meinen Worten eine leichte Röte ins Gesicht und ich kämpfe mit meinen Vorsätzen.

Vor mir steht weder Mrs. Clark und auch nicht Mrs. Donovan. Diese Frau, deren Haare in leichten Wellen fallen und ihre attraktiven Gesichtszüge weich umranden, ist mir völlig fremd. Von dem schwarzen Kleid, welches ihre wohlgeformte Figur nur andeutet und die leopardenfarbigen Pumps - die eigentlich in einen Waffenschrank gehören – ganz abgesehen.

Vorsicht! Sie könnte in der Lage sein, mich aus dem Gleichgewicht zu bringen.

„Mein Fahrer wartet bereits am Eingang auf uns", sage ich schnell und reiche ihr meinen Arm. Mit leichter Verzögerung nimmt sie meine Geste an und zusammen schreiten wir den Gang entlang zum Fahrstuhl. Wir müssen nur einen kleinen Moment warten, bis er uns ins Foyer bringt.

Als der Portier uns erspäht, ist die Überraschung in seinem Gesichtsausdruck klar zu erkennen. Mit einem wohlwollenden Lächeln öffnet er uns dann aber galant die Eingangstür. „Ich wünsche Ihnen einen schönen Abend", ruft er uns nach und wir danken ihm unserseits mit einem Gruß.

Auch Anthonys Gesichtszüge wirken von unserem gemeinsamen Auftreten irritiert, entspannen sich aber schnell, als er uns die hintere Autotür öffnet.

Vor zwei Wochen hätte auch ich nie daran geglaubt, dass ich die arrogante Mrs. Clark jemals zum Dinner ausführen würde. Im Gegenteil, ich war eher nahe daran, einen Mord zu begehen. Nun aber sitzen wir zusammen in meiner Limousine und keiner von uns spricht ein Wort. Verstohlen schiele ich zu ihr rüber und beobachte sie heimlich.

Wer ist diese Frau bloß?

Unerwartet erwacht in mir der sogenannte *Jagdtrieb* und mein Ziel des heutigen Abends ist es, *Mrs. Unbekannt* zu verführen. Vielleicht kann ich dadurch mein angekratztes Ego wieder aufpolieren, denn die Tatsache, dass sie es in der Hand hat, ob meine Existenz zerstört wird oder nicht, werde ich nicht so einfach hinnehmen.

Mit Bedacht habe ich ein Restaurant außerhalb Londons gewählt, wo ich selbst noch nicht war - auch nicht mit meiner Ex-Frau. Es war Alexanders Tipp, denn dorthin führt er seine unverbindlichen Affären immer aus und beteuert mir regelmäßig, dass kaum eine Frau dem romantischen Flair, den das Restaurant verbreitet, widerstehen könnte. Als ich das hörte, war ich mir nicht sicher, ob es deshalb für Violet und mich wirklich geeignet war. Unter den neuen Umständen könnte es passender nicht sein. Ein gehässiges Grinsen umspielt meine Mundwinkel.

„Gehört die Entführung zu deinem Plan, oder hast du das spontan entschieden?", fragt mich Violet nun und sieht verstohlen aus dem Fenster.

„Spontan entschieden, aber wir müssten gleich da sein", sage ich.

Eine Entführung? Was für eine brillante Idee, dann kann sie meine Existenz zumindest nicht zerstören.

Zur Absicherung frage ich Anthony und er bestätigt mir, dass es höchstens noch fünf Minuten Fahrzeit bis zum Restaurant sind.

„Wenn wir in die nächste Straße einbiegen, dann haben wir unser Ziel schon erreicht, Mr. Henderson", sagt Anthony mit dem Blick auf das Navigationssystem gerichtet.

Wenige Augenblicke später liegt vor uns genau an der Themse – allerdings ist sie an dieser Stelle noch eher ein schmaler verhaltener Fluss – ein schlossähnliches Gebäude. Es hat zwei kleine Türme und man läuft direkt auf ein großes offenes Eingangstor zu.

„Hier ist es wunderschön", sagt Violet neben mir. „Warst du schon oft hier?"

„Nein! Ich bin selbst überrascht."

Jetzt wird mir auch klar, wie Alexander es immer wieder schafft, seine Eroberungen hier um den Finger zu wickeln. In so einem Ambiente zum romantischen Dinner eingeladen zu werden, ist für fast jede Frau ein in Erfüllung gegangener Traum.

Perfekt – auch für meinen Plan.

„Also mein zukünftiger Wohnort gefällt mir ganz gut", brummt Violet, als wir aus dem Auto aussteigen.

Als perfekter Gentleman – mit hinterhältigen Gedanken - reiche ich ihr meinen Arm, denn der Weg zum Eingang des Restaurants ist mit großen Steinen gepflastert und Violet stakst mit ihren Pumps unsicher dahin. Bevor ich noch einen verstauchten Knöchel behandeln muss, entschließe ich mich lieber zur Vorsorge.

„Ja, ich habe gedacht, dieses Gebäude ist doch standesgemäß für dich!"

„Ich hätte eher vermutet, du sperrst mich in den Tower ein."

„Du hältst recht wenig von dir", sage ich ernst.

„Nein. Du aber von mir!"

„Dafür sind wir doch hier, um das zu ändern, oder?" Ich kann nicht vermeiden, dass in meiner Frage ein Hauch Sarkasmus mitschwingt.

„Du solltest kein Urteil über einen Menschen fällen, den du nicht wirklich kennst", erwidert sie spitz.

Da muss ich ihr leider recht geben - und das ist auch sonst nicht meine Art.

Warum mache ich es dann bei ihr?

Schweigend laufen wir nun auf das große Tor zu. Dort werden wir von einem Concierge sofort in Empfang genommen und überaus freundlich begrüßt.

„Ich habe einen Tisch für „Henderson" reservieren lassen", sage ich zu dem hoch gewachsenen jungen Mann.

„Wo möchten Sie denn sitzen? Ich habe für Sie den Innen- oder den Außenbereich reserviert."

Ich tausche mit Violet fragende Blicke aus und als der Concierge das bemerkt, bittet er uns einfach, ihm zu folgen. Zuerst führt er uns in den Innenraum des eindrucksvollen Restaurants. Obwohl draußen noch die Sonne scheint, ist es hier schon recht dämmrig und man taucht so in eine romantisch verspielte Atmosphäre ein - mit vielen Kerzen auf den Tischen und an den Wänden. Die Möblierung könnte aus dem späten Mittelalter stammen und schafft eine eher schwere Stimmung.

„Und der Außenbereich?", frage ich den Concierge.

„Folgen Sie mir bitte erneut", sagt er zu uns und geht voran.

Als wir aus dem dunklen Teil wieder herauskommen, blendet uns die tiefstehende Abendsonne und und wir kneifen die Augen zusammen.

Unerwartet - nur ein paar Schritte weiter - liegt ein künstlich angelegter Sandstrand, direkt an der Themse.

„Was für eine Ambiente", schwärmt Violet und lässt ihren Blick über den Strand und die Loungemöbel schweifen.

„Wo wollen wir sitzen?", möchte ich von ihr wissen. Ihr scheint es hier - wie mir auch – eindeutig besser zu gefallen.

Violet sieht mich mit leuchtenden Augen an und murmelt verlegen: „Hier, bitte."

„Deine Schuhe?", gebe ich zu bedenken.

„Die ziehe ich aus!", sagt sie und streift soeben den rechten Pumps von ihrem Fuß. Der zweite folgt. „Wir können gehen."

In diesem Moment muss ich sie wie der größte Trottel angestarrt haben, denn meine Ex-Frau, also *Satan,* hätte niemals ihre überteuerten Schuhe einfach so ausgezogen. Das würde ihr über Stunden ausgesuchtes Outfit ja vollkommen zerstören.

Violet dagegen stapft jetzt durch den Sand voran, mit ihren Pumps in der Hand und dem Concierge hinterher. Dann lässt sie sich zufrieden in einen Loungesessel fallen.

„Hier kann man es aushalten", seufzt sie und vergräbt ihre Füße im Sand.

„Ich darf auch?", frage ich und deute auf meine Schuhe.

„Natürlich! Ich dachte schon, du bist so ein Snob, der denkt, von ein bisschen Schmutz wird er unheilbar krank."

„Wie war das doch gleich mit Menschen beurteilen, die man nicht kennt?", kontere ich.

Violet zuckt mit den Schultern und öffnet die Speisekarte, die uns der Kellner gerade gebracht hat. Ohne uns abzusprechen, entscheiden wir uns beide für Pasta mit Meeresfrüchten und mit einem Aperitif eröffnen wir unseren ersten gemeinsamen Abend.

Wie das klingt.

„Cheers", prosten wir uns zu. Violet trinkt das halbe Glas in einem Zug aus.

Wow. Das könnte ein ereignisreicher Abend werden.

„Deine Haushälterin hat noch keine Schadensmeldung durchgegeben?", will Violet plötzlich wissen und um ihre Mundwinkel zuckt es.

Mit einer ausladenden Geste sehe ich auf mein Smartphone und schüttle den Kopf.

„Vielleicht ist sie auch nicht mehr in der Lage dazu", scherzt sie weiter.

„Mach dir keine Sorgen. Kate hat sicher beide Hunde im Griff. Und sollte wirklich etwas sein, dann meldet sie sich. Außerdem gibt es in meiner Wohnung nur ein paar Vasen, die über zweihundert Jahre alt sind und an den Wänden hängen bloß lauter nutzlose kostbare Gemälde."

„Ich bin versichert!", wirft Violet sofort ein und zwinkert mir verschwörerisch zu.

„Das ist gut zu wissen", sage ich und nippe an meinem Aperitif.

Heute Abend muss ich nüchtern bleiben.

Heimlich beobachte ich sie, wie sie völlig gedankenversunken die vorbeifahrenden Boote auf der Themse betrachtet. Dabei entweicht ihr ein leiser Seufzer.

„Hattest du heute einen anstrengenden Tag?" Meine Frage dient einem bestimmten Zweck.

Violet grinst verlegen in ihr Glas, um mich dann mit einem ernsten Blick anzusehen. „Ich habe heute einen totalen Rückschlag erlitten", beginnt sie. „Meine monatelange Arbeit inklusive Überwachung und Recherche eines Kunsthändlers, der unter anderem auch illegal erworbene Ware vertreibt, ist heute zerstört worden."

„Oh, warum das denn?", frage ich gespielt entsetzt.

„Ich bin mir sicher, er wurde durch eine interne Quelle gewarnt. Jedenfalls haben wir heute früh mit einem Durchsuchungsbeschluss seine Galerie auf den Kopf gestellt und rein gar nichts gefunden."

„Das ist bitter!"

„Ja …", knirscht Violet mit den Zähnen und nippt an ihrem Aperitif. Ihre blauen Augen funkeln mich über den Rand des Glases hinweg an und ich kann zusätzlich kleine Lachfalten um ihren Mund erkennen.

„Dein Tag war hoffentlich besser?", fragt sie mich und setzt ihr Glas ab. Die Lachfalten sind immer noch da.

„Ja … im Gegensatz zu deinem … war meiner ein voller Erfolg. Ich hatte zufällig eine Kommission einer internationalen Organisation zur Kontrolle da und die konnten mir keinerlei illegale Geschäfte nachweisen."

„Saubere Arbeit, Mr. Henderson", sagt Violet und klatscht dabei in die Hände. Zwei Atemzüge später höre ich: „Mein Aperitif ist alle."

„Soll ich gleich eine ganze Flasche bestellen? Dein erstes Glas ist ziemlich schnell leer gewesen", bemerke ich spöttisch und gebe dem Ober ein Zeichen. Dann beuge ich mich etwas über den Tisch zu ihr und frage leise: „Was ist, wenn uns deine Leute zusammen sehen? Die sind doch nicht blöd."

Violet schnalzt mit der Zunge und schenkt mir einen tiefen Blick. „Ich bin deine persönliche Überwachung."

„Du bist was?", frage ich entsetzt, doch gleichzeitig muss ich lachen.

„Du hast schon richtig gehört. Nach dem Ermittlungsrückschlag heute ... habe ich sofort eine Dringlichkeitssitzung einberufen und vorgeschlagen, dass ich mich an deine Fersen hänge. Mein Chef fand meinen Arbeitseifer sehr lobenswert."

„Alles nur wegen des Gemäldes?"

„Nein! Es gibt noch andere Gründe."

„Das habe ich befürchtet. Setzt du mich davon auch in Kenntnis?"

„Später!", versichert sie. „Ich habe meinem Chef die Sache mit dir so verkauft, dass ich dich für meinen Hund im Vorfeld als Hundesitter und Trainer gewinnen konnte und so ... ohne dass du Verdacht schöpfst ... dein Leben durchleuchten kann."

„Oh, Violet, was bist du für ein teuflisches Weib", sage ich. Eigentlich ist ihr Plan perfekt, wenn ich nicht darin den Hauptpart spielen müsste.

„Ich brauche deine Hilfe", sagt Violet nun mit unerwartet tiefer Stimme.

Habe ich das jetzt richtig verstanden?

„Und für was?", krächze ich.

„Die zweite chinesische Vase befindet sich in New York und ich bitte dich privat, die Kontakte für mich herzustellen."

„Das wird nicht einfach werden, weil die Chinesen mich nach unserer letzten Zusammenkunft nicht mehr so recht *mögen*."

„Das weiß ich. Den Deal wickle ich auch selbst ab. Du musst mir nur den Kontakt mit den richtigen Leuten herstellen."

„Dass dies nicht ungefährlich ist, muss ich nicht gesondert erwähnen!" Meine Stimme ist rau und finster.

Violet sieht mich durch eine ihr ins Gesicht gefallene Haarsträhne an. „Beim letzten Mal haben wir auch als Team zusammengearbeitet."

„Du warst es, die die Chinesen in die Flucht geschlagen hat, stimmt's?"

„Vielleicht. Zumindest konnte ich nicht zulassen, dass sie dir die Vase nicht verkaufen."

„Du bist mir gefolgt?", frage ich entsetzt.

Violet schmunzelt bei meiner Frage und dabei öffnet sich leicht ihr Mund. „Ja … bis nach Rom."

Wie bitte? Nach Rom?

Nervös rutsche ich in meinem Sessel hin und her. „Du bist was?", frage ich empört und beuge ich mich in ihre Richtung.

„Das oder die Gemälde", flüstert sie, „werden in einer leerstehenden Villa am Ortsrand von Rom vermutet. Dort warst du. Keine Angst … niemand weiß davon. Ich habe falsche Fährten gelegt, damit du in Sicherheit bist."

Eigentlich sollte der Abend dazu dienen, diese Frau zu entschlüsseln. Doch stattdessen wird sie mir immer unheimlicher und nicht nur das – sie ist *gefährlich*. Wie konnte ich so unvorsichtig sein und sie in Rom nicht bemerken?

Verdammt! Verdammt! Verdammt!

„Was willst du wirklich von mir?", frage ich und ziehe verächtlich eine Augenbraue hoch.

„Wie gesagt … deine Hilfe!"

„Das glaube ich dir nicht!", bemerke ich abfällig.

„Sind wir nicht hier … um das … sagen wir mal … Misstrauen, das zwischen uns herrscht … abzubauen?"

„Auf welcher Seite stehst du wirklich?" Mein Gesichtsausdruck ist ernst und nahezu finster.

Violet scheint das bemerkt zu haben, denn sie lenkt plötzlich ab. „Erzähl' mir lieber etwas von dir, Mr. Henderson."

„Du weißt doch bereits alles über mich", sage ich gereizt und lehne mich nach hinten.

„Nicht alles", flötet sie. Der Alkohol scheint schon zu wirken.

„Violet", beginne ich aufgebracht, „du bist gerade dabei, mein Leben zu zerstören und willst, dass ich dir noch mehr von mir erzähle? Suchst du nach einer Inschrift für meinen Grabstein, oder was hast du vor?"

„Wenn Männer es nur einmal schaffen würden zuzuhören, verdammt! Ich will weder dich noch deine Existenz *zerstören!*" Das letzte Wort betont sie besonders schrill. „Ich schütze dich nicht, weil du so ein toller Mann bist, sondern weil meine Existenz ebenfalls bedroht ist."

„Also ... das mit dem Mann wäre ein gutes Argument gewesen", werfe ich ein und versuche zu lächeln. „Wirst du erpresst?", frage ich weiter.

Violet schüttelt den Kopf. „Ich erzähle dir alles, aber nicht heute Abend, hier ist es einfach zu schön für schwere Themen."

So einfach kommt sie mir nicht davon.

„Du hast achtundvierzig Stunden Zeit!", sage ich mit finsterem Blick.

Ihre Augenlider fangen daraufhin an zu flattern und sie haucht: „Okay!"

Wir wissen beide, dass dies eine Vereinbarung für einen Waffenstillstand ist. Als wäre nichts weiter geschehen, nippe ich an meinem Aperitif und nuschle in mein Glas: „Schwere Themen ... hmm ... du willst von meinem Leben hören? Glaube mir ... *das* ist ein schweres Thema."

Violet kichert und flötet: „Ich will die ganze verdammte schmutzige Geschichte hören."

„Schmutzig?", frage ich gespielt empört. „Was denkst du bitte von mir?"

Unerwartet sieht Violet auf und in ihren Augen spiegelt sich der Kerzenschein. Ihr Blick wirkt geradezu hypnotisch und ich kann ihm nicht standhalten. Augenblicklich kramt meine Hand nach der Schachtel mit den Zigarillos. Ich ziehe mir einen heraus und stecke ihn in den Mund. Um die Flamme beim Anzünden vor dem Wind zu schützen, halte ich die Hand vor das Feuerzeug und inhaliere den ersten Zug. Den Rauch puste ich in Kringeln wieder aus und lehne mich in meinem Sessel zurück. Jetzt bin ich bereit, von meinem Leben zu erzählen.

***

„Tja ... wo soll ich anfangen?", überlege ich laut und fahre mir mit der rechten Hand durch die Haare.

„Also, meine Jugend war ziemlich rebellisch und ich habe meinen Eltern alles abverlangt. Mit dreizehn fing ich an zu rauchen und mit sechzehn habe ich die Schule geschmissen, um Rockstar zu werden."

„Du warst in einer Rockband?", unterbricht mich Violet.

„Ja, ich war der Bassist - und wir waren zu damaligen Zeiten echt erfolgreich ... sind sogar durch ganz Europa getourt. Mit zwanzig habe ich dann ein Groupie in Las Vegas geheiratet."

„Was?" Violet reißt die Augen auf und murmelt: „Nicht dein Ernst!"

„Doch. Die Ehe hielt leider nur fünf Jahre und als sie beendet war, hing ich ebenfalls mein Rockstarleben an den Nagel. Dann habe ich zwei Jahre nach dem Sinn des Lebens gesucht und mein ganzes Geld durchgebracht, bis mir das Schicksal das Gemälde meiner Großmutter in die Hand gespielt hat. Zu diesem Zeitpunkt begann meine Karriere als Kunsthändler."

„Und die Frauen?", fragt Violet weiter und ich kann Neugier in ihren Augen lodern sehen.

Ich schüttle leicht den Kopf. „Danach gab es nicht viele. Genauer gesagt nur noch zwei. Viele Jahre hatte ich eine Affäre mit einer verheirateten Frau und mit Mitte dreißig habe ich Emma ... meine Ex-Frau ... kennengelernt. Heute nenne ich sie gern *Satan*, zumindest leuchtet das auf meinem Display auf, wenn sie mich anruft."

Violet grinst mich an und fragt: „Und welcher Name steht bei mir?"

„*Zicke*." Ich habe das Wort kaum ausgesprochen, da schenkt Violet mir einen herablassenden Blick und schweigt. Eigentlich habe ich eher mit einer schnippischen Antwort gerechnet, deshalb geht der Punkt an sie und das nächste Glas Aperitif auch.

Ab diesem Zeitpunkt reden wir weder über unser Leben und schon gar nicht über unsere Jobs. Wir reden einfach über banale Dinge, lachen ununterbrochen und lästern über so manche Gäste, die versuchen, sich besser darzustellen, als sie es wirklich sind. Das geht solange bis Violet verkündet: „Ich bin beschwipst."

„Kein Wunder. Die halbe Flasche Aperitif hast du allein geleert."

„Oh!", sagt sie und hält sich die Hände vor die Augen.

Ich muss schmunzeln über ihre Geste und sehe auf die Uhr, um zu schauen, wie spät es ist. Wir sitzen tatsächlich schon drei Stunden hier und ich fühle mich verdammt wohl mit ihr.

Das ist nicht gut und sabotiert meinen ganzen Plan.

Allerdings löst bei Violet der Alkohol nun einen Lachanfall nach dem anderen aus. Die Tische um uns herum sind verdächtig leer und ich beschließe daraufhin, Violet nach Hause zu bringen. Noch mehr Alkohol könnte fatale Folgen für sie haben.

Eigentlich bietet sie gerade die perfekte Vorlage für das Ziel meines Abends.

Mein Vorhaben gestaltet sich nach ein paar Minuten aber schwieriger als gedacht, denn nachdem ich die Rechnung beglichen habe, will ich Violet zum Auto bringen. Die beschließt jedoch, in die entgegengesetzte Richtung zu laufen - und zwar zur Themse. Als sie auf den törichten Gedanken kommt, baden gehen zu wollen und sich schon ihr Kleid hochzieht, muss ich einschreiten.

„Du bist ein Spielverderber", nuschelt sie, als ich sie an der Hüfte packe und vom Wasser wegziehe. Ich sage dazu gar nichts und grinse nur vor mich hin. Irgendwie ist sie total liebenswert und ich erwische mich dabei, wie ich sie fasziniert beobachte.

„Ich gehe doch baden", beschließt Violet und reißt sich von mir los.

„Du bleibst hier", sage ich und fange sie wieder ein.

Dieses Spiel spielen wir noch mindestens zweimal, bis es mir irgendwann zu viel wird. „Wir fahren jetzt nach Hause", lege ich fest und werfe mir Violet über die Schulter. Ich bin mir sicher, anders bekomme ich sie hier nicht weg. Natürlich ergibt sie sich nicht kampflos und ich durchschreite mit einem zappelnden und schimpfenden Bündel Frau das Restaurant und ziehe damit skeptische, fassungslose und missbilligende Blicke auf mich.

Als Anthony uns so sieht, reißt dieser ebenfalls vor Entsetzen die Augen auf, schweigt aber dezent.

„Bring' uns bitte nach Hause", sage ich und wir tauschen dabei vielsagende Blicke aus.

Violet ist sofort, als wir endlich in der Limousine sitzen, an meiner Schulter eingeschlafen.

Als wir eine halbe Stunde später am Hyde Park ankommen, ist es unmöglich, sie aus ihrem Tiefschlaf zu holen. Sie murmelt unverständliche Dinge und ich höre immer wieder das Wort *müde*.

„Du kannst gleich schlafen", sage ich. Mit Anthonys Hilfe ziehe ich Violet aus der Limousine und lehne sie ans Auto, um ihre Pumps und Handtasche vom Rücksitz zu holen. Geistesgegenwärtig wie Anthony ist, hält er sie fest.

„Ich begleite Sie besser, Mr. Henderson", bietet er sich an. „Geben Sie mir die Schuhe und die Tasche."

Ich schenke ihm einen dankbaren Blick und trage die schlafende Violet zum Fahrstuhl. Darin stelle ich sie ab und halte sie im Arm. „Wir fahren zu mir", beschließe ich und Anthony drückt den Knopf für das dritte Obergeschoss.

Violets Kopf liegt an meiner Brust und ihre Arme hat sie um meine Hüfte geschlungen. Ob ich will oder nicht, der Duft ihrer Haare, die nach Apfel und Vanille riechen und ihr Parfüm, welches eine orientalisch blumige Note hat, steigen mir in die Nase und verursachen ein nicht wirklich jugendfreies Kopfkino bei mir.

Als wir den Fahrstuhl verlassen, nehme ich sie wieder auf den Arm und trage sie zu meiner Wohnung. Anthony klopft leise an und als Kate die Tür öffnet, starrt sie mich genauso entsetzt an wie Anthony vor einer halben Stunde.

„Sie schläft heute hier", schnarre ich kratzbürstiger, als ich es will und setze Violet in einen der ausladenden Sessel ab.

„Soll ich Ihr Bett frisch beziehen, Mr. Henderson?", fragt mich Kate und sieht mich skeptisch an.

„Nein, das würde keinen guten Eindruck machen, wenn Mrs. Donovan morgen in meinem Bett aufwacht. Die Couch ist ebenfalls bequem und weniger verfänglich."

Habe ich das jetzt wirklich gesagt? Eigentlich hatte meine Planung ein ganz anderes Ziel.

„Wenn Sie mich nicht mehr brauchen, Mr. Henderson, dann würde ich jetzt gehen."

„Natürlich, Anthony. Vielen Dank und morgen haben Sie frei."

Als sich die Tür hinter Anthony schließt, fällt mein Blick auf die schlafende Violet. Einige Haarsträhnen haben es geschafft, sich zu befreien und hängen nun wild durcheinander in ihrem Gesicht. Am liebsten würde ich sie ihr zur Seite streichen. Lou, der -

seit ich meine Wohnung betreten habe - neben Violet sitzt, leckt ihr über die Hand. „Sie wird wieder", sage ich fürsorglich und streiche ihm über den tiefschwarzen Kopf.

„Die Couch ist bereit", reißt mich Kate aus meinen Gedanken.

„Dankeschön", sage ich. „Kate, Sie können dann ebenfalls nach Hause gehen."

Während sie sich zum Gehen anschickt, bringe ich Violet wie ein Kleinkind ins *Bett*. Als ich die Decke über sie lege, kuschelt sie sich noch tiefer hinein und nuschelt etwas Unverständliches. Lou macht es sich am Fußende bequem und rollt sich zusammen.

Wenige Minuten später lösche ich das Licht im Wohnzimmer und schleiche mit Amy ins Schlafzimmer. Dort lasse ich mich auf das Bett fallen und meine Gedanken kreisen wild durcheinander. Dabei analysiere ich einzelne Gesprächsfetzen bis ins kleinste Detail und komme zu dem Ergebnis, dass ich einen neuen Plan brauche.

Außerdem muss ich zugeben, dass ich Violet gehörig unterschätzt habe und will nun unbedingt wissen, warum ihre eigene Existenz bedroht ist.

Chapter 9

Clive

*W*ohnhaus am Hyde Park, 6 Uhr

Nach einer unruhigen Nacht sagt mir mein Blick zum Fenster, dass es heute wieder ein schöner Sommertag wird. Nur in meinem Leben ziehen immer dunklere Wolken auf, denn die Offenbarungen von Violet haben mich schwer getroffen.

Der Abend mit ihr war wirklich amüsant und einerseits würde ich sie gern näher kennenlernen, auf der anderen Seite besitzt sie alle Macht, mein Leben zu zerstören.

Was für ein Dilemma.

Um Amy nicht zu wecken, schlage ich vorsichtig die Bettdecke zurück und schleiche in Richtung Wohnzimmer. Von der Tür aus schiele ich neugierig zur Couch. Lou liegt immer noch am Fußende und sieht nur kurz zu mir auf. Als er mich erkennt, legt er entspannt seinen Kopf wieder nieder. Von Violets Gesicht ist nichts zu erkennen, denn darüber hängen ihre langen Haare. Sie scheint noch tief und fest zu schlafen.

Ich schließe leise die Tür zum Wohnzimmer und gehe ins Bad. Unter der Dusche jagen mir die idiotischsten Gedanken durch den Kopf und ich lasse das Wasser gefühlte Stunden über meinen Körper laufen. Irgendwann trockne ich mich ab und schlurfe ins Ankleidezimmer hinüber, um mich fertigzumachen. Ich nehme ein weißes legeres Baumwollhemd und eine schwarze Hose aus dem Kleiderschrank und ziehe mich an.

Plötzlich höre ich ein Kratzen an der Tür und skeptisch öffne ich sie. Lou steht schwanzwedelnd vor mir, was bedeuten könnte, dass Violet ebenfalls wach ist.

Als ich ins Wohnzimmer komme, wühlt sie sich gerade durch ihre langen Haare, stöhnt, flucht und setzt sich auf. Als sie mich entdeckt, steigt ihr eine leichte Röte ins Gesicht.

„Guten Morgen", flüstere ich aus Rücksicht auf ihren vielleicht schweren Kopf. „Brauchst du eine Schmerztablette?"

„Guten Morgen", nuschelt sie. „Nein. Danke. Wie bin ich denn hier gelandet? Ich meine ... musstest du dich für mich schämen?" Violet sieht mich mit ihren großen blauen Augen an und eine Falte zwischen ihren Augenbrauen wird sichtbar.

„Also ...", beginne ich und setze mich ihr gegenüber in den Sessel. „Das Restaurant können wir ... glaube ich ... nicht wieder besuchen. Nachdem ich dich am Nacktbaden in der Themse gehindert habe, musste ich dich wie ein erlegtes Tier davon schleppen. Hier wolltest du dann wilden Sex mit mir, deswegen habe ich dich auf die Couch ausquartiert."

Bei meinen Worten schwirren mir tatsächlich nicht jugendfreie Gedanken durch den Kopf.

„Wie bitte?", quietscht Violet und starrt mich mit offenem Mund an. Ihr hängen einige Haarsträhnen wirr ins Gesicht und ihr schwarzer Lidstrich befindet sich nicht mehr dort, wo er eigentlich sein sollte.

Als sich mein ernstes Gesicht zu einem hinterhältigen Grinsen verwandelt, ahnt Violet meine Lüge. „Nun gut, der letzte Satz ist gelogen", werfe ich zu meiner Verteidigung ein, bevor sie mich wie eine Löwin im Jagdrausch anspringt.

„Aber das mit dem Restaurant stimmt?", fragt sie entsetzt.

Ich nicke. „Anthony war Zeuge."

„Ach du heilige Scheiße", flucht sie.

„Was hast du gesagt? Ich hätte nicht gedacht, dass du solche Wörter überhaupt in deinem Wortschatz führst."

„Ich kann auch sagen ... ach halt die Klappe!", brummt Violet.

„Frühstücken wir zusammen?"

Habe ich das jetzt wirklich gefragt?

Keine Frau, mit der ich je eine Nacht verbracht habe, lud ich zum Frühstück ein. Aber mit Violet ist das was Anderes, belüge ich mich selbst. Sie sagt sowieso nein, also war es eine nette Geste von mir.

„Ja ... gib mir eine Viertelstunde!"

Hat sie jetzt wirklich zugestimmt?

Ich nicke und muss aufpassen, dass ich sie nicht wie der dümmste Trottel anstarre.

„Kann ich Lou bei dir lassen?"

„Natürlich!", platze ich heraus und zwinge mich zu einem Lächeln. Kaum habe ich das Wort ausgesprochen, springt Violet auf, schnappt sich ihre Pumps und ihre Handtasche und verschwindet zur Tür hinaus.

„Eine Viertelstunde", sage ich mit dem Blick zur Uhr. „Das schafft sie nie!"

Wenn Emma mir eine Zeitansage gemacht hatte, dann musste ich immer noch eine Stunde dazurechnen. Also lasse ich mir Zeit und gebe in aller Ruhe den Hunden einen Kauknochen und frisches Wasser. Dann öffne ich den Kühlschrank und starre hinein. „Lou was frisst denn dein Frauchen?" Shit, *isst* meine ich. Zum Glück kann er mich nicht verpetzen.

Da Lou logischerweise nicht antwortet, entscheide ich mich für ein europäisches Frühstück. Ich glaube eher nicht, dass Violet Bohnen zum Frühstück mag, auch wenn sie in England geboren ist. Ich übrigens auch nicht. Keine Ahnung, warum unsere Nation so schräge Zutaten zum Frühstück verspeist.

Jedenfalls stehe ich immer noch vor meinem geöffneten Kühlschrank, als es klopft. Erschrocken lasse ich die Tür zufallen und schiele auf meine Armbanduhr. Es ist wirklich erst eine Viertelstunde später. Das kann jetzt nicht sein, denke ich und öffne vorsichtig meine Wohnungstür. Tatsächlich steht Violet mit einer Tüte Croissants davor.

„Die habe ich gefunden", keucht sie und geht an mir vorbei. „Gibt es keinen Kaffee?", fragt sie entsetzt.

„Soweit bin ich noch nicht", sage ich entschuldigend und ringe mit meiner Fassung. „Um ehrlich zu sein, habe ich nicht gedacht, dass du wirklich in so kurzer Zeit wieder vor mir stehst."

Violet schenkt mir als Antwort ein spöttisches Grinsen. Dabei streift mein Blick sie unauffällig. Sie trägt jetzt ein knallrotes T-Shirt mit Federaufdruck, dazu helle Jeans und weiße Flipflops. Als sie sich auf dem Barhocker vor der Küchentheke niederlässt, streift sie ihre Schuhe ab, zieht das rechte Knie an und stellt den Fuß auf der Sitzfläche ab. Ihre lilafarben lackierten Fußnägel sind mir gestern Abend im Sand schon aufgefallen.

„Jetzt sitzt der Lidstrich wieder perfekt", bemerke ich zweideutig.

„Hast du heute schon *Sarkasmus* gefrühstückt?"

„Nur in Tropfen eingenommen. *Ironie* gibt es nur in Tablettenform und die muss ich noch schlucken", kontere ich und schenke ihr einen tiefen Blick, dem sie zu meinem Erstaunen standhält. Als sie zusätzlich einen Schmollmund formt, muss ich mich wegdrehen. Mir geht gerade meine Fassung flöten.

Also beschließe ich, mich auf die Zubereitung des Frühstücks zu konzentrieren. Nur mit Violets stechendem Blick im Rücken, die wohl gerade jeden einzelnen Muskel von mir analysiert, fällt mir das unwahrscheinlich schwer. Irgendwie wirke ich ziemlich fahrig, in dem, was ich tue. Als mir Violet anbietet, das Rührei zu machen, lehne ich dankend ab. Das wäre definitiv zu viel Nähe.

Jedenfalls schaffe ich es, mit etwas Verspätung, das Frühstück auf die Küchentheke zu zaubern und setze mich ihr gegenüber. Ich glaube, dass ich in ihren Augen ein spöttisches Funkeln erkennen kann.

„Ich fahre heute Nachmittag zu Grandma und überprüfe die Lagerung des Gemäldes von dem niederländischen Maler", sagt sie bedeutungsvoll, bricht sich dabei von einem Croissant ein Stück ab und schiebt es sich genüsslich in den Mund. „Sind die lecker", flötet sie weiter.

„Soll ich dich begleiten?", frage ich zögerlich. Ich möchte nicht wieder den *heiligen Boden* betreten, ohne das Violet mich darum bittet.

„Sei ehrlich, du willst nur meine Mutter wiedersehen. Grandma hat mir ausführlich berichtet, wie ihr geflirtet habt."

Vor Schreck verschlucke ich mich an meinem Rührei und schnappe nach Luft. „Das hat Granny nicht gesagt", protestiere ich hustend und sofort habe ich die Bilder wieder im Kopf, wie sie ihrer Tochter den Ellenbogen in die Hüfte rammt.

„Auch, wenn deine Mutter für ihr Alter ... wie alt ist sie eigentlich?"

„In zwei Jahren wird sie sechzig", antwortet Violet.

Als ich das höre, ziehe anerkennend die Augenbrauen nach

oben. „Also, auch wenn sie eine sehr attraktive Frau ist, entspricht sie eher nicht meinem Beuteschema."

„Sie ist blond!", bringt Violet als Argument hervor und beißt sich dabei leicht auf die Unterlippe. Ich bin mir sicher, dass wollte sie eben *nicht* sagen. Mrs. Clark hat mein Privatleben wirklich genauestens studiert, grüble ich.

„Es gehört mehr dazu, als nur blond zu sein, Violet, um in mein Beuteschema zu passen."

„*Arroganz* hast du also auch gefrühstückt, interessant", bekomme ich mit einem selbstherrlichen Blick als Antwort.

„Verdammt, so habe ich das nicht gemeint. Ich wollte nur sagen, dass ich es hasse, wenn ich bei meinem Geschmack immer auf blonde Models reduziert werde."

„Du willst jetzt kein Mitleid von mir, oder?"

„Nein!", schnaube ich. „Auf welchen Typ Mann stehst du denn überhaupt?", frage ich etwas ungehalten.

„Auf einen, der an eine Frau mehr Ansprüche hat, als dass sie nur schön zu sein braucht."

Autsch. Das hat gesessen.

Die nächsten Minuten sitzen wir uns erst einmal schweigend gegenüber. Violet kaut an ihrem Croissant herum und gibt abwechselnd Lou und Amy etwas davon ab.

„Du bist dir dessen bewusst", beginne ich vorsichtig, „dass du den Hunden etwas vom Tisch gibst?"

„Ja! Ich frühstücke immer gemeinsam mit Lou."

„Ich, als dein neuer Hundetrainer …"

„Muss dir sagen, dass dies nicht richtig ist", beendet sie den Satz und verdreht dabei genervt die Augen.

„Ich merke, wir verstehen uns."

„Ich frühstücke aber weiter mit ihm", sagt sie trotzig und wirft mir ein künstliches Lächeln über den Tisch hinweg zu.

Dann müssen wir beide lachen und Violet gibt zu, dass ich recht habe. „Ich würde mich freuen, wenn du mit zu Grandma kommst", sagt sie ernst.

„Sehr gern. Dann können wir bei ihr im Garten mit Lou noch etwas trainieren."

Daraufhin nickt mir Violet dankbar zu und plötzlich klingelt meine Gegensprechanlage zweimal hintereinander. „Erwartest du

Besuch?", fragt sie mich verwundert.

„Nein!", knirsche ich, denn ich ahne, wer es ist.

Satan persönlich, denn ich habe den Portier angehalten, mich zu warnen, wenn sie hier auftaucht. Ich atme noch einmal tief ein und als ich die Luft wieder auspuste, klopft es ungehalten an meiner Tür. Amy fängt sofort an zu knurren und Lou bellt schrill.

„Soll ich lieber verschwinden?", fragt Violet.

„Nein! Ich beende das so schnell wie es begonnen hat", sage ich rau und reiße meine Wohnungstür auf.

Emma sieht mich erschrocken an. „Hallo", haucht sie und schiebt sich einfach an mir vorbei in meine Wohnung.

„Ich habe dich nicht hereingebeten", fauche ich sie an.

Abrupt bleibt sie stehen und nimmt Violet ins Visier.

„Du hast Besuch?", fragt sie mit schriller Stimme und entsetzten Gesichtszügen.

Auf ihre Frage gebe ich ihr keine Antwort, sondern will nur wissen, was sie von mir will. Besser gesagt, so wie sie gekleidet ist – in einem verdammt kurzen Lederrock mit schwindelerregend hohen Pumps, einem tiefen Dekolleté und perfektem Make-up - erahne ich schon ihre wahren Absichten, ohne weitere Fragen zu stellen. „Hast du die Branche gewechselt?", frage ich sie süffisant und mustere sie mit abwertendem Blick.

„Das werde ich wohl müssen, wenn du mich mit nur so wenig Geld abspeist."

Wenn sie jetzt erwartet, dass ich anfange, mit ihr über das Scheidungsurteil zu diskutieren, dann hat sie sich verkalkuliert. „Den Anfang hast du schon gemacht mit deiner sehr fragwürdigen Kleidung und jetzt tue mir bitte einen Gefallen und geh!", sage ich mit scharfem Ton.

„Ich werde mir das von dir nicht gefallen lassen und du wirst noch winselnd vor mir auf Knien um Gnade bitten. Ich weiß eine Menge über deine illegalen Geschäfte!"

„Drohst du mir etwa?", frage ich mit so tiefer Stimme, dass Emma einen Schritt zurücktritt. Dann brülle ich sie an: „Verschwinde aus meinem Leben", und zeige auf die offene Wohnungstür.

Vor Wut und Enttäuschung schmeißt sie ihren Kopf in den Nacken und schreitet an mir vor bei. Ich knalle die Tür hinter ihr mit voller Wucht zu, sodass Violet automatisch den Kopf einzieht.

Um meine Wut wieder in den Griff zu bekommen, greife ich zu den auf dem Couchtisch liegenden Zigarillos und mit leicht zittrigen Händen ziehe ich mir einen heraus. Den stecke ich mir zwischen die Lippen, hole mein Feuerzeug aus der Hosentasche und zünde ihn an. Den ersten Zug inhaliere ich förmlich. Dann nehme ich noch zwei weitere tiefe Züge und langsam spüre ich, wie ich wieder ruhiger werde.

„Tut mir leid", nuschle ich mit dem Zigarillo im Mundwinkel. „Diese Frau schafft mich einfach!" Ich stelle mich in den offenen Austritt und rauche zu Ende. Violet schweigt die ganze Zeit und beobachtet mich ununterbrochen.

Irgendwann sagt sie: „Deine Ex-Frau hat einen gefährlichen Satz gesagt."

„Ich weiß!", murmle ich und setze mich ihr gegenüber an die Küchentheke.

„Was hat sie gegen dich in der Hand? Du weißt, dass wenn sie Anzeige erstattet, die sofort auf meinem Schreibtisch landet und wir dich wieder im Visier haben. Dann ist der Durchsuchungsbeschluss innerhalb einer Stunde genehmigt. Wir haben nicht ... wie beim letzten Mal ... einen Tag Zeit für die Schadensbegrenzung."

„Die Galerie ist sauber, das weißt du", sage ich genervt.

„Aber?"

„Ich habe noch einige Kunstgegenstände in einem Schweizer Zollfreilager und die erforderlichen Papiere befinden sich hier in meiner Wohnung."

Als Violet das hört, vergisst sie zu atmen.

„Luft holen", sage ich leise.

„Zollfreilager", beginnt Violet und sieht mich mit durchdringendem Blick an, „sind wie Inseln, die aus dem normalen Rechtsleben ausgeschlossen sind. Du hast die Waren anonym dort eingelagert und ..."

„Sie werden nur selten kontrolliert und können den Besitzer wechseln, ohne dass es jemand erfährt. Ich weiß das, Violet, und ich nutze dieses Schlupfloch, seit ich mit Kunstgegenständen Handel treibe. Schade, dass es diese Möglichkeit nur in der Schweiz gibt. Deine Behörde hat keine Chance auf Zugriff."

„Ja!", knirscht sie. „Die Unterlagen dafür müssen aus deiner

Wohnung verschwinden."

„Hast du einen Vorschlag?"

„Oxford?", fragt Violet und hält den Kopf dabei schief.

„Dann hast du mich in der Hand", sage ich spöttisch und doch ist mein Gesichtsausdruck ernst.

„Das habe ich auch so", erwidert sie und nippt an ihrem Kaffee.

Die Wolken über mir scheinen immer dunkler zu werden und ich spüre die schwere Luft, die sich kurz vor einem Gewitter bildet.

Was ist jetzt, verdammt noch mal, die richtige Entscheidung?

Wenn meine Wohnung durchsucht wird und sie die Unterlagen aus dem Zollfreilager finden, dann muss ich mir in den nächsten Jahren keine Gedanken um meine Kleiderordnung mehr machen, denn die Klamotten bekomme ich dann vom Staat gesponsert.

Also bleibt mir nur, Violet zu vertrauen. Im Moment ist sie meine einzige Option.

„Mich beschäftigt noch eine ganz andere wesentliche Frage", beginnt Violet erneut.

„Was kommt jetzt wieder?", frage ich gereizt.

„Handelst du mit Antiquitäten aus Staaten, in denen auch der Terror aktiv ist?"

„Nein!", sage ich finster. „Mit Terroristen mache ich keine Geschäfte. Das habe ich noch nie getan und das werde ich auch nie tun. Wenn ich sehe, wie sie mit den antiken Schätzen in Syrien, Irak, Iran und so weiter umgehen, dann packt mich die Wut. Ihr müsstet dagegen angehen."

„Ganz ehrlich, im Moment sind wir damit restlos überfordert. Durch die enorme Nachfrage aus der ganzen Welt, speziell Europa, die USA, den Golf-Staaten, Japan und China können wir nur Teilerfolge erzielen. Wir haben es nicht nur mit einer kleinen Gruppe von Grabräubern zu tun, sondern diese Raubzüge werden von der Terrororganisation bis ins kleinste Detail geplant und durchgezogen. Damit finanzieren sie ihren heiligen Krieg."

„Die Nachfrage bestimmt das Angebot, da gebe ich dir recht. Aber ich schwöre dir, diese Kunstgegenstände rühre ich nicht an. Das musst du mir glauben!"

„Ja!", sagt sie mit fester Stimme. „Wann fliegen wir jetzt nach

New York?"

„New York? Du legst ein rasantes Tempo vor!"

„Ich habe keine Zeit zu verlieren. Also wann?", drängt sie.

Ich überlege einen Moment. „Eventuell Montag, aber dafür muss ich erst noch einige Telefonate erledigen. Ich denke, heute Abend weiß ich mehr."

„Sag' deinen Kontakten, dass es dringend ist! Hast du noch einen Kaffee für mich?" Violet unterdrückt ein Gähnen.

„Du hast länger geschlafen als ich", bemerke ich mit einem Grinsen und spüre, wie mein Groll gegen Emma verschwindet.

„Suche du alle dich belastenden Unterlagen heraus und ich hole dich mit Wäschesäcken ab. In diesem Haus gibt es ... außer auf den Fluren ... überall Kameras und ich muss nicht dabei gefilmt werden, wie wir zusammen Akten verschwinden lassen."

„Das klingt alles sehr aufregend, was wir da tun", sage ich mit einem Hauch Sarkasmus in der Stimme.

„Du hast die *Ironie-Pille* doch noch gar nicht genommen!"

Stimmt!

***

Seit einer Stunde sortiere ich nun schon die verfänglichen Unterlagen und lege sie auf einen gesonderten Papierstapel. Nebenbei erledige ich noch mehrere wichtige Telefonate. Besonders die Sache mit New York liegt mir am Herzen.

Während des Gesprächs mit dem Käufer des Degens aus der Renaissance-Zeit sehe ich auf meine Armbanduhr. Es sind nur noch ein paar Minuten bis 13 Uhr. Wenn Violet pünktlich ist, dann müsste sie gleich vor meiner Tür stehen. Deshalb beeile ich mich mit der Absprache der Übergabe und genau in diesem Moment klopft es auch schon an meiner Wohnungstür. „Die Frau scheint die Pünktlichkeit in Person zu sein", sage ich zu Amy, die schon schwanzwedelnd vor der Tür wartet. Lou macht im Treppenhaus mächtig Rabatz und ich höre Violet deshalb schimpfen.

Als ich die Tür öffne, staune ich nicht schlecht, als eine voll bepackte Frau vor mir steht. „Du musst mir nicht helfen", zischt sie und zieht den Wäschesack an mir vorbei.

„Ist da wirklich Wäsche drin?", frage ich ungläubig und schließe die Tür hinter mir.

„Nein! Eine Leiche!" Violet verdreht genervt die Augen.

„Natürlich!", flucht sie. „Ich habe extra meine Betten frisch bezogen, damit ich an Schmutzwäsche komme."

So ganz kann ich ihr immer noch nicht folgen und das muss sie aus meiner verzweifelten Mimik entnehmen.

„Die Videoüberwachung!", erklärt Violet. „Sollte einer meiner Arbeitskollegen nur den geringsten Zweifel an meiner Glaubwürdigkeit … was uns betrifft … haben, muss meine Vorgehensweise fehlerfrei sein. Nicht auszudenken, wenn sie mich unterwegs anhalten und kontrollieren. Deshalb verschwinden deine belastenden Akten zwischen meiner Bettwäsche. Jetzt verstanden, Mr. Henderson?"

Statt einer Antwort klatsche ich in die Hände und nicke ihr wohlwollend zu.

„Idiot!", faucht sie.

„Ich bin mir sicher", sage ich mit besonders weicher Stimme, „wenn es einen weiblichen Agenten mit dem Namen 007 gäbe, dann wärst du sie. Allerdings muss ich bemerken, sollten wir wirklich in eine Kontrolle geraten, hat dein Plan gewisse Lücken."

„Du gehst mir gerade echt auf die Nerven!", schnaubt Violet und schickt mir einen ihrer stechendenden Blicke. Dieser verfehlt seine Wirkung nicht – eher im Gegenteil - er schmerzt enorm.

„Wir werden viel Spaß in New York haben", bemerke ich unterschwellig und gehe in mein Arbeitszimmer. „Willst du dir die Unterlagen von den Verkäufen und für die zwischengelagerten Kunstgegenstände ansehen?", rufe ich ihr zu.

„Es ist besser … ich weiß davon nichts!"

„Ja, vielleicht hast du recht."

Ohne viele Worte lassen wir dann meine verfänglichen Papiere zwischen den Wäschestücken verschwinden und mein Hass auf meine Ex-Frau wächst erneut. Wenn sie mich wirklich anzeigen sollte, dann werde ich mit meinem Anwalt gegen sie vorgehen. Mittlerweile muss ich mich fragen, ob es wirklich Liebe zwischen uns war? Vielleicht bin ich nur ihrer Schönheit erlegen und den Rest hat mein Unterleib vertuscht. Dann hätte meine Schwester doch recht!

„Übrigens", beginne ich, „wir müssen morgen früh schon nach

New York fliegen. Die Übergabe der chinesischen Vase findet morgen Abend statt."

„Wie hast du das denn so schnell geschafft?" Violet sieht mich mit einem neugierigen Blick an.

„Alle meine Geheimnisse gebe ich nicht preis", sage ich und schmunzle dabei.

„So schnell bekomme ich bestimmt keinen Flug."

„Wir fliegen mit einer Privatmaschine. Ich habe sie schon für uns gebucht."

„Ist das nicht zu auffällig?", fragt Violet und zieht die Stirn in Falten.

„Du bist doch meine persönliche Überwachung, oder?"

„Ja ...", grinst sie.

„Also, dann musst du auch an der Person dranbleiben, oder?"

„Und was mache ich mit Lou?"

„Den kannst du bei Kate lassen. Sie zieht für die paar Tage, die wir in New York sind, in meine Wohnung. Das handhaben wir immer so, wenn ich auf Geschäftsreisen bin."

„Du scheinst ein Organisationstalent zu sein, Mr. Henderson", bemerkt Violet mit einem Hauch Ironie in der Stimme. Statt ihr zu antworten, greife ich nach einem der Wäschesäcke und rufe die Hunde zu mir. Violet folgt mir den langen Flur entlang, die Treppen hinunter und reagiert ziemlich überrascht, als ich in der Tiefgarage einen braunen Sportwagen ansteure, der in der äußersten Ecke steht.

„Wem gehört das Auto und warum steht es so versteckt?", fragt sie.

„Jetzt enttäusche mich nicht, Agentin 007, alles scheinst du also doch nicht über mich zu wissen."

Verstohlen sieht sie sich mit zusammengekniffenen Augen um, während ich die Wäschesäcke im Kofferraum verstaue.

„Hier sind keine Kameras und das Auto ist ein Mietwagen!", stellt sie nach nur kurzer Zeit fest.

„Geht doch!", sage ich überheblich und rufe die Hunde zu mir. Beide springen sofort auf den Rücksitz des Wagens und Violet steigt vorne ein.

Als Vorsichtsmaßnahme fahren wir über einige Umwege nach Oxford und kommen dort neunzig Minuten später *am Ende der*

Welt an.

„Ohne Navi würde ich den Weg zu deiner Granny nie finden", sage ich mit Blick auf die umliegenden Felder. Violet lacht, sagt aber keinen Ton dazu.

Als wir in die kleine Zufahrtsstraße einbiegen, kann ich schon von Weitem eine Art Empfangskomitee sehen: Granny, Will, Violets Mutter und - ich nehme an - ihr Lover. Mein Gott, der ist wirklich nicht älter als fünfundzwanzig, aber ein Kerl wie aus einer Badehosenwerbung. Perfekter Body, umwerfendes Lächeln, blonde längere Haare und blaue Augen. Kein Wunder, dass die Frauen solchen Typen ohne nachzudenken verfallen.

„Wir werden erwartet?", frage ich und sauge die Luft scharf ein.

„Du musst keine Angst haben. Ich beschütze dich." Violet grinst frech, ohne mich dabei anzusehen.

„Was habe ich für ein Glück", antworte ich amüsiert.

Zu meiner Überraschung erwartet uns - außer vielen skeptischen und neugierigen Blicken – zusätzlich ein gedeckter Kaffeetisch.

Doch bevor ich mich den leckeren Kuchen hingebe, bringe ich mit Violets und Wills Hilfe meine Unterlagen in einen kleinen Keller im Haus.

Dort steht das Gemälde von dem berühmten niederländischen Maler und zu meinem Erstaunen auch Gemälde, die ich auf die Schnelle keinem Künstler zuordnen kann. An der Wand hängt der Feuchtigkeitsmesser für die Anzeige der Luft im Raum und mein kritischer Blick darauf lässt mir ein „Okay!", entweichen. Es ist alles zu meiner Zufriedenheit.

Damit, dass ich mich am Kaffeetisch den intensiven Blicken von Violets Mutter Valerie erneut unterziehen muss, habe ich gerechnet, aber nicht, dass Mr. Surfboy Violet ebenfalls mit seinen Augen verschlingt. Nicht, dass er sie verstohlen beobachtet, nein, er tut es direkt vor mir und grinst mich dabei auch noch dreist an. Violet, die neben mir sitzt, scheint ihn hingegen überhaupt nicht wahrzunehmen, denn sie redet die ganze Zeit mit ihrer Mutter oder Granny.

Plötzlich sind alle ganz still und ich frage mich warum? Irgendetwas habe ich gerade verpasst.

„New York?", fragt Granny mit tiefer Stimme.

Violet nickt und sagt leise: „Wir fliegen morgen früh. Ich lasse Lou bei Clives Haushälterin."

Weder Granny noch ihre Mutter sagen etwas dazu. Es folgen keine spöttischen Bemerkungen, wie sonst. Nur sorgenvolle Blicke hinüber zu Violet.

Etwas verlegen streiche ich mir die Haare aus dem Gesicht und dabei fällt mein Blick wieder auf den Surfboy. Dieser starrt doch gerade tatsächlich Violet in den Ausschnitt ihrer blauen Bluse. Auf der einen Seite kann ich ihn verstehen, denn mir ist das heute ebenfalls passiert, anderseits geht das mal gar nicht. In mir steigt ein unbekanntes Gefühl auf und ich schätze, man nennt das besitzergreifend oder Eifersucht. Oder vielleicht auch beides.

Bei Emma ist mir das nie passiert und sie wurde ständig von anderen Männer angehimmelt. Ich war einfach nur stolz darauf, mehr nicht. Außerdem brauchte sie diese Aufmerksamkeit. Jetzt kommen mir plötzlich die Worte meiner Mutter wieder in den Sinn, wenn sie meinen Vater ermahnte, er würde sich wie ein *Alphamännchen* benehmen. Das tat er immer, sobald auch nur ein Schatten von einem anderen Mann in Sichtweite war.

Als würde mich eine fremde Hand führen, lege ich automatisch meinen Arm über Violets Stuhllehne und werfe danach dem Unterhosenboy einen finsteren Blick zu. Dieser versteht meine Geste sofort und himmelt ab diesem Zeitpunkt wieder Violets Mutter an.

Geht doch!

Als ich zur Seite sehe, schielt Granny mich über ihre Hornbrille hinweg an und hat die Stirn in Falten gezogen. Sie muss die Szenerie beobachtet haben.

Das Klingeln meines Smartphones ermöglicht mir eine kleine Auszeit und ich gehe zum Telefonieren hinter das Haus. Der Anruf ist von Alexander und er möchte wissen, wie mein Dinner gestern Abend war und wieso ich plötzlich nach New York fliege. Ich vermeide es, Details über den Abend preiszugeben, weil ich nicht möchte, dass er falsche Schlussfolgerungen daraus zieht. Doch wenn ich ehrlich bin, will ich verhindern, dass er Violet noch anziehender findet, als er es jetzt schon tut.

Alphamännchen, schießt es mir durch den Kopf. Plötzlich höre ich Stimmen und mir wird klar, dass ich unter einem Fenster stehe.

Sofort beende ich das Telefonat und anstatt mich davonzuschleichen, bleibe ich stehen und lausche gebannt.

„Du willst wirklich nach New York fliegen?", höre ich Granny fragen und sie klingt dabei äußerst besorgt.

„Ja, ich brauche diese beschissene chinesische Vase."

„Seit wann sprichst du denn wieder in diesem Ton?", will Valerie wissen.

„Wie spreche ich denn, Mum?"

„Na, so eben. Das Wort *beschissen* zum Beispiel, seit wann befindet es sich wieder in deinem Wortschatz?"

„Ist das denn so wichtig?"

„Für uns schon", meint Granny. „Das hast du die letzten zwei Jahre nicht mehr gesagt."

Danach herrscht für einige Augenblicke ein beängstigendes Schweigen.

„Ich muss das mit New York einfach machen. Andere Frauen haben auch ihre Männer verloren und benehmen sich nicht so idiotisch wie ich. Seit Daniels Tod habe ich mich von einem Versteck in das nächste gehangelt und ganz vergessen zu leben."

„So etwas nennt sich Trauer, Violet, und sei nicht zu hart zu dir selbst", beschwichtigt Valerie ihre Tochter.

„Außerdem hast du damals in New York deine Hochzeitsreise begonnen und warst einen Monat vor Daniels Tod ebenfalls mit ihm noch einmal dort. Ich finde die Idee nicht gut", mahnt Granny und diesen ernsten und zugleich fürsorglichen Ton habe ich noch nie von ihr gehört.

Ich muss ihr allerdings recht geben, als ich das höre. Das ist eine harte Nummer, die Violet da durchziehen will.

„Mr. Henderson …", beginnt Granny und ich spitze bei meinem Namen die Ohren, „wird dir in New York keine Hilfe sein. Du brauchst jemanden, der dich auffängt und Verständnis für dich hat."

Bitte? Bin ich etwa ein gefühlloses Scheusal, dem andere Menschen egal sind? Auch wenn ich Violet nicht traue, werde ich sie bestimmt nicht in New York schutzlos ihrem Schicksal überlassen.

„Aber das Dinner gestern Abend war wirklich schön, so wie du es vorhin am Telefon erzählt hast?" Grannys Neugier ist nicht zu überhören.

„Und was kam danach?", will Valerie wissen.

„Nichts, Mum. Ich war betrunken!"

„Dann hast du das *Beste* verpasst!", bemerken Granny und Valerie fast gleichzeitig.

„Das tut nichts zur Sache", blafft Violet, „und können wir das Thema jetzt bitte beenden?"

„Wir machen uns einfach Sorgen um dich", erwidert Granny erneut und dann herrscht wieder Schweigen. Danach höre ich Schritte, die langsam verhallen. Die Frauen scheinen ihr Gespräch beendet zu haben.

Jetzt bin ich wieder allein und habe Zeit zum Nachdenken. Ich ziehe meine Schachtel Zigarillos aus der Hosentasche und stecke mir einen in den Mund. Der erste Zug ist tief und wohltuend und ich lehne mich dabei an die Hauswand.

Völlig unerwartet taucht nun in meinem Blickwinkel eine Gestalt auf: Granny. Mit ernstem Gesichtsausdruck.

Als sie vor mir steht, blafft sie mich an: „Das nächste Mal müssen Sie uns nicht belauschen. Sie können sich gern zu Ihrer Verteidigung zu uns gesellen!"

So plötzlich wie sie auftaucht, so schnell ist sie auch wieder verschwunden. Ich hingegen hatte nicht einmal den Hauch einer Chance zur Rechtfertigung.

Chapter 10

Clive

Im Privatjet nach New York, 8 Uhr

Violet sitzt neben mir und scheint zu schlafen. Als ich sie heute früh vor ihrer Tür abgeholt habe, sah man ihr an, dass sie in der Nacht wohl nicht allzu viel Schlaf bekommen hatte. Ihre Augen waren leicht geschwollen und mein Magen muss sich keine Sorgen wegen ihres stechenden Blickes machen.

Unser Privatjet startete pünktlich 7 Uhr Londoner Ortszeit und die voraussichtliche Landung wird gegen 9 Uhr New Yorker Zeit sein. Bis wir im Hotel – im Stadtteil Manhattan – ankommen, vergehen noch einmal mindestens zwei Stunden.

Laut meinem Informanten ist die Übergabe der chinesischen Vase für 17 Uhr geplant. Der Zeitpunkt ist perfekt, nur der Ort dafür passt mir überhaupt nicht, denn das Treffen soll in einer privaten Suite in einem Hotel - nur ein paar Häuserblocks von unserem entfernt - stattfinden. Aus so einem großen und unübersichtlichen Gebäude zu fliehen ist immer eine Herausforderung und ich arbeitete noch nie - zumindest wissentlich - mit Violet zusammen.

Deswegen habe ich mir auch vorab die Grundrisspläne des Gebäudes genau eingeprägt und einen eventuellen Fluchtplan geschmiedet. Außerdem bin ich äußerst skeptisch, ob Violet wirklich emotional in der Lage ist, den Deal durchzuziehen.

Warten wir es ab.

Wie ich vermutet habe, verlassen wir den Privatjet pünktlich 9 Uhr New Yorker Ortszeit und uns empfängt eine drückende Schwüle. Die Sommer hier sind heiß und wer die Möglichkeit hat, flüchtet zu dieser Zeit in die Hamptons an die Küste.

Violet läuft neben mir und zieht seltsam schweigend ihren Koffer hinter sich her. Ihre überdimensionale Sonnenbrille verdeckt fast ihr gesamtes Gesicht, nur ihre aufeinander gepressten Lippen sind noch zu erkennen.

Mein Kontaktmann Jimi erwartet uns bereits - wie besprochen - am Ausgang des Flughafengebäudes und wird uns in das Hotel im Stadtteil Manhattan bringen. „Sie sind schon vor Ort", beginnt er - und damit meint er die Chinesen – und reiht sich mit dem Mietwagen in den chaotischen New Yorker Verkehr ein. Die jetzt schon verstopften Straßen lassen ihn leise fluchen.

„Wir sind früh dran", versuche ich ihn zu besänftigen.

Neben mir auf der Rückbank sitzt Violet und sie sieht ununterbrochen aus dem Fenster. Ihre ineinander verschränkten Hände presst sie fest zusammen, sodass die hervorstehenden Adern auf ihrem Handrücken gut zu erkennen sind. Irgendwie tut sie mir leid.

Als wir über die Manhattan Bridge fahren, bietet sich uns ein atemberaubender Blick auf die Silhouetten der Hochhäuser, in deren Fenstern sich die Sonne widerspiegelt. Automatisch sehe ich dabei zu Violet und bemerke, wie sie sich verstohlen über die Wange wischt. Hier ist sie bestimmt mit ihrem Mann auch entlanggefahren und die Erinnerungen holen sie gerade ein, so vermute ich es zumindest.

Nach fast zwei Stunden Stop-and-go sind wir endlich am Hotel angekommen, das wirklich direkt am East River liegt.

Und dann passiert etwas, womit ich nicht gerechnet habe.

Als Violet an der Rezeption eincheckt, ist sie plötzlich wieder die arrogante *Zicke,* die ich kenne. Mich spricht sie plötzlich wieder mit meinem Nachnamen an und das Personal bekommt ihre Arroganz in vollem Umfang zu spüren.

Die ganze Zeit habe ich eher Mitleid für sie empfunden, aber jetzt geht sie mir gehörig auf die Nerven. Nachdem mir die äußerst freundliche Servicekraft die Schlüsselkarte für mein Zimmer ausgehändigt hat, greife ich mir diese sofort und verschwinde in Richtung Fahrstuhl.

Gerade als ich ihn betreten will, schiebt sich eine große männliche Gestalt mit grauen Haaren in meinen Blickwinkel. Das ist doch der *Gorilla* - Violets erfundener Ehemann.

Was zum Teufel will der denn hier? Moment!

Das ist eine Falle, grolle ich innerlich und balle vor Wut meine Fäuste.

„Wollen Sie vor dem Fahrstuhl Wurzeln schlagen, Mr. Henderson?", schnarrt es plötzlich hinter mir.

„Nein, Mrs. Clark", presse ich zwischen meinen Zähnen hervor. „Ich denke gerade darüber nach, auf welche Art und Weise ich Sie beseitigen soll. Bevorzugen Sie die kurze oder lieber die schmerzvolle Variante?"

„Jetzt geh' schon du Idiot!", zischt sie und tritt mir in die Wade.

Entsetzt sehe ich sie an und kann ihre Mimik durch ihre Sonnenbrille - die sie immer noch trägt – nicht erkennen, geschweige denn analysieren.

Als sich die Fahrstuhltüren hinter uns schließen, reiße ich ihr die Brille herunter und blaffe sie an: „Willst du mich auflaufen lassen, oder was?"

„Sei leise!", mahnt sie, nimmt mir die Sonnenbrille wieder aus der Hand und setzt sie erneut auf. „Sobald du mich heute Nachmittag vor dem Hotel abgesetzt hast, wo die Übergabe der Vase stattfinden soll, verschwindest du sofort und fliegst mit der nächsten Maschine zurück nach London. Das ist keine Bitte, sondern ein Befehl!"

„Seit wann arbeite ich denn für dich, oder wer gibt dir das Recht, mir Befehle zu erteilen?", frage ich zynisch.

„Meine Leute sind hier und ich habe die Anweisung erhalten, dich nach der Abwicklung verhaften zu lassen."

„Seit wann weißt du das schon?", herrsche ich sie an.

„Ich habe es erst vor einer Stunde erfahren! Halt' den Fahrstuhl an!"

„Ich will jetzt keinen Sex mit dir", sage ich mit tiefer Stimme und drücke trotzdem auf dem STOPP-Knopf. Der Fahrstuhl bleibt mit einem Ruck stehen.

Violet ignoriert meine Bemerkung und sucht etwas in ihrer Handtasche. Das kann dauern, was immer es ist.

Plötzlich hält sie mir ihr Smartphone unter die Nase und lässt mich die erhaltene Anweisung lesen.

Mrs. Clark, bitte sorgen Sie dafür, dass Mr. Henderson nach der Übergabe der Vase festgenommen wird. Alles Weitere besprechen wir in London. Viel Erfolg in New York!
Mr. Joss.

„Das ist dein Boss?", knirsche ich.

„Ja!", sagt sie bedeutungsvoll. „Sie wollen verhindern, dass du in Rom auftauchst."

„Moment! Dann war eure Durchsuchung meiner Galerie gar nicht aufgrund meiner illegalen Geschäfte, sondern ihr wollt mich wegen Rom beseitigen?"

„Das habe ich erst selbst diese Nacht herausgefunden, indem ich gesperrten E-Mail-Verkehr gelesen habe."

„Aha! Wir hatten neun Stunden Zeit, um darüber im Flugzeug zu sprechen und du sagst …"

„Ich brauche dich in Rom", unterbricht sie mich im Flüsterton und setzt den Fahrstuhl wieder in Bewegung. „Das wollte ich weder im Flugzeug noch vor deinem Kontaktmann mit dir besprechen."

„Wir reden besser an einem sicheren Ort darüber", sage ich gereizt und in diesem Moment erreicht der Fahrstuhl die zwanzigste Etage, in der sich mein Zimmer befindet. „Bis später!", knurre ich.

Violet nickt mir leicht zu, als ich kurz zu ihr blicke. Dann laufe ich - mit den Gedanken ganz woanders - den Gang entlang und bleibe vor dem Zimmer 2014 wie in Trance stehen, stecke die Schlüsselkarte in den dafür vorgesehenen Schlitz und mit einem leisen Knacken öffnet sich die Tür.

Im Zimmer angekommen stelle ich meinen Koffer mitten im Raum ab, ziehe mein Smartphone aus der Hosentasche und rufe Alexander an. Zu meiner Erleichterung ist er zu erreichen und berichtet mir hastig, was die Internationale Behörde mit mir vorhat.

„Woher hast *du* die Informationen?", frage ich aufgebracht.

Während er mir alles bis ins kleinste Detail erzählt, lasse ich mich aufs Bett fallen. „Oha, das klingt nicht gut", sage ich und streiche mir meine Haare aus dem Gesicht.
Unser Gespräch dauert nur ein paar Minuten und danach lege ich auf.

„Da passt einiges nicht zusammen", grolle ich vor mich hin.

Ich muss unbedingt mit Violet sprechen. *Allein.*

Meine innere Unruhe treibt mich wieder hoch. Ich laufe zum Fenster und sehe auf die pulsierende Stadt hinab. Auf dem East River fahren Ausflugsschiffe und die dadurch entstehenden seichten Wellen glänzen in der Sonne. Die Freiheitsstatue scheint mich, wie bei jedem Besuch hier in New York, zu grüßen und ich entschuldige mich bei ihr, dass ich sie immer noch nicht – wie vor vielen Jahren versprochen – besucht habe.

Das Klingeln meines Smartphones reißt mich aus meinen Gedanken. Schon an der Nummer erkenne ich, dass der Anruf aus Italien kommt. Mein Informant dort vor Ort setzt mich mit ziemlicher Aufregung in Kenntnis, dass *die* Behörde ihm nun auch auf den Fersen ist.

Nicht nur dir, sage ich tonlos, schweige ihm gegenüber aber. Er muss nicht wissen, dass sie auch mich im Visier haben.

„Kannst du für einige Zeit untertauchen?", frage ich ihn. Er bejaht und wir vereinbaren, dass ich mich in den nächsten Tagen wieder bei ihm melden werde. Bis dahin soll er sich am besten unsichtbar machen.

Nach diesem Telefonat beschließe ich, meine Kontakte in London ebenfalls zu warnen. Es ist besser, erst einmal abzuwarten und zu beobachten.

Irgendwann meldet sich mein Magen – dieses Mal nicht, weil Violet mir einen ihrer stechenden Blicke geschickt hat – sondern weil ich ganz einfach Hunger habe. Ich schicke ihr eine Nachricht und frage, ob wir zusammen etwas essen wollen.

Eine halbe Stunde später habe ich immer noch keine Antwort von ihr. Das macht mich nachdenklich: Entweder hat sie Besuch von ihren Mitarbeitern oder ihr geht es nicht gut. Ich kann nicht sagen warum, aber ich tippe auf Letzteres. Nur habe ich keine Ahnung, welches Zimmer sie hat.

Also rufe ich in der Rezeption an und tische der freundlichen Dame ein Märchen vom Hochzeitstag auf und verklickere ihr, dass ich meine Frau überraschen möchte und extra heimlich aus London für nur ein paar Stunden hergeflogen bin. Ich muss sehr überzeugend gewesen sein, denn ich habe innerhalb kürzester Zeit Violets Zimmernummer.

Minuten später begebe ich mich auf Umwegen zu ihrem Zimmer in die einundzwanzigste Etage. Ihrem weißhaarigen *Gorilla* möchte ich lieber nicht begegnen. Etwas zögerlich klopfe ich an die Tür und warte. Doch nichts tut sich. Dann klopfe ich lauter und rufe leise ihren Namen. Wieder nichts. Beim dritten Mal trommele ich dagegen und sage finster: „Violet, wenn du jetzt nicht aufmachst, trete ich die Tür ein!"

Als ich den Satz ausgesprochen habe, fällt mir ein, dass sie vielleicht auch gar nicht da sein könnte. Doch plötzlich höre ich Geräusche und zwei Atemzüge später fällt ein Strahl Sonnenlicht auf den Hotelflur.

Vorsichtig drücke ich die Tür weiter auf und vor mir steht eine gebrochene Frau. Ihre Augen sind rot unterlaufen und stark angeschwollen. Ihre Seele scheint vor Trauer nur so zu schreien.

„Ich möchte nichts essen", flüstert sie so leise, dass ich es kaum verstehen kann. Als ich einen Schritt auf sie zugehe, tritt sie automatisch ein Stück zurück.

„Ich bestelle uns eine große Portion, was immer du magst", schlage ich dennoch vor.

Violet schüttelt energisch den Kopf und beginnt zu zittern. Ohne lange nachzudenken will ich sie in die Arme nehmen, doch sie wehrt mit erhobenen Händen ab. „Bitte nicht anfassen", wimmert sie.

Natürlich akzeptiere ich ihren Wunsch, aber ihre gekrümmte Körperhaltung spricht eine ganz andere Sprache.

Ich habe keine Ahnung, wie man sich Menschen gegenüber in so einer Situationen verhält, weil mich das Schicksal bis jetzt von solchen seelischen Schmerzen verschont hat. Mein gesunder Menschenversand sagt mir jedoch, dass ich einfach meiner Intuition folgen soll und deswegen nehme ich sie trotz ihrer Abwehr zaghaft in die Arme. „Schlag' mich ruhig, wenn es dir guttut, aber ich lasse dich erst wieder los, wenn es dir besser geht."

Violet startet zwei klägliche Versuche, sich aus meiner Umarmung zu befreien und gibt dann erschöpft auf. „Es tut so weh", schluchzt sie.

Ich habe in meinem ganzen Leben noch nie einen Menschen so leiden sehen. Über meine Haut rinnt ein kühler Schauer und mich fröstelt es, obwohl draußen mindestens 30 Grand Celsius herrschen.

Plötzlich rutscht mir Violet aus den Armen und ich beschließe, sie zum Bett zu tragen. Zusammen mit ihr lege ich mich hin und drücke sie fest an mich. Ihr Kopf liegt an meiner Brust und ich spüre ihren rasenden Herzschlag. Als ihr Zittern langsam nachlässt und ihre Atmung sich beruhigt, streiche ich ihr sanft über die Haare. Ein leichter Duft von Vanille steigt dabei auf.

So liegen wir schweigend eine gefühlte Ewigkeit da, bis mein Magen lautstark rebelliert.

„Du hast Hunger", murmelt sie.

„Ja, aber ich trete so lange in den Hungerstreik, bis du mit mir zusammen etwas isst."

„Das nennt man Erpressung."

„Nenn' es wie du willst", sage ich und hätte ihr beinahe vor Freude einen Kuss auf die Stirn gegeben, weil sie wieder unter den Lebenden ist.

Heilige Scheiße. Welches Gefühl hält sich nicht an die von mir vorgegebenen Regeln?

„Also muss ich jetzt in diesem Zimmer elendig verhungern?", jammere ich und winde mich aus dem Bett. Ihre Nähe ist zu gefährlich für mich.

„Nein. Du hast gewonnen. Aber ich werde nicht viel essen." Sie setzt sich auf, verschränkt die Arme vor der Brust und sieht mich wie ein trotziges Kleinkind an.

„Geht doch!", nuschle ich und mustere sie dabei.

„Ich habe den ganzen Tag Zeit, mich zu entfalten", sagt sie hastig. Violet muss meinen kritischen Blick bemerkt haben.

„So wie du aussiehst, brauchst du dafür mindestens eine Woche."

Bei meinen Worten zieht sie einen Schmollmund. „Du hast nur Angst, dass ich den Deal vermassle", sagt sie zickig.

„Der ist mir mittlerweile egal. Ich weiß, dass ich der letzte Mensch bin, mit dem du über deine Trauer reden möchtest, aber ich bin nicht so ein gefühlloses Scheusal wie deine Grandma von mir annimmt."

„Tut sie das?", fragt Violet und sieht mich kritisch an.

Wenn ich ihr jetzt erzähle, dass ich das Gespräch zwischen ihr, Granny und ihrer Mutter belauscht habe, dann stürzt sie mich aus dem einundzwanzigsten Stock und lässt es dabei noch wie Selbstmord aussehen.

„Warum willst du die Vase unbedingt? Hat das auch mit dir persönlich zu tun?", lenke ich ab.

„Wieso *auch*?", fragt sie und starrt mich an.

Ich Idiot.

„Ich dachte nur", sage ich lapidar.

„Grandma hat dir die Geschichte über das Gemälde mit dem Segelschiff erzählt, oder?"

Ertappt!

Mein darauffolgendes Schweigen ist die Antwort und Violet versteht.

„Die Vasen ...", erklärt sie, „sind ein Deal mit der chinesischen Regierung. Wir bekommen im Austausch dafür drei wertvolle Gemälde von bekannten englischen Malern aus der Barockzeit wieder. Das hat wirklich nichts mit mir persönlich zu tun."

Ich nicke flüchtig. „Da wir gerade dabei sind, einige Ungereimtheiten zu beseitigen ... ich habe dich schon einmal nach Alexander Grant gefragt und keine Antwort von dir erhalten ...", beginne ich.

„Du meinst *Prinz Charming*?", fällt sie mir ins Wort.

„Du kennst ihn?", frage ich entsetzt.

„Nicht persönlich, aber meine Sekretärin hat jedes Mal Herzchen in den Augen, wenn sie mit ihm telefoniert. Eine Menge Frauen aus meinem Dezernat stehen auf ihn."

„Oha! Lassen wir das mit den Frauen. Jedenfalls hat er mich ebenfalls gewarnt! Was geht hier wirklich ab?", frage ich rau.

„Das ist etwas kompliziert ...", druckst sie herum.

„Klär' mich auf, oder hat das Hotelzimmer Ohren?"

„Nein, ich habe es persönlich gecheckt. Wenn ich dir das erzähle, dann hast du mich in der Hand."

„Das Thema hatten wir doch schon ... du hast mich doch selbst in der Hand."

Für einen Moment starren wir uns finster an.

„Also ...", beginnt sie und holt dabei tief Luft. „Nur du und ich wissen, wo sich das besagte Gemälde in Rom befindet."

„Und die Kirche und die Mafia", werfe ich ironisch ein.

„Nein. Die sind unter meiner Anleitung auf eine falsche Fährte gelockt worden. Das Gemälde wird im Norden der Stadt vermutet, sie jedoch denken, dass es im Süden ist."

Meine Reaktion auf ihre Offenbarung fällt spärlich aus, weil ich gerade fassungslos bin. Als ich kein Wort mehr rauskriege und sie nur noch anstarren kann, redet Violet einfach weiter. „Die Behörde will dich aus dem Weg haben, weil sie befürchtet, du könntest ihnen das besagte Gemälde vor der Nase wegschnappen. Wie du und ich wissen, ist es von einem unschätzbaren Wert und ich habe im Gegenzug den Geheimdienst um Hilfe gebeten, dich vor eventuellen Übergriffen seitens der Kirche und der Mafia zu schützen. Deshalb auch Alexander Grant."

„Das ist aber sehr aufmerksam von dir", knurre ich und ziehe zynisch die rechte Augenbraue nach oben. „Warum erzählst du mir das erst heute? Außerdem fehlt mir noch ein wichtiger Aspekt in deiner Ausführung."

„Ich brauche das Gemälde …", fällt sie mir ins Wort, „um mich von meiner Behörde freizukaufen."

Ich habe mit einigen Überraschungen gerechnet, aber nicht damit. „Freikaufen?", wiederhole ich ungläubig.

„Du hast schon richtig verstanden. In meiner Position kann man nicht einfach kündigen. Ich weiß einfach zu viel. Deshalb muss ich denen etwas bieten, damit sie nicht *nein* sagen können."

„Deshalb brauchst du mich, um das Gemälde zu suchen und es nach London zu bringen", stelle ich missmutig fest.

„Und natürlich als Hundetrainer."

Als ich das höre, lache ich schallend auf.

„Pssst! Dich darf niemand hören."

„Wann hast du denn diesen Plan geschmiedet?", will ich skeptisch wissen.

„Den Plan für den Job als Hundetrainer …?" Genau in diesem Moment lächelt sie heute das erste Mal.

„Violet!", mahne ich, obwohl mich ihr Lächeln glücklich macht. Aber das muss sie nicht wissen.

Sie zwinkert mir verschwörerisch zu und sagt: „Als ich deinen Durchsuchungsbeschluss unterschrieben habe, also ist er noch recht frisch."

„Geschickt gelöst, Mrs. Clark. Erst rettest du mich und dann stehe ich in deiner Schuld …"

„Ich will mich aus meiner Vergangenheit herauskaufen", unterbricht sie mich. „Du hast gerade selbst erlebt, was sie mit mir anrichtet. Nur diese Trauer endlich zu überwinden, darum geht es mir und deshalb will ich auch einen Neubeginn wagen. Natürlich erhältst du das ganze Geld für den Verkauf des Gemäldes. Ich will davon keinen Penny. Nur meine Freiheit."

Als ich das höre, wird mir plötzlich heiß und eine dünne Schweißschicht überzieht meine Haut. Darüber muss ich in Ruhe nachdenken und mit leerem Magen ist es für mich unmöglich, klare Entscheidungen zu treffen.

Das stimmt eigentlich nicht und ich belüge mich gerade selbst.

Die Wahrheit ist, ich kann mit ihrer Aussage nicht umgehen. Wenn ein Mensch so ein Risiko eingeht, um sich seine Freiheit zu erkaufen, dann muss es ihm verdammt dreckig gehen.

„Pizza oder Pasta?", frage ich stattdessen und mein nachdenklicher Blick streift sie.

„Pommes?", sagt Violet kleinlaut und grinst mich wie ein kleines Kind an, wenn es ein Eis möchte. Ihr Anblick ist in diesem Moment zuckersüß. Sie wirkt so verletzlich und doch ist sie so eine unbeschreiblich starke Frau. Vereinzelte Haarsträhnen hängen ihr wirr ins Gesicht und ich habe das Bedürfnis, sie ihr hinters Ohr zu streichen.

„Pommes", wiederhole ich stattdessen und bestelle beim Zimmerservice.

Fünf Minuten später klopft es an ihre Zimmertür. Das ging aber schnell. Violet kommt aus dem Bad gestürzt und in diesem Moment höre ich jemanden ihren Namen rufen.

„Das ist der *Gorilla*", flüstere ich und mein Gesichtsausdruck verfinstert sich.

„Los. Versteck' dich im Bad!", sagt sie.

„Ja!", grolle ich.

Violet öffnet erst die Zimmertür, als ich nicht mehr zu sehen bin. Was sie nicht weiß: Ich habe die Tür zum Bad nur angelehnt und kann so durch einen kleinen Spalt beobachten, was in dem Zimmer vor sich geht.

Zu meinem Entsetzen stürzt der *Gorilla* sofort auf Violet zu.

„Vincent! Was soll das?", ruft sie aufgebracht und tritt ein paar Schritte zurück.

„Ich will nur nach dir sehen", antwortet er und geht weiter auf sie zu. „Du brauchst jemanden, der sich um dich kümmert", lallt er.

„Du bist schon wieder betrunken", zischt Violet und funkelt ihn böse an.

„Daran ist die Schlampe, die sich meine Ehefrau nennt, schuld. Aber wer sagt denn, dass wir nicht trotzdem ein bisschen Spaß miteinander haben können?"

Ach du heilige Scheiße, was wird das denn jetzt?

Mit geballten Fäusten stehe ich hinter der Tür und am liebsten würde ich sofort auf diesen Widerling zurennen und ihm einen ordentlichen Faustschlag verpassen.

„Bestimmt nicht!", faucht Violet. „Und jetzt verschwinde aus meinem Zimmer ... und wenn du wieder nüchtern bist, reden wir über diesen Vorfall!" Violets Stimme überschlägt sich vor Wut und Angst, das wiederum scheint der *Gorilla* bemerkt zu haben.

„Ich finde dich schon lange sehr attraktiv, das musst du doch gemerkt haben, Violet", säuselt er und geht weiter auf sie zu.

„Raus hier!", schreit Violet so laut, dass es der halbe Flur hören muss.

Mein Blut rast in der Zwischenzeit im rasanten Tempo durch meine Adern und ich atme vor Anspannung doppelt so schnell. Wenn ich vorzeitig eingreife, dann bringe ich Violet in eine pikante Situation und sie muss erklären, was ich bei ihr im Zimmer gemacht habe, obwohl sie den Befehl hatte, mich zu verhaften.

Für den Notfall ziehe ich aus dem Halfter an meinem Knöchel die kleine Pistole heraus. Die trage ich zur Sicherheit immer, außer nachts, versteht sich.

Plötzlich eskaliert die Situation. Der *Gorilla* - die Bezeichnung, die seiner Größe durchaus entspricht - packt Violet und schmeißt sie mit voller Wucht auf das Bett. Bevor sie weiß, wie ihr geschieht, dreht er sie auf den Bauch, drückt sein Knie in ihren Rücken und dreht ihr die Arme nach hinten. Violet schreit und wehrt sich, aber in dieser Position hat sie keine Chance, sich aus seiner Umklammerung zu befreien.

Für mich stellt sich jetzt nicht mehr die Frage, *ob* ich etwas unternehme, sondern wie ich das Schlimmste verhindern und diesen Bastard zur Strecke bringen kann. Gerade versucht er, mit einer Hand den Reißverschluss seiner Hose zu öffnen und genau das ist mein Zeichen.

Zum Vorteil für mich steht er mit dem Rücken zu mir und bevor er mich bemerkt, muss ich ihn unschädlich machen. Mit der Pistole in der Hand schleiche ich mich mit großen Schritten von hinten an ihn heran und verpasse ihm einen gezielten Schlag an die Schläfe. Wie ein großer nasser Sack fällt er auf das Bett und zu meiner Erleichterung nicht auf Violet.

„Komm' hoch und stell dich hinter mich", schnarre ich.

Violet sieht mich mit weit aufgerissenen Augen an, rutscht vom Bett und kommt zu mir. Mit entsicherter Pistole ziele ich auf den *Gorilla* und als er sich nicht bewegt, gebe ich ihr Entwarnung. „Pack' deine Sachen so schnell wie du kannst", sage ich leise zu ihr. Violet zittert am ganzen Körper, aber als sie mich ansieht, lodert die Wut in ihren Augen.

Unverzüglich geht sie ins Bad und zwei Atemzüge später steht sie schon wieder neben mir. Ihre Sachen stopft sie in den Koffer und gibt mir mit einem Zeichen zu verstehen, dass sie fertig ist.

„Hast du alles?", frage ich überrascht. Das ging schneller als ich dachte.

„Ja. Ich habe noch nichts weiter ausgepackt."

Was für ein Glück.

Immer den *Gorilla* im Blick, begleite ich Violet aus dem Zimmer. Dann drücke ich ihr meine Schlüsselkarte in die Hand und sage: „Warte am Fahrstuhl auf mich! Und warne mich, falls jemand kommt!"

Sie fragt gar nicht erst, was ich vorhabe und ich hätte es ihr auch nicht erzählt.

Als ich das Zimmer wieder betrete, bewegt sich der *Gorilla* gerade wieder. Ein zweiter heftiger Schlag mit dem Pistolenkolben auf seinen Kopf schickt ihn in eine erneute und dieses Mal längere Auszeit.

Um keine Fingerabdrücke zu hinterlassen, hole ich mir aus dem Bad zwei Müllbeutel, die für den Abfall der Damen bestimmt sind und ziehe sie mir über die Hände. Meine inzwischen gesicherte Pistole stecke ich mir in den Hosenbund am Rücken, so habe ich sie für den Notfall griffbereit. Dann zerre ich den *Gorilla* vom Bett und bevor ich ihn aus dem Zimmer schleife, überzeuge ich mich, ob der Flur von Kameras überwacht wird und mich jemand beobachten kann. Beides ist nicht der Fall. Den *Gorilla* lege ich so hin, dass es aussieht, als wäre er vor der Tür überfallen worden.

Danach beseitige ich in Violets Zimmer alle Spuren, nehme die Schlüsselkarte, ziehe die Tür hinter mir zu und renne den Gang entlang zum Fahrstuhl. Die Plastiktüten stecke ich in meine Hosentasche. Violet sieht mir ängstlich entgegen und als sie mich erkennt, entspannen sich ihre Gesichtszüge leicht.

„Wir laufen die Treppen hinunter", sage ich etwas außer Atem und nehme Violet den Koffer aus der Hand. So schnell, wie wir können, rennen wir in die nächste Etage, den langen Gang entlang und atmen erst vor Erleichterung auf, als ich meine Zimmertür hinter uns verschließe.

Viel Zeit für Sentimentalitäten bleibt uns nicht. Wenn der *Gorilla* wieder zu sich kommt, könnte es noch gefährlicher für Violet werden. Entweder will er sich an ihr rächen oder er hält die Füße still und schnappt sie sich ein anderes Mal. Jedenfalls glaube ich nicht, dass er zu der Sorte Mann gehört, der nicht weiß, was er tut, auch im alkoholisierten Zustand. Ich hingegen hatte noch nie im Leben das Bedürfnis, ob nüchtern oder unter Alkoholeinfluss, eine Frau mit Gewalt zu irgendetwas zu zwingen.

„Kann ich etwas für dich tun?", frage ich und habe keine Ahnung, wie ich jetzt mit ihr umgehen soll.

„Du hast mich gerade vor dem Schlimmsten bewahrt. Ich kann mich nur bei dir bedanken", sagt sie zögerlich.

Nicht auszudenken, was hätte passieren können, wenn ich nicht in ihrem Zimmer gewesen wäre. Zwei Stunden zuvor beweint sie ihren verstorbenen Ehemann und dann vergreift sich dieser *Gorilla* an ihr. Die Bilder, wie er sie auf das Bett schmeißt, werde ich nie wieder aus meinen Kopf bekommen.

Das weiß ich!

„Wie geht es jetzt weiter?", fragt sie leise und ihre Stimme zittert leicht.

„Ich informiere Alexander über den Vorfall."

Als ich in London anrufe und ihm in Kurzform alles schildere, herrscht am anderen Ende tiefes Schweigen. Es dauert eine gefühlte Ewigkeit, bis Alexander antwortet.

„Das ist mir klar", gebe ich ihm als Antwort auf seine Feststellung, dass wir so schnell wie möglich nach London zurück müssen. „Ich kontaktiere Jimi, dass er uns zum Flughafen bringt und sorge du dafür, dass wir so schnell wie möglich aus New York verschwinden können!"

Alexander versichert mir, dass er sich um alle möglichen Formalitäten kümmern wird. Daraufhin beenden wir das Gespräch.

„Was hat er noch gesagt?", will Violet wissen.

„Erstens holt er uns persönlich vom Flughafen ab und er setzt uns beide auf eine Liste von *besonders zu schützenden Personen.* Das heißt, wir haben ab sofort einen Sonderstatus."

Ich stehe schon seit Jahren auf dieser Liste, aber das möchte ich Violet jetzt besser nicht erklären. Dafür gibt es andere Zeitpunkte, als gerade diesen.

„Wenn du irgendwelche Hilfe brauchst, lass' es mich wissen, Violet", bitte ich sie.

„Ja! Du musst mir versprechen, wenn ich Vincent die Eier abschneide, dass du Wache stehst und mich nicht verpetzt."

Der Gorilla hat einen Namen. *Vincent!*

„Nur, wenn ich ihm vorher meine Faust ins Gesicht drücken darf", knurre ich und sehe sie dabei an. „Hat er *das* schon mal versucht?"

„Nein! Aber seine Frau hat ihn erst vor drei Monaten verlassen, wegen eines jüngeren Mannes, seitdem trinkt er und ich befürchte, er nimmt auch Drogen. So kann und will ich nicht mehr mit ihm zusammenarbeiten und deshalb ist er auch ein Grund, warum ich von der Behörde weg will."

„Darüber sollten wir nochmal in London reden", schlage ich vor und beginne, ebenfalls meinen Koffer zu packen. Nebenbei informiere ich telefonisch Jimi über unsere plötzliche Abreise. Dieser ist nicht begeistert davon, weil er sich um seinen Anteil der chinesischen Vase betrogen fühlt. Ich versichere ihm, dass er den Scheck trotzdem von mir erhält, sobald wir sicher am Flughafen angekommen sind.

„Die Vase", ruft Violet und sieht mich erschrocken an.

„Sollen sich deine Leute selbst beschaffen!"

Chapter 11

Clive

*L*ondoner Flughafen, 5 Uhr

Gerade steigen wir die Bordtreppen hinab und werden am Ende von zwei bewaffneten Sicherheitsbeamten in Empfang genommen. Sie erklären uns, dass sie bis zum Ausgang des Flughafens für uns zuständig sind und wir danach an den Geheimdienst übergeben werden. Diese Informationen sind nicht neu für mich, denn schon während des Fluges hat mich Alexander davon in Kenntnis gesetzt.

Zu meiner großen Überraschung ist Violets emotionaler Zustand - trotz der Vorkommnisse – besser als auf dem Hinflug. Ich mache mir große Sorgen um sie und bin mir nicht sicher, ob der totale Zusammenbruch noch kommt. Sie hat mir versichert, dass es ihr den Umständen entsprechend gut geht. „In meiner Ausbildung bei der Behörde sind wir auch auf solche Situationen vorbereitet worden - und uns wurde beigebracht, wie wir uns seelisch davon distanzieren", hat sie mir erklärt. „Außerdem wusste ich mit Annahme des Jobs, dass ich als Frau, die in einem Männerberuf arbeitet, immer mit einem Überfall auf mich rechnen muss."

Dann wollen wir hoffen, dass ihre Ausbilder fehlerfrei gearbeitet haben und sie nachts nicht von einem Albtraum wachgehalten wird.

Die Sicherheitsbeamten führen uns fernab der normalen Passagiere durch das Flughafengebäude und übergeben uns an einem separaten Ausgang an Alexander und seine zwei Begleiter.

„Das nächste Mal fliege ich gleich mit euch", begrüßt er uns.

„Wegen euch habe ich mir die ganze Nacht um die Ohren geschlagen", grummelt er weiter und hat doch ein schelmisches Grinsen im Gesicht.

„Das bist du doch gewohnt, bei deinem Frauenverschleiß", kontere ich.

„Würdest du mich vor Violet nicht in so ein schlechtes Licht rücken", entrüstet er sich künstlich.

„Dein Ruf eilt dir voraus", wirft Violet ein. „Ich darf doch *DU* sagen?"

„Natürlich. Immerhin werden wir in den nächsten Tagen viel Zeit miteinander verbringen." Alexander zwinkert ihr verschwörerisch zu und in mir erwacht das *Alphamännchen*. Er soll bloß nicht auf den Gedanken kommen, sich als ihr Beschützer aufzuspielen.

Als wir gegen 7 Uhr endlich in meiner Wohnung ankommen, fällt Violet total erschöpft auf meine Couch und ist Minuten später bereits im Sitzen eingeschlafen.

Alexander und ich tauschen vielsagende Blicke und meine Haushälterin Kate bringt wortlos Kopfkissen und Decke. Sie zieht Violet vorsichtig die Schuhe aus und ich helfe ihr, sie behutsam auf die Seite zu legen. Als ich Violet zudecke, springt Lou auf die Couch und legt sich wie immer an ihre Füße. Violet bekommt von alldem nichts mit, so tief schläft sie schon.

Ich hingegen bin die Unruhe selbst. An Schlaf ist nicht zu denken und ich schütte Alexander mit allen möglichen Fragen und Vorschlägen zu.

„Jetzt beruhige dich erst einmal und dann reden wir weiter. Du schläfst dich auch erst mal aus und heute Abend treffen wir uns, um alles Weitere zu besprechen. Ich für meinen Teil vernasche jetzt meine neue Sekretärin."

„Die Blonde?", frage ich und ziehe die Oberlippe leicht nach oben.

„Auf mein Anraten hin hat sie sich die Haare rot gefärbt."

„Na, dann …", sage ich und winke genervt ab.

***

„Du hast schon mal besser ausgesehen", begrüßt mich Alexander, als ich mich zu ihm im Pub an den Tisch setze.

„Dafür siehst du aus wie das blühende Leben selbst. Der Sex heute früh muss göttlich gewesen sein", sage ich ironisch und doch habe ich einen finsteren Gesichtsausdruck.

Seit dem Überfall auf Violet betrachte ich Sex unter einem ganz anderen Gesichtspunkt. Alexander kennt mich lange genug und bemerkt sofort meine schlechte Stimmung. „Wie geht es ihr?", fragt er leise.

„Ich habe keine Ahnung. Als ich heute Mittag aufgewacht bin, war sie mit Lou verschwunden. Sie hat mir eine Nachricht geschrieben, dass sie für ein paar Tage nach Oxford zieht und sich dann wieder meldet."

„Und weiter?"

„Nichts weiter."

„Hast du sie nicht angerufen, oder ihr wenigstens geschrieben?"

„Nein! Wenn sie sagt, sie meldet sich wieder, dann ist das so."

„Seit wann sagen Frauen denn, was sie meinen?" Bei seinen Worten schüttelt Alexander aufgebracht den Kopf.

„Ich habe keine Ahnung", brumme ich niedergeschlagen und fahre mir durch die Haare. „Ich bekomme die Bilder nicht aus dem Gedächtnis, wie dieser Bastard Violet auf das Bett geschmissen hat und höre sie immer noch schreien. Wenn mir dieses Stück Abschaum noch einmal begegnet, dann garantiere ich dir für nichts", drohe ich.

Alexander hebt den Blick und mustert mich intensiv. „Fahr' zu ihr! Sollte sie dich wieder wegjagen, dann hast du ihr wenigstens gezeigt, dass du dich um sie sorgst ... sie wird es später zu schätzen wissen."

„Ich kann als Ausrede angeben, dass ich Unterlagen für einen Verkauf brauche."

„Oder ihr einfach die Wahrheit sagen!" Alexander hebt bei seinen Worten sein Glas Whisky und prostet mir zu. Ich trinke meins in einem Zug aus.

„Übrigens gehe ich mit Violet, wenn sie wieder in der Stadt ist, zum geschäftlichen Dinner aus. Wir müssen über die bevorstehende Reise nach Rom sprechen. Die Anordnung kommt von ganz oben." Alexander kann nicht vermeiden, dass ein gewisser Stolz in seiner Stimme dabei mitschwingt.

„Geschäftlich?"

„Was daraus wird, kann ich noch nicht sagen", grinst er.

„Aha!", knurre ich und weiche seinem Blick aus.

„Du bist eifersüchtig!", bemerkt Alexander spöttisch und mustert mich dabei.

„Was redest du da bloß!", blaffe ich ihn an.

„Doch. Ich sehe das in deinen Augen. Bei Emma hattest du nie so einen entsetzten Blick, wenn ich aus Spaß gesagt habe, dass ich mit ihr zum Dinner ausgehen würde."

„Ich wusste doch, dass du es nie tust", rede ich mich raus.

„Pah, du Lügner. Dir hätte es nichts ausgemacht. Bei Violet hingegen bekommst du Herzrasen."

Alexander lehnt sich zurück und sieht mich herausfordernd an. „Du magst sie. Du magst sie sogar sehr. Aber du kannst mit deinen Gefühlen nicht umgehen, weil in deinem Kopf immer noch der Gedanke herum schwirrt, dass sie absolut nicht dein Typ ist."

„Machst du jetzt einen auf Psychologe?", frage ich genervt.

„Das Herz sagt ja, aber der Verstand sagt nein." Alexander ist so von sich überzeugt, dass er die Kellnerin ruft und zwei Whisky nachbestellt. „Das muss gefeiert werden", johlt er. Doch dann beugt er sich zu mir und redet mit tiefer Stimme auf mich ein: „Violet ist im Moment nicht in dem emotionalen Zustand, dass sie eine Beziehung mit irgendjemandem will. Also kannst du sie auf ganz unverbindliche Weise kennenlernen. Vielleicht begreift dabei dein Verstand, dass er völlig danebenliegt und ändert seine Meinung."

„Du hast den Beruf verfehlt", knurre ich.

„Das letzte Mal, als du in so einer schlechten Stimmung warst, hat dich deine Ex-Frau wegen häuslicher Gewalt angezeigt."

„Ja, ich komme heute überhaupt nicht mit mir klar. Das Einzige, was ich hinbekommen habe, ist mit Amy stundenlang im Park spazieren zu gehen und jeden Mann kritisch zu beobachten, wie er sich Frauen gegenüber verhält. Ich konnte mich weder auf die Galerie noch irgendwelche Anfragen konzentrieren. Außerdem mache ich mir Gedanken um Violets Zukunft."

„Du musst sie unbedingt sehen, Clive. Dann kannst du auch besser mit der Situation umgehen."

„Ja, vielleicht hast du recht. Ich fahre morgen Mittag zu ihr", beschließe ich und trinke darauf den zweiten Whisky in einem Zug aus. Das Brennen in meinem Rachen ignoriere ich.

Chapter 12

Violet

*I*n Clives Wohnung, 11 Uhr

Ich spüre übelriechenden Atem in meinem Gesicht und reiße entsetzt die Augen auf. „Lou", stöhne ich und streiche ihm über den schwarzen Kopf. „Wenn du echt bist, dann bin ich wieder in London", nuschle ich und hieve mich hoch. Etwas benommen sitze ich auf der Couch und sehe mich skeptisch um. „Hier habe ich doch schon mal übernachtet", flüstere ich entgeistert und puste mir ein paar Haarsträhnen aus dem Gesicht. In der Wohnung ist es still, nur der Verkehr von der belebten Straße ist zu hören. Clive und Amy scheinen noch zu schlafen.

Leise, damit ich beide nicht wecke, wühle ich mich aus der Decke, ziehe meine Schuhe an und greife nach meinem Koffer, der direkt neben der Couch steht. Bevor ich die Wohnungstür hinter mir zuziehe, versuche ich, einen Blick auf den schlafenden Clive zu erhaschen. Er liegt auf dem Rücken, die Decke hat er um seine Beine geschlungen und von seinem nackten Oberkörper stechen mir seine außergewöhnlichen Tattoos ins Auge. Leider bin ich zu weit weg, um sie richtig erkennen zu können. Seine leicht gebräunte Haut wirkt auf der weißen Bettwäsche viel dunkler und seine attraktiven Gesichtszüge werden von vereinzelten dunklen Haarsträhnen verdeckt. Ich erwische mich dabei, wie ich ihn fasziniert anstarre und mir wünsche, jetzt in seinen Armen zu liegen. Das hat gestern so verdammt gutgetan. Plötzlich steigt in mir Wehmut auf und ich beschließe zu gehen.

Als ich mit Lou wieder in meiner Wohnung bin, reiße ich mir

sofort meine Kleidung vom Körper. Die Gedanken daran, was mir gestern Vincent in meinem Hotelzimmer antun wollte, verdränge ich vorerst. Ich weiß, dass sie mich irgendwann einholen, aber im Moment ist es wichtiger, Schadensbegrenzung zu betreiben und dafür zu sorgen, dass er mir nie wieder in meinem Leben begegnet. Wäre Clive nicht schon in meinem Zimmer gewesen, hätte ich aus Vorsicht die Tür gar nicht erst geöffnet. Das heißt aber nicht, dass ich ein anderes Mal von diesem Kerl verschont geblieben und es höchstwahrscheinlich nicht so glimpflich ausgegangen wäre.

Unter der Dusche spüle ich mir mit ein paar emotionalen Tränen die Handabdrücke dieses Widerlings ab und lasse mir für einige Minuten das warme wohltuende Wasser über meinen Körper laufen. Danach geht es mir besser. Viel besser - und ich bin jetzt bereit, für meine Freiheit zu kämpfen. Den Plan dafür habe ich bereits auf dem Rückflug von New York geschmiedet.

Nur mit einem Handtuch bekleidet, hole ich meinen Laptop aus dem Koffer, fahre ihn hoch und drucke das im Flugzeug bereits entworfene Schreiben aus. Sorgfältig falte ich es, stecke das Schriftstück in einen weißen Briefumschlag und lasse ihn in meiner Handtasche verschwinden.

Mein nächster Weg führt mich in die Küche. Ich brauche jetzt dringend Kaffee und auch eine Kleinigkeit zu essen. Lou stürzt sich mit großem Getöse auf seinen Futternapf und während durch meine Wohnung frischer Kaffeeduft zieht, gehe ich ins Schlafzimmer und suche mir meine Kleidung zusammen.
Außerdem packe ich einige Sachen, die für New York bestimmt waren, aus dem Koffer aus und andere dafür rein.

Als ich knapp eine Stunde später - bepackt mit Koffer, Lou, Handtasche, Brötchen im Mund und in der anderen Hand den Kaffeebecher - meine Wohnung verlasse, bin ich bereit, unter mein altes Leben einen Schlussstrich zu ziehen. Bevor ich losfahre, schreibe ich Clive noch schnell eine Nachricht. Die mindestens zwanzig Anrufe in meiner Abwesenheit ignoriere ich vorerst.

In London ist immer eine Menge Verkehr, aber heute kommt es mir besonders stressig vor. Jedenfalls brauche ich fast eine halbe Stunde bis hin zu dem imposanten Bürogebäude auf der anderen Seite der Themse.

Die Fahrstuhltüren in der dritten Etage schließen sich gerade hinter mir, da treffen mich schon die ersten neugierigen Blicke. Auf dem Weg zum Büro meines Chefs, Mr. Joss, blicke ich in mitleidige Grimassen.

Ohne Rücksicht auf die dort gerade stattfindende Besprechung, rausche ich an seiner Sekretärin vorbei, die immer noch eine Panikattacke bekommt, sobald Lou sich in ihrer Nähe befindet. Ausgerechnet heute sieht sie mich mit weit aufgerissenen Augen an und öffnet dabei leicht den Mund, als ob sie mir etwas sagen will. Sie macht dann aber nicht die geringste Anstalt, mich am Betreten des Büros von Mr. Joss zu hindern.

Mit der festen Überzeugung, die richtige Entscheidung zu treffen, reiße ich die Bürotür auf und stehe plötzlich vor sechs Männern, einschließlich meinem Chef. Jeder von ihnen mustert mich verstohlen.

„Violet", ruft Mr. Joss und ich kann die Erleichterung in seiner Stimme hören.

Ich bleibe in der Nähe der Tür stehen, blicke ihn mit ernster Miene an, sage aber kein Wort. Die anderen ignoriere ich ganz. Ein leiser Tumult bricht plötzlich aus und mein Chef beendet sofort die Besprechung. Minuten später sind wir allein.

Wortlos ziehe ich den weißen Briefumschlag aus meiner Handtasche, gehe auf Mr. Joss zu und überreiche ihm das Schriftstück.

„Violet", beginnt er erneut und nimmt nur zögerlich den Umschlag entgegen. „Ich habe Sie mindestens zehnmal angerufen und nicht nur ich, sondern Ihre Kollegen ebenfalls.

„Das weiß ich."

Seit über fünfzehn Jahren arbeite ich mit ihm zusammen und noch nie habe ich ihn so unsicher gesehen wie jetzt. Etwas umständlich öffnet er den Umschlag und als er den Inhalt des Schriftstückes liest, schüttelt er energisch den Kopf. „Ihre Kündigung nehme ich nicht an", sagt er entschlossen. „Ich tue alles für Sie, Violet ... und ich bin fassungslos darüber, was Ihnen in New York passiert ist. Es tut mir so unendlich leid für Sie, das müssen Sie mir glauben."

„Vincent hat es also zugegeben?", fauche ich und ziehe die Stirn in Falten.

„Sagen wir ... nicht sofort, aber nach einer Vernehmung durch unsere Leute schon. Wir geben uns alle die Schuld an diesem schrecklichen Vorfall. Immerhin haben wir uns letzte Woche in einer Besprechung über seinen starken Alkohol- und Drogenkonsum unterhalten und dabei habe ich alle Beteiligten angewiesen, besonders gut auf Sie zu achten. Irgendwann ist er meinen Leuten in New York jedoch entwischt und als sie ihn gefunden haben, lag er bereits bewusstlos vor Ihrem Zimmer, Sie jedoch waren verschwunden." Bei seinen letzten Worten mustert er mich intensiv.

„Sie hatten Hilfe?", fragt er zögerlich.

„Ja, die das Schlimmste verhindert hat", sage ich mit eiskaltem Blick.

„Mr. Henderson ... hat Sie also in Sicherheit gebracht? Zumindest nehme ich an, dass er Ihnen zur Seite stand. Das Überwachungsvideo vom New Yorker Flughafen lässt diese Annahme zu und für London wurde zusätzlich der Geheimdienst angefordert. Ich bin der Meinung, wir sollten die Ermittlungen gegen Mr. Henderson einstellen, oder sehen Sie das anders?"

Was ist das denn für eine Frage, zische ich ohne, dass es Mr. Joss hören kann. „Das ist eine vernünftige Entscheidung", sage ich stattdessen.

„Übrigens habe ich dafür gesorgt, dass Ihr Mitarbeiter selbst dieses Gebäude nie wieder betritt."

„Das setze ich voraus!", rufe ich und werfe Mr. Joss einen warnenden Blick zu.

„Werden Sie Anzeige erstatten?"

„Natürlich! Und ich will meine Freiheit!", sage ich mit tiefer Stimme.

„Das kann ich nicht zulassen, Violet. Sie bekommen alles, wirklich *alles* von mir: Geld, Autos, Reisen, wenn Sie wollen eine neue Wohnung und so weiter. Aber ich werde Sie nicht gehen lassen. Auf Sie zu verzichten, wäre für unsere gesamte Abteilung ein herber Rückschlag."

„Jeder Mensch ist ersetzbar", knurre ich.

„Das stimmt und auch Sie sind das. Aber ich würde Jahre brauchen, um jemanden mit Ihrem Wissen und Erfahrungen aufzubauen. Diese Zeit habe ich einfach nicht und das wissen Sie!"

„Ich will nur meine Freiheit!", betone ich stur.

„Sie denken bestimmt, ich verstehe Sie nicht."

Für diesen Satz erntet er von mir einen hämischen Blick.

„Auch, wenn Sie mir nicht glauben, ich tue es. Erst verlieren Sie auf tragische Weise Ihren Ehemann und dann passiert Ihnen noch das …"

Er spricht den Satz nicht zu Ende, sondern schüttelt fassungslos den Kopf. „Ich unterbreite Ihnen ein Angebot", beginnt er. „Sie arbeiten inoffiziell weiter für mich, bekommen Ihr eigenes Büro, wo immer Sie wollen … von mir aus in der Stadt … stellen sich Ihr eigenes Team zusammen und Sie müssen dieses Gebäude nie wieder betreten."

Ich kann nicht verhindern, dass ich vor Verlockung die Augen aufreiße, als ich das höre, ihn aber trotzdem skeptisch ansehe. „Wo ist der Haken?", frage ich. „Mir steht es absolut frei, mit wem ich arbeite?"

„Es gibt keinen Haken und keine Vorschriften mehr von mir. Sie erhalten weiterhin die Aufträge und mit wem oder wie Sie diese erfüllen, liegt allein in Ihrem Ermessen."

„Und wieso machen Sie mir dieses Angebot erst jetzt?"

„Sie haben mir noch nie zuvor gekündigt."

Mistkerl, fluche ich innerlich und könnte gerade platzen vor Wut.

„Die nächsten Tage brauche ich dennoch für mich", schnarre ich gekränkt.

„Das geht in Ordnung und bitte denken Sie über mein Angebot nach!"

„Wenn ich Zeit dafür habe, vielleicht!", sage ich schnippisch und rufe Lou zu mir, der gerade dabei ist, die Tasche von Mr. Joss nach essbaren Dingen zu durchwühlen.

„Geben Sie ihm immer noch nichts zu fressen?", fragt er spöttisch.

Jetzt huscht mir doch noch ein verschmitztes Grinsen über das Gesicht.

***

Es sind nur noch wenige Kilometer bis zu Grandmas Haus und ich frage mich, ob sie von den Vorkommnissen in New York schon weiß. Ich habe ihr bewusst nichts davon erzählt, denn ich bin der Meinung, so ein empfindliches Thema sollte nicht am Telefon besprochen werden. Allerdings, fällt mir ein, dass Mr. Joss für den Notfall – oder besser seit Daniels Tod – Grandmas Telefonnummer kennt und ich befürchte, dass er sie angerufen hat, als er mich nicht erreichen konnte. Aber das werde ich gleich an ihrer Reaktion erkennen.

Die Sonne meint es heute besonders gut mit mir und strahlt ohne Unterlass von dem wolkenlosen Himmel. Auf den Feldern steht das Getreide kerzengerade und ich kann mich noch gut an meine Kindheit erinnern, als ich mit meinen Freundinnen quer hier durchgerannt bin. Die Bauern haben uns dafür verflucht, weil unsere kleinen Füße eine Schneise der Verwüstung hinterlassen haben.

Auch wenn Grandma meint, ich würde sie nicht bemerken, leuchten ihre grauen Locken jedes Mal im Küchenfenster auf, wenn ich ankomme. Heute ist es nicht anders.

Kaum habe ich eingeparkt, da kann es Lou nicht erwarten aus dem Auto zu fliehen und rennt mit vollem Speed den Feldweg vor Grandmas Haus entlang. Ihm dabei zuzusehen schüttet bei mir etliche Glückshormone aus. Als ich mich wieder umdrehe und das Auto entladen will, zucke ich zusammen. „Musst du mich so erschrecken, Grandma!", fauche ich sie an, denn wie aus dem Nichts steht sie plötzlich neben mir.

Sie sagt keinen Ton, sondern breitet nur ihre Arme aus und drückt mich fest an sich.

Sie weiß es!

Und sie lässt mich nicht wieder los. „Ich bin okay!", flüstere ich. Jetzt drückt sie mich noch fester und sagt: „Hoffentlich fängt dein schwarzer Teufel endlich mal diese Katze." Dann befreit sie mich von ihrer Umarmung und dreht sich weg. Dabei wischt sie sich verstohlen über die Wange.

Meine Mutter kommt nun, meinen Namen laut rufend, ebenfalls aus dem Haus gerannt und schmeißt sich in meine Arme. Sie schluchzt fürchterlich und ich bin mir nicht sicher, wer jetzt wen trösten muss. „Es geht mir gut, Mum", sage ich etwas genervt und löse mich aus ihrer Umklammerung.

„Reiß dich zusammen!", zischt Grandma ihre Tochter an.

„Es tut mir so leid für sie", jammert meine Mutter und fängt erneut an zu weinen.

Dafür, dass sie mich nicht großziehen und lieber um die Welt tingeln wollte, finde ich ihren Gefühlsausbruch ziemlich übertrieben. Ihr Mitleid ist völlig in Ordnung, aber nicht, wenn ich sie nun trösten muss. Dazu bin ich im Moment nicht in der Lage.

„Kann ich ein paar Tage bei dir bleiben?", frage ich Grandma und lasse meine Mutter einfach stehen.

„Natürlich. Das brauchst du doch nicht zu fragen. Ich habe übrigens Kuchen gebacken."

„Man könnte denken, du hast mich erwartet", sage ich und mustere sie dabei skeptisch. Als Antwort schielt sie nur über ihre rote Hornbrille.

Meine Mutter hat sich nach ein paar tröstenden Worten von ihrem Lover wieder beruhigt und hilft mir, meine Sachen aus dem Auto auszuräumen und ins Haus zu tragen. Lou folgt uns aufgeregt und durchforstet zuerst die Küche nach etwas Essbarem. Und wie durch einen großen Zufall – also der Zufall ist schon wirklich megagroß – findet er in seinem Futternapf frisches Fleisch, welches er sofort verschlingt.

Ich bin mir absolut sicher, dass Grandma, nachdem sie von dem Überfall erfahren hat, mit generalstabsmäßiger Planung vorgegangen ist und alles für meine Ankunft vorbereitet hat.

„Ich bringe nur die Sachen in mein Zimmer und dann würde ich gern von deinem Kuchen kosten", sage ich zu ihr und gebe ihr einen Kuss auf die Wange. Ich bin so froh, bei ihr zu sein.

Später herrscht am Kaffeetisch auf der Terrasse eine fürchterlich angespannte Atmosphäre. Grandma schweigt die ganze Zeit und ich bin ihrem prüfenden Blick ausgesetzt. Sie wacht wie eine Löwin über mich, die ihr verletztes Junges beschützt.

Verdammt, ich vermisse ihre bissigen Kommentare.

Meine Mutter hat zwischenzeitlich ihren jungen Lover zum Spielen geschickt und versucht, mir mit nervigem Smalltalk und lähmenden Witzen ein Lächeln ins Gesicht zu zaubern.

„Okay!", unterbreche ich sie und hebe abwehrend die Hände. „Wir reden jetzt darüber, was in New York passiert ist und danach gehen wir bitte zur normalen Tagesordnung über. Ich bin hier, um Kraft zu sammeln und dafür brauche ich euch." Bei dem Wort *euch* sehe ich nur Grandma an, denn in Wirklichkeit brauche ich nur *sie*.

In der nächsten halben Stunde rede ich mir dann alles von der Seele: Angefangen mit Daniels Tod und dem Zusammenbruch deswegen in New York, über Clives wohltuende und beruhigende Umarmung, die ich nun sofort wieder spüre und mit Wehmut daran denke, dann von dem Überfall durch Vincent bis hin zum Gespräch mit meinem Chef. Keine der beiden Frauen unterbricht mich beim Erzählen. Fast die ganze Zeit über weint meine Mutter dabei und Grandma hört mir mit fest aufeinander gepressten Lippen aufmerksam zu. Ihre blauen Augen funkeln trüb und ihr Blick ist verschwommen.

„Meine Pläne für die nächsten Tage sind … Vincent die Eier abzuschneiden und das Angebot von Mr. Joss zu überdenken. Gibt es sonst noch Fragen?", sage ich bissig und sehe dabei von Grandma zu meiner Mutter und wieder zurück.

„Fragen nicht, nur Vorschläge und Bedingungen", beginnt Grandma.

Ich reiße bei ihren Worten entsetzt die Augen auf und frage unsicher: „Und die wären?"

„Beim Abschneiden der Eier bin ich dabei. Das ist meine Bedingung!", fordert Grandma. „Mein Vorschlag dazu ist, dass du vorher mit seiner Frau reden solltest. Du hast fünf Jahre eng mit ihm zusammengearbeitet und nichts ist passiert. Er hat sich dir gegenüber zuvor immer wie ein Gentleman verhalten, oder nicht?"

„Ja!", sage ich nachdenklich. „Du meinst, er könnte seiner Frau gegenüber auch Gewalt angewendet haben und deswegen hat sie ihn verlassen?"

„Oder er braucht medizinische Hilfe", wirft meine Mutter ein. „Vielleicht hat er eine schwere Krankheit oder Depressionen. Die können manche Menschen auch total verändern."

„Trotzdem schneiden wir ihm die Eier ab", krächzt Grandma und zündet sich mit zittrigen Händen eine dieser stinkenden Zigarillos an.

Damit ist unser Gespräch beendet. Mum pfeift ihren Lover zurück und platziert ihn neben sich. Die Stimmung in der nächsten halben Stunde ist immer noch etwas angespannt, aber ich glaube, das liegt daran, dass Grandma von Mums Geturtel einfach genervt ist. Jedenfalls beiße ich mir bei ihrer biestigen Frage: „Wann soll eigentlich die Hochzeit sein? Meine Tochter hat keinen Sex vor der Ehe!", so sehr auf die Lippe, um nicht laut loslachen zu müssen, dass sie ein bisschen blutet.

***

„Wo ist eigentlich Will?", frage ich Grandma, die mich auf dem Abendspaziergang mit Lou durch die Felder begleitet.

„Der ist ein paar Tage zu seiner Tochter nach Birmingham gefahren. Deine Mutter weiß nichts von ihm ... und so soll es bitte auch bleiben."

„Oh!" Ich bin überrascht.

„Ja, sie würde mir eine Predigt halten und dumme Fragen stellen. Ich wollte von ihr wissen, wann sie wieder nach Australien fliegt. Mir fehlt der französische Rotwein von Will", murmelt sie.

„Dir fehlt was?", frage ich entsetzt und bleibe abrupt stehen. Dann wird mir klar, was sie meint. „Du bist unglaublich, Grandma", sage ich und ein fettes Grinsen überzieht mein Gesicht.

Die nächsten Meter laufen wir schweigend nebeneinander her und ich genieße die Nähe von Grandma und die unbeschreibliche Stille um uns herum. Lou nutzt derweil seine Freiheit und schnüffelt in den Getreidefeldern frischen Spuren hinterher.

„Hat dein Kunsthändler sich eigentlich schon gemeldet?", will Grandma plötzlich wissen.

„Nein, ich habe ihm geschrieben, dass ich mich bei ihm melde, wenn ich wieder in London bin ... und er ist nicht *mein* Kunsthändler", setze ich energisch nach.

„Noch nicht", sagt Grandma und um ihre Mundwinkel bildet sich ein schelmisches Grinsen.

„Weißt du ...", beginne ich zögerlich, „ich habe immer gedacht, wenn ich mal einen anderen Mann in mein Leben lasse, dann verrate ich Daniel und unsere Ehe. Aber als Clive mich in den Armen gehalten hat ... das ... hat sich so gut angefühlt. Er hat gar nicht erst versucht, mich mit irgendwelchen Floskeln zu trösten, sondern einfach nur geschwiegen und mir Halt gegeben."

„Wusste ich es doch", nuschelt Grandma.

„Was?"

„Ach nichts!"

„Du hast ihm doch nicht etwa Anweisungen gegeben?", schnarre ich sie an.

„Nein! Aber er hat unser Gespräch belauscht, was wir mit deiner Mutter kurz vor deiner Abreise nach New York in der Küche geführt haben."

„Moment mal!", rufe ich erschrocken und bleibe erneut stehen. Ich versuche, mich daran zu erinnern und mir fallen die Worte von Grandma wieder ein, als sie meinte, dass er mir dort keine Unterstützung sein würde.

„Oh, du teuflisches Weib", rufe ich aus und nehme Grandma für einen Augenblick in meine Arme.

„Daran ist rein gar nichts teuflisch, Violet, sondern nur die List einer Frau. Sagst du einem Mann, was er tun soll, fühlt er sich entweder unter Druck gesetzt oder bevormundet. Also habe ich ihn an seiner Ehre gepackt. So hat er die Chance gehabt, selbst zu entscheiden, ob und wie er dir hilft. Denn dass dich die Vergangenheit in New York einholen würde, stand für mich außer Frage. Aber sag mal ehrlich, er ist schon ein heißer Pirat, oder? Also wäre ich so jung wie du, dann würde ich ihn mir an Bord holen und nicht gleich wieder Land anlaufen."

„Grandma!", rufe ich aus und gebe mich entsetzt. Doch dann seufze ich leise: „Ja, er ist wirklich heiß!"

„Die Rebellin lebt", brüllt Grandma plötzlich und breitet dabei ihre Arme aus, schmeißt den Kopf in den Nacken und schließt glücklich ihre Augen.

Lou kommt daraufhin ganz verstört angerannt und himmelt mich mit seinen braunen Augen an. „Alles gut, mein Schnuffelchen", sage ich und streiche ihm dabei über den Kopf. „Grandma geht es gleich wieder besser."

„Höre ich da etwa einen Hauch Ironie in deiner Stimme, Violet?"

„Würde ich mich nie trauen", lüge ich.

„Ich muss aber wirklich noch ein ernstes Wort mit dir reden", beginnt Grandma.

Oha, was kommt jetzt wieder.

„Alle Männer mit nur einem Funken Anstand … und die von dem Vorfall in New York wissen … werden sich dir gegenüber sehr zurückhaltend verhalten, weil sie nicht wissen, was du ab jetzt für eine Einstellung ihnen gegenüber hast. Das sollte dir bewusst sein. Und Clive, meine Liebe, wird besonders sensibel auf dich reagieren. Glaube ja nicht, dass er das, was er gesehen hat, so schnell vergessen kann."

„Und was soll ich machen?", frage ich ratlos.

„Sei so, wie du dich wirklich fühlst. Wenn dir zum Weinen ist, dann tue es und wenn du lachen willst, dann tue das auch. Täusche nichts vor und jeder kann sich auf dich und deine Gefühle einstellen."

„Soweit habe ich noch gar nicht gedacht", sage ich betroffen.

„Dafür hast du ja mich!", flüstert Grandma und drückt meine Hand.

Chapter 13

Clive

*A*uf dem Weg zu meiner Galerie

Der Blick heute Morgen in den Spiegel war alarmierend. Die dunklen Schatten unter meinen Augen lassen auf eine aufregende Nacht schließen – die ich aber leider nicht hatte. Meine war einfach nur schlaflos. So viele Schafe wie ich gezählt habe, gibt es auf der ganzen Welt nicht. Alle möglichen Gedanken kreisten immer nur um Violet und was ihr passiert ist. Plötzlich sehe ich einige Dinge aus einem ganz anderen Blickwinkel.

Gerade halte ich vor meinem Stammblumengeschäft im Stadtteil Mayfair, da parkt hinter mir eine schwarze Limousine ein. Das ist jetzt nichts Außergewöhnliches, wenn der Fahrer mich nicht schon seit mindestens zehn Minuten verfolgen würde. Meine Intuition - auf die ich mich in den letzten Jahren immer verlassen konnte - warnt mich. Ist es jemand von Violets Leuten oder muss ich mir ernsthafte Sorgen machen?

Ohne dem Fahrer offensichtlich Beachtung zu schenken, schlendere ich mit Amy zu dem Blumengeschäft hinüber. Drinnen angekommen mustere ich die Auslagen im Schaufenster besonders intensiv, aber nur, um mich zu vergewissern, dass ich beobachtet werde. Der südländisch aussehende Typ lässt den Ausgang des Geschäfts nicht mehr aus den Augen.

„Mr. Henderson", ruft hingegen die Besitzerin des Ladens erfreut und ich drehe mich augenblicklich zu ihr um.

„Mrs. Thomson, wie geht es Ihnen?", begrüße ich sie freundlich. Ich kaufe gefühlte einhundert Jahre in diesem Geschäft ein und irgendwann kennt man sich einfach mit Namen.

„Wenn Sie mich besuchen ... dann geht es mir immer gut", flunkert sie mich an.

„Ich habe heute eine ganz spezielle Bitte", beginne ich und suche dabei nach Worten. „Ich brauche ein Geschenk ... also für eine Frau ... nichts Romantisches, aber doch etwas Verbindliches. Wissen Sie, was ich meine?"

Mrs. Thomson schüttelt leicht den Kopf und zieht eine verzweifelte Grimasse. „Beschreiben Sie mir die Frau doch bitte ... und zu welchem Anlass soll das Geschenk sein? Also eher kein Blumenstrauß, das steht schon mal fest, oder?"

„Ja, Sie haben doch auch so anderen Trödel."

„Trödel?", wiederholt sie entsetzt und legt die Stirn in Falten.

„Ich meine natürlich Accessoires. Bei der Aussprache dieses Wortes breche ich mir fast immer die Zunge ab", scherze ich.

„*Sie* dürfen weiter Trödel sagen", lacht Mrs. Thomson.

„Der Anlass ist schwierig ... ihr ist am Wochenende etwas Schreckliches passiert und ich möchte ihr zeigen, dass ich für sie da bin ...", stottere ich. „Ich kenne sie noch nicht sehr lange, aber sie trug letztens ein Amulett mit einem Totenkopf ... also so Piratenzeugs ... vielleicht haben Sie da eine Idee für ein Geschenk?"

Mrs. Thomson beäugt mich mit kritischem Blick und sagt: „Wenn ein Mann sich solche Gedanken macht ... muss der Anlass sehr gravierend sein."

„Sie ist überfallen worden und ich war Zeuge", knurre ich.

„Oh ... wie schrecklich. Dann begebe ich mich sofort auf die Suche." Mrs. Thomson verschwindet mit entsetztem Gesichtsausdruck in den hinteren Teil ihres Geschäftes und ich wage unterdessen einen weiteren Blick auf die schwarze Limousine. Sie parkt immer noch an der gleichen Stelle und der Fahrer starrt unentwegt in die Richtung des Ladens.

Verdammt!

Plötzlich steht Mrs. Thomson wieder neben mir und hält einen kleinen Globus in der Hand. Sie muss meine zweifelnde Miene erkannt haben, denn sie erklärt mir sofort ihre Beweggründe: „Also ... die Karte auf dem Globus stammt aus dem sechzehnten Jahrhundert ... also Piratenzeit ... und an der Stelle, wo sich heute London befindet, stecke ich eine Nadel hinein und wenn Sie wollen, befestige ich daran eine kleine Rose ... vielleicht eine weiße ...?"

„Und sollte die Frau mich brauchen, dann weiß sie immer, wo ich zu finden bin ... bei der Nadel ... natürlich symbolisch gesehen", füge ich hinzu.

Zufrieden mit dem Ergebnis nicken wir uns beide zu und Mrs. Thomson greift zu dem Bund weißer Rosen."

„Nein ... die nicht. Die Biedermeier-Rose, bitte."

„Aha ...!" Um ihre Mundwinkel zuckt ein verdächtiges Lächeln. „Eine vortreffliche Wahl!", bemerkt sie anerkennend.

Was ist daran denn so außergewöhnlich?

Verlegen fahre ich mir mit zwei Fingern über den Kinnbart und versuche, die Mimik von Mrs. Thomson zu entschlüsseln.

„Soll ich ...?", fragt sie und ihr Blick fällt auf den Bund Rosen.

„Oh ... ich war in Gedanken", sage ich leicht verwirrt und suche ein besonders gefülltes Exemplar aus, wo der rosa Rand auffallend mit dem restlichen Weiß der Rose konkurriert.

Mrs. Thomson hat zu meinem Erstaunen immer noch ein Lächeln auf den Lippen und ich habe keine Ahnung, warum.

Wie soll man als Mann denn jemals entschlüsseln, was Frauen wirklich denken oder wollen?

***

Als ich eine halbe Stunde später das Blumengeschäft mit Amy wieder verlasse, bin ich stolzer Besitzer des außergewöhnlichsten Geschenkes, das ich je gemacht habe. Mit dem Arrangement der Rose hat sich Mrs. Thomson wirklich selbst übertroffen.

Doch die beunruhigende Realität wartet weiter hinter meinem Auto. Die schwarze Limousine. Als ich meinen Wagen starte und mich in den fließenden Verkehr einreihe, nimmt mit etwas Verzögerung auch mein Verfolger die Fahrt auf.

„Verflucht!", brülle ich. Über die Freisprechanlage rufe ich Alexander an und blaffe: „Ich werde verfolgt!"

„Schwarze Limousine?", fragt er.

„Woher weißt du das? Sind das etwa Violets Leute?"

„Nein. Ich fahre dahinter in dem dunkelblauen Van."

„Überwachst du mich ebenfalls? Sagst du mir bitte mal, was

los ist?"

„Das sind gleich zwei Fragen auf einmal, Clive. Ich bin ein Mann und ..."

„Hör auf mit dem Scheiß!"

„Natürlich überwache ich dich nicht! Ich habe einen Tipp von einem unserer Informanten bekommen, dass du schon öfter von dieser Limousine verfolgt wurdest."

„Das wird ja immer besser", grolle ich. „Mein Plan war, zur Galerie zu fahren, oder soll ich besser wieder umkehren?"

„Nein! Finden wir heraus, was der Kerl von dir will!"

„Und wieso bist du dir sicher, dass es nicht einer von dieser Behörde ist?"

„Weil sie die Ermittlungen gegen dich eingestellt haben."

„Oh ... wie nett!", murmle ich verbittert.

„Ich erzähle dir gleich alles. Meiner Meinung nach ist dein Verfolger von der italienischen Mafia oder der Kirche. Sein Foto lasse ich gerade mit allen möglichen Datenbanken abgleichen. Du bist hoffentlich bewaffnet?", will Alexander wissen.

„Ja!", grolle ich und beende das Gespräch.

Vor Wut haue ich mit der Faust auf das Armaturenbrett und fluche laut. Das Gaspedal bekommt meine miese Stimmung ebenfalls zu spüren und einige Minuten später parke ich vor meiner Galerie ein. Eigentlich passiert das äußerst selten, denn hinter dem Gebäude besitze ich einen Privatparkplatz. Dieser liegt ziemlich versteckt, doch wenn mich dort jemand überfällt, dauert es Tage, bis ich gefunden werde.

Natürlich ist das übertrieben dargestellt.

Ich steige ziemlich ungehalten aus und zu meiner großen Überraschung ist die schwarze Limousine verschwunden, dafür fährt der Van von Alexander jetzt in mein Blickfeld. Ich schenke ihm bewusst keine Beachtung und betrete mit der üblichen Routine meine Galerie. Die Alarmanlage schalte ich auf unscharf und im Gegensatz dazu lasse ich die Beleuchtung aus. Mein Ziel ist das Büro und die oberste Schublade meines Schreibtisches. Aus ihr hole ich meinen Revolver hervor, stecke ihn am Rücken in den Hosenbund und lasse ihn so unter meiner schwarzen Weste verschwinden. Für den Notfall trage ich an der Wade ebenfalls meine Pistole.

Nun heißt es abwarten!
Es dauert keine zehn Minuten, da öffnet sich die Eingangstür und mein unbekannter Verfolger betritt die Galerie. Ich kann ihn vom Büro aus über die Video-Überwachungsanlage beobachten.

Er ist genau der Typ aus den Mafia-Filmen – dunkler Anzug, schwarzer Hut, Oberlippenbart und ein abscheulich vernarbtes Gesicht. Für meinen Geschmack sieht er sich viel zu intensiv um. Er sucht nicht nach bestimmten Ausstellungsstücken, nein, er schenkt eher den Überwachungskameras besonders viel Beachtung.

Meine Geduld ist jetzt schon am Ende und ich rufe Amy zu mir. Zusammen betreten wir den Ausstellungsraum und als sie neben mir plötzlich anfängt zu knurren, reagiere ich besonders empfindlich. Amy weiß, wann mir Gefahr droht.

Mittlerweile ist mein Verfolger in der Mitte des Raumes angekommen und ich beschließe, einfach frontal auf ihn zuzulaufen.

„Können Sie den Hund bitte an die Leine nehmen!", blafft er mich an und zeigt auf Amy. Das ist überhaupt keine gute Idee, denn wenn sie sich bedroht fühlt, kann es sein, dass sie in seinen billigen Anzug ein paar Löcher reißt.

„Mein Hund hat noch nicht gefrühstückt", antworte ich nur süffisant. „Da ist sie immer etwas bissig. Bewegen Sie sich einfach nicht, dann dürfte Ihnen auch nichts passieren."

„Gehen Sie immer so mit Interessenten für Ihre Kunstgegenstände um?", fragt er entsetzt und lässt Amy nicht mehr aus den Augen.

„Sie sind kein Interessent!", schnaube ich verächtlich.

„Das stimmt. Ich bin von Ihrer Versicherung und wollte mich *nur* bei Ihnen umsehen, ob die Deckungssumme noch ausreichend ist."

Für wie blöd hält der Typ mich eigentlich?

„Und deshalb verfolgen Sie mich auf der Fahrt zu meiner Galerie? Ich wusste nicht, dass Geleitschutz ebenfalls in meiner Deckungssumme enthalten ist. Sehen wir uns von nun ab täglich?" An meinem Tonfall muss er erkennen, was es bedeutet, wenn er mich weiter für einen Idioten hält.

„Ich wollte nur sichergehen, dass alles seine Richtigkeit hat und *sollte* doch etwas passieren, dass Sie ausreichend abgesichert sind."

„*Was* sollte denn passieren?", frage ich selbstgefällig.

„Vielleicht ein Brand ... oder ... ein Einbruch", stammelt er.

„Wenn Sie ausreichend informiert wären, dann wüssten Sie, dass hier nur wertlose Kopien hängen und sich die Originale im Tresor einer Internationalen Behörde befinden", lüge ich mit einem dümmlichen Grinsen im Gesicht.

Amy bemerkt meine innere Anspannung, zu der sich mittlerweile noch Wut gesellt und verstärkt ihr Knurren. Erschrocken weicht mein ungebetener Besucher einige Schritte zurück und sieht mich entsetzt an.

Und genau in diesem Moment betritt Alexander die Galerie und ich zische: „Polizei!", und reiße dabei entsetzt die Augen auf. Mein Besucher begreift sofort, was ich meine, schluckt schwer und schickt sich zum Gehen an. Bevor er mir noch etwas sagen kann, brüllt Alexander meinen Nachnamen.

„Sie sollten *jetzt* gehen!", flüstere ich ihm verschwörerisch zu.

„Das werde ich tun." Völlig verunsichert verlässt er, ohne Alexander auch nur eines Blickes zu würdigen, im dezenten Laufschritt die Galerie.

„Wo rennt er denn hin?", frage ich Alexander.

„Er hat zwei Nebenstraßen weiter geparkt. Ein Team hängt sich unter meiner Leitung an seine Fersen. Wie ich schon vermutet habe, ist er dem Kreis der Kirchenmafia zuzuordnen."

„Woher weißt du das? Habt ihr ihn enttarnt?"

„Ja ... er hat eine lange Liste von Einträgen in unseren Dateien und ist immer dabei, wenn es darum geht, die Drecksarbeit zu erledigen. Ich nehme an, er hat dich bedroht?", fragt Alexander ironisch.

„Leicht. Er wollte mir nur die Galerie anzünden oder mich ausrauben lassen, weiter nichts", sage ich bissig.

„Vielleicht hilft dir ein heiliges Opferritual weiter, um die bösen Geister zu verscheuchen", lästert Alexander mit todernster Miene.

„Glaube mir, der Typ ist mein erstes Opfer!", fluche ich finster.

„Okay. Fassen wir zusammen. Du hast noch nicht einmal deinen Fuß auf italienischen Boden gesetzt und schon versuchen sie, dich zu beseitigen. Von welchem kompromittierenden Gemälde reden wir denn hier eigentlich und wann ist es entstanden?"

„Wenn die Vermutungen stimmen, dann ist es aus der Zeit um 1650."

„Und du hast es noch nicht gesehen?"

Bei Alexanders Frage verdrehe ich genervt die Augen und knurre: „Nein!"

Manchmal geht er mir mit seinem *Nichtsachverstand* echt auf die Nerven. Er kann sich nur schwer vorstellen, dass ein Gemälde nicht immer gleich zu entschlüsseln ist. Bei dem besagten wird vermutet, dass es mindestens ein- oder zweimal übermalt wurde und wahrscheinlich - zur Irreführung - von einem anderen Künstler.

„Dann kann es nur einen anzüglichen Hintergrund haben. Vielleicht ein Mann mit einer Frau und dazu ein Kind!", bemerkt Alexander mit hinterhältigem Grinsen.

„Wichtig ist … wie mächtig der Mann war … und ob er eine Frau und ein Kind haben *durfte*", betone ich.

„Wir reden von 1650, Clive. Wen interessiert es heute noch, wer … was … mit … wem … hatte. Und außerdem wissen wir aus bestätigten Geschichtsquellen, dass nicht alle so keusch waren, wie sie sein sollten … zumindest zu damaligen Zeiten."

„So einfach ist das nicht. Stell dir nur mal das Szenario vor: Ein wirklich mächtiger Mann zeugt ein uneheliches Kind … das automatisch ein Bastard ist, aber mit vielen Privilegien. Dieses Kind erhält genauso Besitz, Macht und Geld, natürlich nicht wie sein leibliches Kind, aber trotzdem."

„Ich weiß, auf was du hinauswillst", unterbricht er mich.

„Mal angenommen … durch das Gemälde könnten die Frau oder das Kind identifiziert und die Stammbäume bis zur heutigen Zeit zurück verfolgt werden …"

„Dann kann es passieren, dass manche Besitztümer ihren derzeitigen Eigentümer wechseln müssen. Vom Umschreiben der Geschichtsbücher einmal ganz abgesehen."

„Ach du heilige Scheiße", ruft Alexander nun und seine Worte hallen durch die Galerie. „Aber es könnten auch zwei Männer auf dem Gemälde sein?", fragt er leise.

„Es ranken sich die wildesten Gerüchte um die Gemälde."

„Es gibt mehrere davon? Ich denke, wir reden hier nur von einem?"

Ich schüttle vehement den Kopf. „Ich weiß, wo eins vermutet wird und Violet übrigens auch."

„Da sind wir gleich beim Thema. Hast du etwas von ihr gehört?"

„Nein. Ich fahre gleich zu ihr nach Oxford."

„Dann solltest du wissen, dass erstens ... ihre Behörde dich von ihrer Liste gestrichen hat und zweitens ... Violet nicht mehr für sie arbeitet."

„Bitte was?", frage ich entsetzt.

„Der Vorfall in New York hat ziemlich schnell die Runde gemacht und ihre Kündigung auch. Sie muss gestern bei ihrem Chef gewesen sein. Zumindest hat mir das ihre Sekretärin erzählt."

„Einfach so?"

„Nein, natürlich nicht", entgegnet Alexander.

„Was hast du angestellt? Violet hat mir berichtet, dass ihre Sekretärin auf dich steht. Sie hätte immer Herzchen in den Augen, wenn du anrufst."

„Glaube mir, heute hatte sie einen Orgasmus! Um an all die Informationen zu kommen, artete unser Gespräch schon fast in Telefonsex aus."

„Du bist unglaublich!", sage ich und ein Grinsen macht sich auf meinem Gesicht breit. Dann werde ich ernst. „Hat ihr Chef die Kündigung akzeptiert?"

Ich frage aus einem bestimmten Grund: Violet wollte sich mit dem kompromittierenden Gemälde von ihrer Behörde freikaufen.

Alexander schüttelt den Kopf. „Er hat ihr aber ein Gegenangebot gemacht. Allerdings kennt niemand den genauen Inhalt."

Jetzt habe ich noch einen Grund mehr, zu ihr zu fahren.

Chapter 14

Clive

Oxford, 13 Uhr

Es sind nur noch wenige Kilometer bis zu Grannys Bauernhaus.

Als ich am Horizont einen Kirchturm sehe, muss ich sofort an meinen italienischen Verfolger denken. Nach seinem ominösen Besuch haben Alexander und ich gewisse Sicherheitsmaßnahmen getroffen. In den nächsten Tagen wird meine Wohnung und speziell die Galerie rund um die Uhr vom Geheimdienst überwacht. Mir hingegen hat Alexander den Rat gegeben, für ein paar Tage von der Bildfläche zu verschwinden. Ich werde mir in Oxford - wenn möglich in Violets Nähe – eine Unterkunft suchen, denn sie könnte ebenfalls in Gefahr sein. Deshalb brauche ich fast die doppelte Zeit zu ihr als sonst. Außerdem fahre ich einige Umwege und halte unterwegs immer wieder an, um zu überprüfen, ob ich verfolgt werde. Bis jetzt ist mir nichts Verdächtiges aufgefallen.

Minuten später biege ich endlich in den Feldweg zu Grannys Haus ein und sehe Violets roten Van in der Einfahrt stehen. „Ich glaube, wir haben Glück und sie ist da", nuschle ich vor mich hin.

Plötzlich taucht Granny am Gartentor auf und gibt mir mit einem Zeichen zu verstehen, wo ich parken soll. Ihr angespannter Gesichtsausdruck sorgt für einen gewissen Druck in meinem Magen. Leicht verunsichert steige ich aus, lasse die winselnde Amy heraus, die sofort in den Garten rennt.

Granny kommt auf mich zu und schnarrt mich an: „Sie sind spät dran!"

„Haben Sie mich etwa erwartet?", frage ich irritiert.

Statt einer Antwort beugt sie leicht den Kopf nach vorn und schielt vielsagend über ihren Brillenrand.

Sie hat mich erwartet.

Was soll ich ihr erzählen, warum ich erst heute Violet besuche?

Statt der Wahrheit sage ich: „Ich bin aufgehalten worden von einer … sagen wir … zwielichtigen Gestalt, die mich in meiner Galerie besucht hat."

Granny scheint meine Entschuldigung zu ignorieren und sagt stattdessen: „Sie haben mir hoffentlich nicht wieder Blumen mitgebracht. So langsam gehen mir die Ausreden aus, wie ich vor Will unser Verhältnis verheimlichen soll." Ihr verschmitztes Lächeln daraufhin lässt mich für einen Moment aufatmen.

„Ich muss Sie leider enttäuschen … meine volle Aufmerksamkeit gilt heute Ihrer Enkelin." Daraufhin hole ich den Globus aus dem Fußraum meines Autos und zeige ihn ihr stolz.

„Was ist das denn?", will sie voller Neugier wissen. „Jetzt bin ich aber doch neidisch. So etwas hat mir Will noch nie geschenkt. Ich glaube, Mr. Henderson, oder darf ich Clive zu Ihnen sagen, wir müssen unser Verhältnis doch noch einmal überdenken."

„Natürlich dürfen Sie das und was unsere heimliche Verbindung angeht, die muss *heimlich* bleiben", sage ich verschwörerisch. Granny versteht sofort, auf was ich hinaus will. „Wie geht es ihr?", frage ich ohne Umschweife und nun mit tiefer Stimme.

„Besser als ich angenommen habe", beginnt sie leise. „Doch was in ihrem Inneren vor sich geht, kann ich nicht beurteilen. Ihre äußere Fassade hat im Moment nur wenige Risse. Aber ich weiß, dass sie sich sehr über Ihren Besuch freuen wird."

„Ich war mir nicht sicher."

„Das glaube ich Ihnen aufs Wort und ich möchte Ihnen für alles danken, was Sie für sie getan und riskiert haben."

Augenblicklich stellt sich Granny auf die Zehenspitzen und gibt mir einen Kuss auf die Wange.

„Ich wusste es!", höre ich unvermittelt Violet grollen. Sie steht plötzlich nur drei Meter von uns entfernt, die Hände in die Hüften gestemmt und pustet sich mit finsterem Blick eine Haarsträhne aus ihrem Gesicht.

Vor Schreck vergesse ich zu atmen und Granny sieht mich entschuldigend an. „Jetzt hat sie uns erwischt", flüstert sie und hält sich mit einer Hand den Mund zu.

Es dauert mindestens drei panische Atemzüge bis ich begriffen habe, dass mich die Frauen gerade vorführen. Ich suche in meinem Gedächtnis verzweifelt nach einer passenden Antwort, aber mir fällt nichts ein.

„Ich lasse euch besser allein", sagt Granny, die über das ganze Gesicht grinst.

Ziemlich unbeholfen stehe ich mit dem Globus in der Hand vor Violet und es ist, als gäbe es keine Worte mehr in mir.

„Was verschlägt dich *an das Ende der Welt*?", fragt Violet nun und lächelt mich an. Sie hat mit der Frau in New York nichts mehr gemeinsam. Ihre blauen Augen funkeln wieder und ihre Mimik wirkt entspannt. Sie trägt ein weißes langes Kleid und ihre leicht gebräunte Haut schimmert darunter hervor.

„Ich brauche ein paar Unterlagen aus dem Geheimversteck", stottere ich.

„Ach so ...", sagt Violet und wirkt enttäuscht.

Ich bin so ein Idiot.

„Der wahre Grund ist ...", beginne ich umständlich und gehe dabei langsam auf sie zu, „dass ich wissen möchte, wie es dir geht und ob ich etwas für dich tun kann. Außerdem gibt es besorgniserregende Entwicklungen, die ich unbedingt mit dir besprechen muss."

Jetzt stehe ich genau vor ihr und versinke in ihren tiefblauen Augen. Schlagartig wird Violets Atmung merklich schneller und das Blau in ihren Augen verschwimmt.

Oh, nein. Bitte nicht weinen! Was soll ich nur tun? Sie umarmen?

Wortlos breite ich meine Arme aus und Violet versteht sofort meine Geste. Zaghaft schmiegt sie sich an mich und ich spüre ihr Zittern und ein paar Tränen von ihr bahnen sich den Weg durch den Stoff meines weißen Hemdes.

So schnell wie der Anfall von Hilflosigkeit über sie gekommen ist, so schnell verfliegt er wieder. Minuten später hat sich Violet wieder im Griff. „Ich kann dir die Frage nicht beantworten, wie es mir geht. Ich weiß es selbst nicht", sagt sie plötzlich und löst sich aus meinen Armen. Die Tränen wischt sie sich mit dem Handrücken ab und atmet dabei tief durch. „Daniels Tod, damit kann ich immer besser umgehen ... die Sache, was im Hotelzimmer in New York passiert ist, holt mich hauptsächlich nachts ein ... am Tag beschäftigt mich eher meine derzeitige berufliche Situation." Ihre Offenheit mir gegenüber verblüfft mich. „Und bitte behandle mich nicht mit besonderer Nachsicht. Wenn mir etwas zu viel wird oder ich es nicht möchte, dann wirst du es schon merken."

„Damit kann ich leben!"

„Wie lange willst du eigentlich noch diesen wunderschönen Globus in der Hand halten?", fragt sie.

„So lange, bis mir der Arm abfällt und glaube mir, ich bin kurz zuvor", antworte ich rau und zwinkere ihr dabei frech zu. „Beinahe hätte ich ihn an Granny abgeben müssen." Mit einer ausladenden Geste überreiche ich ihn Violet und beobachte sie, wie sie den Globus mit ihren funkelnden Augen betrachtet. „Das ist ein sehr außergewöhnliches und für mich bedeutungsvolles Geschenk", sagt sie und ihre Stimme zittert leicht. Außerdem verschwimmt das Blau in ihren Augen erneut.

„Ach was, nur eine kleine Aufmerksamkeit", wiegle ich ab.

Ich unterlasse es, ihr die Bedeutung des Globus zu erläutern, denn nach ihrer Reaktion zu urteilen, hat sie diese bereits erkannt. „Wir sollten jetzt besser zur Tagesordnung übergehen", schlage ich vor und Violet sieht mich irritiert an. „Ich muss für ein paar Tage untertauchen und suche in der Nähe ein Hotel für mich. Hast du vielleicht einen Vorschlag?"

„Oha. Das wird aber eine harte Tagesordnung! Wie viele Leichen hast du im Keller?"

„Noch keine, aber zwei stehen auf meiner Liste!", knurre ich.

„Zwei?", fragt Violet und zieht die Stirn kraus.

„Ja ... ich hatte heute früh die italienische Kirchenmafia in meiner Galerie zu Besuch, mit einer dezenten Ansage. Der Typ ist Nummer zwei." Ich bin mir sicher, Violet weiß, wer Nummer eins ist.

„Du brauchst Personenschutz, tja, dann wohnst du hier!", beschließt Violet und lächelt mich unsicher an.

„Personenschutz ... der du bist?", frage ich ironisch.

„Genau!", sagt sie überzeugt und schenkt mir ein Werbelächeln einer Zahnpasta-Marke. „Im Ernst, Grandma hat noch ein Gästezimmer frei, das du gern benutzen kannst ... und der Besuch dieses Mannes kommt doch sehr frühzeitig. Das heißt, wir müssen dringend reagieren."

Irgendwie habe ich gehofft, dass mir entweder Granny oder Violet das Angebot machen, dass ich hier im Bauernhaus bleiben kann. Mittlerweile verstehe ich Violet, warum sie sich hier so wohl und sicher fühlt. Diese unbeschreibliche Ruhe und *am Ende der Welt* zu sein, haben einfach etwas *Magisches* an sich. Ich weiß zwar noch nicht, warum das so ist, aber ich werde es noch herausfinden.

„Kannst du über dein Smartphone auf die Überwachungskameras in der Galerie zugreifen?", will Violet wissen und beendet mit ihrer Frage meine Gedanken an diesen mystischen Ort.

„Natürlich! Willst du das Video sehen?"

„Ja! Zeig es mir!"

Ich öffne die extra dafür eingerichtete App und logge mich in mein Überwachungssystem ein. Violet starrt mit zusammengekniffenen Augen auf das Display und beginnt heftig zu stöhnen, als mein ungebetener Besucher ins Bild kommt.

„Giovanni Vallizzi", brummt sie finster.

„Du kennst ihn?", frage ich entsetzt. Alexander hat definitiv dafür mehr Zeit gebraucht, ihn zu enttarnen, als Violet nun.

„Ja!", knirscht sie und sieht mich dabei vielsagend an. „Er arbeitet für mich!"

„Du machst Witze. Laut dem Geheimdienst ist er gefährlich und hat eine lange Liste von Verbrechen, die er begangen haben soll", werfe ich entsetzt ein.

„Dann geht mein Plan auf und der Geheimdienst ist darauf hereingefallen. Sehr gut. Der Mann ist ein Beamter, der für unsere Behörde in Rom arbeitet. Seine Identität habe ich selbst erschaffen."

„Du?", röchle ich und mich packt das pure Entsetzen.

„Doch wieso taucht er in deiner Galerie auf und bedroht dich? Diesen Befehl hat er nicht von mir erhalten", sagt sie nachdenklich.

„Die Frage kann ich dir nicht beantworten."

„Da spielt jemand falsch", sinniert sie weiter vor sich hin. „Überleg' mal ... Giovanni überwacht dich, seit du vor zwei Monaten aus Rom wieder zurück bist ... und du hast ihn nie bemerkt, oder?"

Ich schüttle den Kopf. *Das* sind ja mal Neuigkeiten!

Moment! Dann habe ich mich doch nicht getäuscht, als ich damals nachts aus dem Fenster gesehen habe und ein mir unbekannter Mann mich beobachtete. Das war nach der Erbeutung der chinesischen Vase.

„Und kaum reiche ich meine Kündigung ein und tauche unter …"

„Da steht er vor meiner Tür!", fahre ich fort.

Violet schweigt betroffen und rauft sich dabei die Haare. Einige Strähnen fallen ihr danach wild ins Gesicht und ich erwische mich dabei, dass ich diesen Anblick überaus anziehend finde. Am liebsten hätte ich sie behutsam aus ihrem Gesicht gestrichen. Stattdessen vergrabe ich meine Hände so tief in meinen Hosentaschen, dass ich Mühe haben werde, sie jemals wieder hervorzuholen.

Wir stehen immer noch an der gleichen Stelle in Grannys Garten. Die Hunde liegen derweil hechelnd unter einem Obstbaum auf dem kühlen Grasboden und dösen vor sich hin.

„Wollen wir uns nicht setzen?", frage ich und zeige auf die Terrasse.

„Nein, ich muss nachdenken … und das kann ich am besten, wenn ich ein Stück spazieren gehe. Ich bringe nur schnell mal den Globus weg."

Violet läuft zur Terrasse und stellt den Globus auf dem Tisch ab. Einige Augenblicke später lerne ich Grannys Garten besser kennen. Meine Hände habe ich noch nicht wiedergefunden und schlendere so neben Violet her.

„Jetzt bekommt das Angebot von meinem Chef … welches ich bis vor ein paar Minuten noch für verlockend hielt … einen bitteren Beigeschmack."

„Warum?", frage ich und mustere sie dabei. Die Haarsträhnen haben ihren Platz nicht verlassen.

Verdammt!

„Ich kenne das Angebot nicht", setze ich nach und versuche mir die arrogante Mrs. Clark vorzustellen. Für Sekunden hilft das, bis Violet schüchtern sagt: „Dass, was ich dir jetzt erzähle, ist streng vertraulich."

„Du vertraust mir also?", frage ich süffisant.

„Nein! Du weißt doch, ich habe dich in der Hand." Sie deutet mit dem Kopf in Richtung Haus. Dabei bleibt ihr eine Haarsträhne an ihrer leicht feuchten Lippe kleben und meine Hände in den Hosentaschen verknoten sich vor Schreck. Mein Verstand schreit plötzlich, ich soll ihr die Strähne sanft mit dem Daumen wegstreichen und sie danach zärtlich küssen.

Wenn ich mit meinem Verstand allein bin, werde ich ein ernstes Wort mit ihm reden müssen.

Ich hatte vor einiger Zeit klar und deutlich gemacht, dass es keine ernstzunehmenden Frauen in meinem Leben geben wird - und schon gar keine, die wie Violet aussehen.

„Du meinst damit *die eingelagerten Unterlagen*? Komm' zur Sache", knurre ich gespielt und remple sie leicht an.

„Du willst die harte Tour?", fragt sie mit tiefer Stimme und muss doch dabei lachen.

„Immer!"

Violet holt tief Luft, so als würde sie für eine lange Zeit ins tiefe Wasser abtauchen und beginnt, von dem Treffen mit ihrem Chef zu erzählen. Mein inneres Warnsystem schlägt mit jeder neuen Information, die ich erhalte, unerbittlich an.

„Wenn du das Angebot annimmst", beginne ich und finde dabei meine Hände wieder, „bist du immer noch nicht frei, so wie du es wolltest. Und was ich noch viel schlimmer finde, du fliegst unter dem Radar ... das heißt, dich gibt es offiziell gar nicht. Sollte etwas schiefgehen, dann kennt dich niemand und verleugnet dich noch obendrauf."

„Dann könnte Vincent doch recht haben. Er hat mich vor ein paar Wochen gewarnt. In unserem Dezernat würden merkwürdige Dinge vor sich gehen. Ich habe das nicht ernst genommen, weil er betrunken war, als er mir das erzählt hat."

Plötzlich schießt mir ein irrsinniger Gedanke durch den Kopf. „Halte mich für paranoid, aber kann es sein, dass der Überfall auf dich geplant war?"

„Gedankenübertragung", platzt sie heraus. „Aber ich sehe wirklich keinen plausiblen Grund dafür. Und es ergibt auch keinen Sinn, dass es ausgerechnet Vincent war, der sich zuvor immer korrekt mir gegenüber verhalten hat."

„Vielleicht ist er erpressbar?", gebe ich zu bedenken.

„Und ich hadere mit mir, weil ich Idiotin die Hoteltür überhaupt geöffnet habe."

„Und ich, dass ich zu spät eingegriffen habe."

Violet sieht mich daraufhin erschrocken an: „Dich trifft wirklich keine Schuld! Wenn, dann bin ich es, die es verbockt hat!"

„Oder wir sind Marionetten in einem perfiden Spiel!", fluche ich. Mein Warnsystem läuft mittlerweile auf Hochtouren und ich beschließe, Alexander anzurufen.

Während Violet für uns etwas zu trinken besorgt, erreiche ich ihn. Seine Reaktion fällt heftiger aus, als ich erwartet habe und seine Empfehlung an uns sollten wir wirklich nicht ignorieren.

***

Es ist kurz nach Mitternacht, als ich Violets Van in die Tiefgarage unseres Wohnhauses gegenüber des Hyde Parks lenke. Sie fährt mein Auto mit gefälschten Nummernschildern, welche ich für Notfälle immer dabei habe. Ich will das Risiko so klein wie möglich halten.

Nach dem Gespräch mit Alexander habe ich mit Violet und Granny beratschlagt, was für uns die beste Lösung ist. Hier in Oxford zu bleiben, kam für uns nicht in Frage. Es gibt zu viele Ungereimtheiten, die förmlich nach Aufklärung schreien.

Dass, bevor wir die Autos verlassen, plötzlich das Licht in der Tiefgarage ausfällt, ist kein Zufall. Mit Alexander war vereinbart, dass er uns erwartet und für den Stromausfall sorgt. So können wir ungesehen das Treppenhaus betreten und steigen im Dunkeln die Treppen zu unseren Wohnungen hinauf.

„Zu mir oder zu dir?", flüstere ich Violet zu. Natürlich weiß ich, dass man diese Frage eher in einer weitaus verfänglicheren Situation stellt, aber eigentlich möchte ich nicht, dass sie heute Nacht allein ist.

„Deine Couch kenne ich bereits und mein Kühlschrank ist leer, also zu dir." Ihre Antwort kommt so spontan, als hätte sie auf meine Frage gewartet. Zum Glück kann sie mein Grinsen in der Dunkelheit nicht sehen, denn der Gedanke daran, sie die ganze Nacht um mich zu haben, löst bei mir einen prickelnden Schauer aus. Das bedeutet, dass mein Verstand schon schläft und das ist nicht gut.

Gar nicht gut.

„Sollte in dieser Nacht etwas passieren", reißt mich Alexander aus meinen irrsinnigen Gedanken, „dann meldet euch sofort. Sonst sehen wir uns morgen früh, wie besprochen."

Auch wenn es dunkel im Treppenflur ist, kann ich beobachten, wie Alexander Violet zum Abschied einen Kuss auf die Wange gibt. Das *Alphamännchen* schreit sofort auf.

„Bis morgen", murmle ich und schließe meine Wohnungstür auf.

Als die Tür hinter mir ins Schloss fällt, fängt mein Verstand wieder an zu arbeiten. Plötzlich schwirren die Gesprächsfetzen der letzten Tage und Stunden durch meinen Kopf und ich frage mich, wieso ich so vertrauensselig gegenüber Violet bin?

Natürlich, was ihr in New York passiert ist, geht mir nicht aus dem Kopf und ich kann es immer noch nicht fassen. Und ich bin froh darüber, dass ich das Schlimmste verhindern konnte, was ich übrigens für jede andere Frau auch getan hätte.

Doch dieser Vorfall hat meine Wahrnehmung, was Violet anbelangt, völlig vernebelt. Sie ist immer noch in der Lage, meine Existenz zu zerstören und sie benutzt mich, um sich ihre Freiheit zu erkaufen. Wenn ich sie gefühlsmäßig zu nah an mich heranlasse, verliere ich meinen Blick auf das Wesentliche. Diesen Fehler kann ich mir nicht erlauben.

„Ich hole das Bettzeug", schnarre ich und klinge plötzlich wie ein schlechtgelaunter alter Mann.

„Ich kann auch bei mir schlafen, wenn es dir nicht recht ist", sagt Violet leise.

„Nein!", blaffe ich und merke dabei, wie sie mich beobachtet.

Um aus ihrer Nähe zu entkommen, verschwinde ich in mein Schlafzimmer.

Plötzlich höre ich das Klicken meiner Wohnungstür.

Ich muss nicht nachsehen, denn ich weiß, dass sie gegangen ist.

Ist es nicht das, was ich will?

Für mindestens fünf Atemzüge verharre ich - danach führt mich mein Weg direkt zu der Anrichte im Wohnzimmer. Kate hat die leere Flasche Whisky durch eine volle ersetzt und der erste Schluck daraus fühlt sich befreiend an. Dabei bleibt es aber dieses

Mal.

Morgen Vormittag treffe ich mich mit dem Käufer des Degens und er hat mir bei unserem letzten Gespräch signalisiert, dass er weitere Aufträge für mich hat, sollte die Ware die gewünschte Qualität besitzen. Auf diesen lukrativen Deal will ich auf keinen Fall verzichten. Mein Auftreten muss absolut korrekt sein, denn es ist unsere erste Zusammenkunft.

Trotzdem beschäftigt mich eine wesentliche Tatsache: Violets Freikauf von ihrer Behörde. Wenn dies nur durch das kompromittierende Gemälde möglich ist, dann werde ich sie dabei unterstützen. Natürlich vorausgesetzt, dass ich ihr vertrauen kann.

Chapter 15

Violet

In meiner Wohnung, 9 Uhr

Zu meiner großen Überraschung habe ich die letzte Nacht ohne Albtraum überstanden. Nachdem Clive mir mit seiner abwehrenden Haltung signalisiert hat, dass er lieber allein sein möchte, war ich zuerst bitter enttäuscht.

Sein außergewöhnliches Geschenk – worüber ich mich wirklich gefreut habe – ist von der Art, die man sich eher unter guten Freunden bereitet. Romantik kommt darin nicht vor. Meine Blauäugigkeit hat jedoch zuvor diesen Umstand ignoriert. Vielleicht ist es auch besser so. Noch mehr Enttäuschungen kann ich im Moment nicht gebrauchen.

Alexander hat mir heute Morgen eine Nachricht geschickt und gefragt, ob bei *uns* alles in Ordnung sei? Zuerst habe ich gezögert, ihm die Wahrheit zu schreiben, aber warum sollte ich lügen? Irgendwie scheint er telepathische Fähigkeiten zu besitzen, jedenfalls stand er eine Stunde später mit Frühstück in der Hand vor meiner Tür.

„Lass' mich raten, er hat kalte Füße bekommen?", begrüßt er mich und gibt mir erneut einen Kuss auf die Wange.

Was für ein Charmeur.

„Bei mir hat er noch nie warme gehabt", antworte ich ironisch.

Alexander sieht mich skeptisch an: „Ich glaube, da täuschst du dich. Doch seit der Trennung von Emma ist sein Verstand einfach total vernebelt. Und ich befürchte, daran wird sich in der nächsten Zeit nicht so rasch etwas ändern."

Er stellt die mitgebrachten Sachen auf meinen Esstisch im Wohnzimmer ab und mustert mich intensiv. Ich merke, wie mir warm wird und eine leichte Röte ins Gesicht steigt. „Ich hole ein paar Teller", sage ich hastig und eile in die Küche. Dort atme ich dreimal hintereinander tief durch und gehe danach mit den Tellern in der Hand zurück.

Als ich mich ihm gegenüber setze, bin ich sofort wieder seinem intensiven Blick ausgesetzt, deshalb blaffe ich: „Du machst mich echt nervös."

„Das merke ich schon", sagt er mit tiefer Stimme.

„Bist du immer so von dir überzeugt?", frage ich ihn und ziehe dabei die Stirn in Falten. Jetzt geht mir sein überschätztes Ego auf die Nerven.

„Ich weiß, dass ich nicht der Typ Mann bin, den du bevorzugst."

„Bitte was?", frage ich voller Entsetzen.

Darüber will ich jetzt nicht nachdenken!

„Violet …", beginnt er.

Oh verdammt.

Nervös rutsche ich auf meinem Stuhl hin und her und höre ihm mit einer großen Portion Skepsis zu.

„Du bist nicht nur eine wunderschöne, sondern auch bemerkenswerte Frau. Wenn ich eine andere Einstellung zu Beziehung und Ehe hätte, würde ich sogar mit meinem besten Freund um dich kämpfen. Aber ich bin nur der Mann für ein paar Tage, vielleicht Wochen, aber länger halte ich es mit einer Frau einfach nicht aus. Dann muss ich wieder auf die Jagd. Clive ist der Meinung, es liegt daran, dass ich noch nicht die Richtige gefunden habe … aber das stimmt nicht, ich möchte mich einfach nicht binden. Ich sehe darin keinen Sinn."

„Da habe ich aber Glück", sage ich und hole tief Luft. Um meine Mundwinkel zuckt es verdächtig.

„Du verurteilst mich nicht?"

„Nein. Deine Ehrlichkeit ist bewundernswert. Aber du hast völlig recht. Das passende Gegenstück zu dir bin ich nicht … ich hingegen glaube an die Ehe."

„Also sind wir jetzt *Freunde*?" In seiner Stimme spiegelt sich die pure Lust wieder, sodass es mir flau im Magen wird.

„Nur, wenn du aufhörst, mit mir zu flirten", sage ich energisch und ringe mir ein Lächeln ab.

„Das kann ich dir nicht versprechen!"

Als ich das höre, beiße ich vor Schreck ein riesiges Stück von meinem Brötchen ab und ringe beim Kauen um meine Fassung.

Was für ein dreister Kerl. Trotzdem, Clive bleibt Clive!

Irgendetwas stört mich an Alexander, nur kann ich nicht sagen, was es ist.

Plötzlich klingelt es an meiner Gegensprechanlage.

„Erwartest du jemanden?", fragt Alexander.

„Nein!", schnarre ich. Dabei schlägt mein Herz unweigerlich schneller und ich hoffe, dass es *der* Kunsthändler ist.

„Wenn du niemanden erwartest, dann sollte ich mich melden", beschließt Alexander.

Mit ein paar großen Schritten ist er innerhalb von Sekunden an der Tür und und drückt den Knopf für die Gegensprechanlage. „Bei Donovan!", blafft er.

Auf ein kurzes Schweigen hin, während er zuhört, was der Portier ihm berichtet, folgt die Frage: „Eine Frau Williams?" Sein Blick fällt dabei auf mich.

„Williams!", wiederhole ich leise und halte mir den Mund zu, damit ich nicht losschreie.

„Wer ist das?", flüstert Alexander ungeduldig.

„Das ist Vincents Frau. Aber sie benutzt seinen Decknamen, dass heißt ... es ist etwas passiert."

„Also reinlassen?", fragt er.

Ich nicke ihm wie eine Marionette zu, stehe vom Frühstückstisch auf, gehe zu meiner Handtasche, die noch auf dem Couchtisch steht und hole meinen Revolver heraus. Den lasse ich hinter dem Kissen auf der Couch verschwinden und setze mich daneben.

Alexander wartet weiter neben der Tür und seinen Revolver, den er aus seinem Halfter am Gürtel gezogen hat, hält er hinter dem Rücken versteckt, als er eine kurze Zeit später einer blonden Frau mit dicker Sonnenbrille die Tür öffnet.

„Wer sind Sie?", rufe ich entsetzt und schiebe meine Hand unter das Kissen. Die Frau, die ich erwartet habe, hat rötliche und kurze Haare.

„Violet, ich bin es, Judy."

„Judy?", wiederhole ich entsetzt.

Vorsichtig nimmt sie ihre Sonnenbrille ab, zieht sich die blonde Perücke vom Kopf und es kommen tatsächlich ihre rötlichen Haare zum Vorschein.

„Du kennst die Frau?", will Alexander von mir wissen.

„Ja!", sage ich und er schließt daraufhin hinter ihr die Tür.

Mitten im Wohnzimmer steht nun eine zitternde, aufgelöste und orientierungslose Frau mit geröteten Augen und glasigem Blick. „Ich weiß nicht, wo ich anfangen soll", sagt sie so leise, dass ich sie kaum verstehen kann.

„Willst du dich vielleicht setzen?", frage ich und mein skeptischer Blick verfolgt jede Bewegung von ihr. Alexander bietet ihr den Sessel in meiner Nähe an. Er bleibt stattdessen neben mir stehen.

Sie setzt sich auf die Kante der Sitzfläche und beginnt danach hektisch in ihrer Handtasche zu wühlen. Alexander und ich tauschen dabei misstrauische Blicke aus. Dann hält sie mir plötzlich mit zitternder Hand einen Briefumschlag entgegen. „Der ist von Vincent!"

„Oh!", rufe ich und zögere, den Umschlag anzunehmen.

„Das ist sein Abschiedsbrief an dich, Violet. Ich habe ebenfalls einen erhalten, worin mir Vincent von dem Überfall auf dich berichtet hat."

„Sein was?", krächze ich und mir läuft ein kalter Schauer über den Rücken. „Ist er tot?"

Judy schüttelt den Kopf und es folgt ein heftiger Weinkrampf. „Er hat versucht, sich mit Tabletten und Alkohol das Leben zu nehmen. Ich habe ihn bewusstlos in unserer Wohnung gefunden … er liegt immer noch im Koma", schluchzt sie.

Irgendwie ist es mir gerade unmöglich, einen klaren Gedanken zu fassen. „Was steht in dem Brief?", will ich jetzt wissen.

„Ich weiß es nicht! Er ist ausdrücklich an dich gerichtet. Seit wann bist du wieder aus dem Krankenhaus zurück?", will Judy wissen.

„Ähm … ich war nie dort. Wie kommst du denn darauf?"

„Nicht?", ruft Judy und schüttelt ungläubig den Kopf.

„Nein!"

„Dann solltest du den Brief lesen!", sagt sie plötzlich mit fester

Stimme und überreicht ihn mir, den ich mit einem flauen Gefühl annehme. Ich atme noch einmal tief ein, öffne den Umschlag und erkenne sofort Vincents charismatische Schrift.

Lou kommt in diesem Moment auf die Couch gesprungen und legt mir seinen Kopf auf mein Bein. Er muss meine Unsicherheit spüren.

Völlig emotionslos und wie in Trance lese ich den Brief laut vor:

„Liebe Violet,

wenn du diese Zeilen liest, dann bin ich wahrscheinlich schon in der Hölle. Für das, was ich dir angetan habe, gibt es keinen anderen Ort für mich. Es ist keine Ausrede, aber ich kann mich an nichts mehr erinnern. Als man mir erzählt hat, wie schlimm ich dich verprügelt und zugerichtet haben soll, konnte ich nur noch weinen. Ich wollte dich im Krankenhaus besuchen und habe dich überall gesucht, aber du warst nirgends zu finden.

Ich weiß, du wirst jetzt denken, was ist er doch für ein Feigling und haut einfach ab, aber ich sehe in meinem Leben keinen Sinn mehr. Meine Frau hat einen neuen Mann, dir habe ich das Schlimmste angetan, was man einer Frau antun kann und meine Arbeit habe ich ebenfalls verloren.

Ich wünsche dir für deine Zukunft viel Kraft. Du bist eine starke Frau und ich habe dich immer bewundert, wie du mit Daniels Tod umgegangen bist.

Einen Rat möchte ich dir noch geben: Mr. Joss benutzt dich. Bring dich vor ihm in Sicherheit!

Es tut mir alles so leid und ich werde dich vermissen. Ich habe das nie gewollt, was dir passiert ist.

Vincent."

Das letzte Wort bringe ich nur mit Mühe über meine Lippen. Mein Mund ist trocken und mein Herz pocht heftig – in sehr unregelmäßigen Abständen.

Judy sitzt wie versteinert vor mir und stiert vor sich hin.

Alexander fährt sich nervös über seinen Dreitagebart und sein leerer Blick ruht auf mir. „Wer hat Vincent die Geschichte von Violets schwerer Misshandlung aufgetischt?", fragt er plötzlich.

„Das können nur meine Leute aus dem Dezernat gewesen sein!", knurre ich.

„Mr. Joss?", brummt er.

Dann schweigen wir einen Moment, bis Judy beginnt zu erklären: „Es gibt keinen neuen Mann in meinem Leben. Das wurde mir nur untergeschoben, damit Vincent das glaubt."

„Aber ich habe doch die Fotos gesehen", werfe ich leise ein. „Vincent hat sie mir gezeigt."

„Violet, die sind nicht echt!", sagt Judy aufgebracht.

„Darf ich sie mir einmal ansehen?", fragt Alexander.

Judy nickt, zieht einen braunen Umschlag aus ihrer Tasche und überreicht ihn Alexander. Er wirft einen kurzen Blick darauf und knurrt: „Die sind von einem Profi geschossen worden. Kennen Sie den Mann darauf?"

„Nein", ruft Judy verzweifelt. „Er hat mich vor Monaten angeschrieben und mir erzählt, er wäre ein uneheliches Kind von meinem verstorbenen Vater. Natürlich habe ich ihm nicht geglaubt, aber er hat mir so viele Beweise aus meiner Kindheit und von meinem Vater vorgelegt, dass ich ihm irgendwann vertraut habe. Sehen Sie das Foto, wo er meinen Kopf in seine Hände nimmt? Da hat er mir gesagt, wie er sich freut, mich gefunden zu haben."

„Für einen Unwissenden sieht es aus, als wollte er Sie gleich küssen", murmelt Alexander und kneift die Augen zusammen. „Wenn es stimmt, was Sie erzählen, dann ist mit Ihnen und Ihrem Mann ein perfides Spiel im Gange."

„Und Violet", ergänzt Judy. „Aber darf ich fragen, wer Sie sind?"

„Dürfen Sie, aber nach dem, was ich hier gerade erfahren habe, ist es besser, Sie wissen es nicht. Ich bin auf Ihrer Seite und werde Ihnen helfen, diese groteske Situation aufzuklären. Reicht Ihnen das für den Moment?"

„Wenn Violet Ihnen vertraut, dann werde ich das auch tun."

„Gut, soweit! Fest steht, Ihr Mann hat Violet überfallen, aber nicht in dem Maße, wie es ihm erzählt wurde. Die Fotos, die von Ihnen gemacht wurden, möchte ich gern analysieren lassen und dann finde ich heraus, wer sie in Auftrag gegeben und auch wer sie gemacht hat."

„Die können Sie gern behalten, denn nachdem die Fotos entstanden sind, habe ich nie wieder etwas von meinem angeblichen Bruder gehört."

„Wieso hat mich Vincent nicht schon eher vor Mr. Joss gewarnt?", will ich wissen. Von den ganzen Neuigkeiten ist mir übel und erschwerend kommt hinzu, dass mich ein Schweißausbruch nach dem anderen überrollt.

„Vincent war sich anfangs nicht sicher, ob seine Vermutungen stimmen, deshalb hat er geschwiegen. Jedenfalls fand er heraus, dass Mr. Joss dich nur auf den Kunsthändler Mr. Henderson angesetzt hat, weil er glaubt, dass dieser in der Lage ist, irgendwelche verschwundenen Gemälde zu finden."

„Die natürlich Mr. Joss selbst will", ergänzt Alexander.

Judy nickt. „So habe ich das verstanden."

„Das würde zu seinem mir unterbreiteten Angebot passen", bemerke ich zynisch. „Mit was hat er Vincent in der Hand, Judy?"

„Spielschulden … einhunderttausend Pfund!"

„Was? Vincent hat doch nie gespielt."

„Doch seit unserer Trennung schon", sagt Judy kleinlaut.

„Oh, verdammt! Was für ein abgekartetes Spiel." Ich bin mittlerweile so in Rage, dass ich sofort zu Mr. Joss ins Büro fahren und ihn mit den Vorwürfen konfrontieren möchte. Doch das wäre taktisch unklug. „Wo ist Vincent jetzt und unter welchem Namen ist er zu finden?", will ich von Judy wissen.

„Er liegt im Royal Marsden Hospital und ist unter Jonathan Williams eingetragen. Ich habe in meiner Panik seine geheime Identität aktiviert, wie er es mir immer geraten hat, sollte er jemals in eine Notsituation kommen."

Als Alexander das hört, greift er zu seinem Smartphone in der Hosentasche, zieht es heraus und ruft irgendwen an. „Ich brauche sofort eine 24-Stunden-Überwachung von einem Jonathan Williams. Er befindet sich im Royal Marsden Hospital. Es darf niemand, wirklich niemand, zu ihm, außer seine Frau, ich oder von mir benannte Personen. Die Liste dafür übergebe ich in einer Stunde vor Ort." In seiner Stimme liegt eine gewisse Schärfe und mir wird so langsam die Brisanz der Situation bewusst.

„Du hast Vincent in eurer gemeinsamen Wohnung gefunden? Ich dachte, du bist ausgezogen?", will ich nun von Judy wissen. Diese Frage erscheint mir wichtig für die weitere Beurteilung des

Falls.

„Ja!", bestätigt sie und fängt wieder an zu zittern. „Nach meiner angeblichen Affäre bin ich bei einer Freundin untergetaucht. Doch Vincent hat angefangen zu trinken und zu spielen. Sogar Drogen und Antidepressiva hat er genommen. Ab und zu bin ich heimlich in unsere Wohnung gegangen, um etwas aufzuräumen. Und gestern war ich dort und habe ihn leblos im Bett gefunden. Die Wohnung war total verwüstet."

„Sollte er diese Kombination von Tabletten, Drogen und Alkohol in New York auch genommen haben, dann bin ich fest davon überzeugt, dass er nicht im Geringsten wusste, was er da tat. Das ist zwar keine Entschuldigung, aber eine Tatsache", knirscht Alexander. „Ich lasse Sie jetzt nach Hause bringen. Dort packen Sie ein paar Sachen zusammen und dann tauchen Sie mit meiner Hilfe unter. Ihre Perücke behalten Sie auf und benutzen ab sofort nur noch Ihren Decknamen. Um alles Weitere kümmere ich mich!"

„Und was ist mit meinem Mann?", fragt Judy unsicher.

„Auch er steht jetzt unter meinem Schutz! Allerdings werde ich den Vorfall in New York nicht unter den Tisch fallen lassen."

„Natürlich nicht ... ich befürchte Violet ist erneut in Gefahr", sagt Judy kleinlaut.

„Dafür, dass Violet nichts passiert, bin ich zuständig, Mrs. Williams", wirft Alexander mit einem Hauch Sarkasmus in der Stimme ein. Ich weiß auch, warum. *Clive*.

***

Einer der für mich irrsinnigsten Tage neigt sich seinem Ende und ich bin inkognito – mit falschen Nummernschild und blonder Kurzhaarperücke in Richtung Oxford unterwegs. Natürlich nicht allein. *Prince Charming* begleitet mich in seinem Dienstwagen und fährt immer wieder viel zu dicht auf.

Grummel!

Nachdem er heute Mittag dafür gesorgt hat, dass Judy in ein sicheres Versteck gebracht wird, sind wir anschließend in das Royal Marsden Hospital gefahren.

Es gab gleich mehrere Gründe für diese Entscheidung: Alexander hatte zunächst aus Sicherheitsgründen entschieden, dass Vincent in einen separaten Abschnitt, weitab vom öffentlichen Zugang im Krankenhaus, verlegt wird. Die Rund-um-die-Uhr-Bewachung sollte weiterhin bestehen bleiben und außerdem dürften nur drei Menschen Vincent besuchen. Das sind Judy, ich und natürlich Alexander. Für alle anderen bestand ab sofort ein ausdrückliches Verbot. Ich hatte bis zu diesem Zeitpunkt keine Ahnung, wie *mächtig* Alexander beim Geheimdienst eigentlich war. Jedenfalls schienen nun eine ganze Menge Leute nach seiner Pfeife zu tanzen.

Allerdings packte mich das pure Grauen, je näher wir dem Hospital kamen. Vincent nach nur so kurzer Zeit wiederzusehen gleicht wirklich dem schlimmsten Albtraum, den ich mir vorstellen konnte. Sollten meine Schlussfolgerungen stimmen, dann hat jemand Vincent Stück für Stück seine Existenz genommen und ihn in die Tabletten- und Drogensucht getrieben. Jeder im Dezernat wusste, was für eine vorbildliche Ehe – über vierzig Jahre – er zuvor führte. Dies für perfide Gründe zu zerstören, konnte ihn nur in ein tiefes Loch stürzen. Der Plan war aufgegangen, wie wir jetzt wissen.

Dass ich nur das Mittel zum Zweck war und man mit dem Überfall auf meine Kündigung spekuliert hatte – damit ich undercover weiterarbeiten würde – macht mich wirklich so rasend, dass ich meinen eigenen Plan zum gegebenen Zeitpunkt mit dieser Behörde verfolgen werde.

***

Nach dem Besuch bei Vincent im Krankenhaus sehe ich jetzt einige Dinge mit anderen Augen - und was für mich das Wichtigste ist, es geht mir besser. Viel besser.

Als ich mit Alexander vor Vincents Krankenzimmer stand, war mir unfassbar schlecht, ich zitterte und mein ganzer Körper weigerte sich einfach einzutreten. Alexander gab mir zu verstehen, dass ich mich besser in den Gang setzen sollte, besorgte mir etwas zu trinken und heiterte mich mit frechen Sprüchen auf.

Als der Chefarzt endlich nach einer gefühlten Ewigkeit zu einem Gespräch vorbeikam und uns erzählte, wie schlecht es um Vincent stand, gab mein Körper nach und ich beschloss, ihn zu besuchen.

Innerlich aufgeregt, schlich ich in sein Zimmer und blieb vor dem Bett stehen. Der große stattliche Mann wirkte darin völlig verloren. Seine fahle Gesichtsfarbe unterschied sich nicht großartig von dem weißen Kopfkissen und die dunklen Schatten unter den Augen deuteten auf lange schlaflose Nächte hin. Vincent in diesem Zustand zu sehen und zu wissen, dass man ihn absichtlich in diese *Hölle* geschickt hatte, ließ meine Angst vor ihm schwinden. Ich fühlte nur noch Mitleid mit ihm und mich packte das Entsetzen, in was für einer rücksichtslosen Gesellschaft wir leben.

Langsam tastete ich mich um sein Bett herum und berührte mit dem Zeigefinger seine Hand. Zu meiner großen Überraschung blieb ich innerlich still und traute mich sogar, seine Hand in meine zu nehmen. Plötzlich spürte ich einen leichten Druck und Vincent schlug die Augen auf.

Ach du heilige Scheiße!

Damit hatte ich nicht gerechnet und starrte Vincent deshalb unweigerlich an. Mein Gehirn wurde mit allen möglichen Bildern aus unserer gemeinsamen Zeit durchflutet. Nur von dem Überfall war kein einziges dabei.

Alexander schien das alles von Weitem beobachtet zu haben, denn er stellte sich neben mich. Zuerst sprach er Vincent leise an und als dieser auf ihn reagierte, erzählte er ihm in Kurzform, was passiert war. Währenddessen liefen Vincent die Tränen über sein Gesicht und er drückte meine Hand fester. Den Druck spüre ich jetzt noch, er war sanft und – ja, es klingt verrückt – auch irgendwie entschuldigend.

Es dauerte gar nicht lange und Vincent schlief vor Erschöpfung wieder ein. Vielleicht täusche ich mich, aber sein Gesichtsausdruck wirkte entspannter, als ich ging. Damit er sich daran erinnern kann, dass ich bei ihm war, suchte ich aus meiner Handtasche ein Taschentuch heraus, besprühte es mit meinem Parfüm und drückte es ihm in die Hand. Trotzdem er zu schlafen schien, formten sich seine Finger um das Tuch zu einer Faust. Dies war für mich das Zeichen, dass er mir in New York nie wirklich Schaden zufügen wollte.

***

Nur noch wenige Meter trennen mich jetzt noch *vom Ende der Welt* und mir rutscht bei dem Gedanken daran ein lauter Seufzer heraus. Als ich in die Einfahrt zum Haus einbiege, steht Grandma bereits in der Haustür. Sie hat mich – wie immer – erwartet. Ihr leicht schockierter Blick gilt jedoch nicht mir, sondern Alexander, der hinter mir parkt.

Zeitgleich steigen wir aus und Grandma mustert Alexander skeptisch. Dann ruft sie mir entsetzt zu: „Du trittst aber nicht in die Fußstapfen deiner Mutter, oder?" Er würde eher in das Beuteschema von ihr passen, mit seinen blauen Augen und den blonden Haaren, wäre er nur zwanzig Jahre jünger. „Und ich hoffe für dich, diese furchtbare Kreation auf deinem Kopf ist eine Perücke", setzt sie nach und schielt in meine Richtung.

„Ich freue mich auch, dich zu sehen, Grandma", sage ich, lasse Lou aus dem Auto und bin so glücklich darüber, diese schrullige kleine alte Frau in meinem Leben zu haben. Genau sie ist der Grund, warum ich immer wieder an *das Ende der Welt* flüchte.

„Ich hole mal den Rum", schnaubt sie und verschwindet ins Haus.

Alexander grinst mich verschwörerisch an. „Bist du dir sicher, dass du hier in guten Händen bist? Ich meine, du hast heute noch nicht viel gegessen und dann gibt es zum Abendessen gleich Rum."

„Damit hat sie mich großgezogen. Wo andere Babys Milch in ihrer Flasche hatten, gab es für mich immer dieses Teufelswasser, also keine Sorge."

Alexander platzt vor Lachen und hat alle Mühe, sich wieder zu beruhigen. „Du bist echt einmalig!", sagt er und lacht weiter.

„Flirten Sie etwa mit meiner Enkelin?", schnarrt Grandma, die plötzlich neben mir steht, ihn an – in der Hand die Flasche Rum und zwei Gläser.

„Ja, Mrs. Donovan!", gibt Alexander mit entwaffnendem Blick zu. „Morgen wieder zusammen frühstücken?" Die Frage stellt er mir mit einem frechen Lächeln um die Mundwinkel.

„Das Kind geht mir nicht ohne Frühstück aus dem Haus", schaltet sich Grandma energisch ein.

„Gut so …", sagt Alexander und zwinkert Grandma zu. Dann will er von mir wissen: „Soll ich dich um 9 Uhr abholen?"

„Das ist eine gute Zeit", sage ich und verfalle für Sekunden seinem charmanten Blick.

Plötzlich tritt er einen Schritt auf mich zu und ein weiterer Kuss trifft meine Wange. „Ich lasse dich jetzt allein. Melde dich, wenn irgendetwas ist", flüstert er mir ins Ohr.

Für zwei Atemzüge halte ich die Luft an und kann Grandmas entsetzte Blicke überall auf mir spüren.

„Mich müssen Sie nicht küssen", krächzt sie und hebt abwehrend die Hände.

„Schade ...", sagt Alexander, schenkt ihr zum Abschied ein zuckersüßes Lächeln und geht zum Auto zurück. Im nächsten Augenblick begleitet ihn eine Staubwolke den Feldweg entlang in Richtung London.

Zu meinem Glück ist es schon etwas dämmrig und Grandma sieht meine leichte Röte im Gesicht nicht. Zusammen gehen wir zur Terrasse und setzen uns dort hin. Lou durchforstet in der Zwischenzeit den Garten und sucht nach Eindringlingen.

„Willst du aus der Flasche trinken?", fragt mich Grandma zweideutig und gießt - ohne auf meine Antwort zu warten – die Gläser randvoll. Sie weiß, wenn ich hier bei ihr in Verkleidung erscheine, dass ich in Gefahr bin.

„Nicht wirklich ...", antworte ich ironisch und ziehe mir meine Perücke vom Kopf. Mit den Händen wuschle ich mir durch die Haare und schüttle sie in Form. Zumindest versuche ich das.

„Dieser Alexander mag dich und ich finde, du solltest ihn dir ab und zu mal gönnen", sagt Grandma und schielt mich über ihre rote Hornbrille spöttisch an. „Natürlich nur so lange, bis dein Kunsthändler wieder auf Piratenkurs ist."

Die Frau ist echt unglaublich. Sie hat keine Ahnung, was seit gestern Abend passiert ist und trotzdem ahnt sie es irgendwie. „Hast du deine Glaskugel heute schon geputzt, oder wie kommst du zu dieser Ansicht?"

„Lebenserfahrung, Kindchen. Clive hat dir gestern ein sehr bedeutungsvolles Geschenk mit diesem Globus gemacht. Die Rose war wohl durchdacht ausgewählt und als ihr zusammen im Garten spazieren gegangen seid, hätten seine Hände nicht tiefer in den Hosentaschen vergraben sein können. Das ist immer ein Zeichen, dass Männer bewusst ihre Gefühle verstecken. Sie wollen vermeiden, dass sie versehentlich - aus ihren Regungen heraus - die Frau berühren oder spontan umarmen. Ich nehme an, du hast die Nacht allein verbracht und er hat sich bis jetzt nicht bei dir gemeldet, oder?"

„Nein, hat er nicht ...", murmle ich und erzähle ihr genau, was vorgefallen ist.

„Die Piraten sind auch nicht mehr das, was sie einmal waren", knirscht Grandma. „Aber wegen ihm trägst du nicht dieses furchtbare Ding auf dem Kopf, oder?" Sie meint damit meine Perücke.

„Nein! Ich war heute bei Vincent im Krankenhaus", beginne ich.

„Oha! Jetzt trinke ich mal lieber aus der Flasche", knurrt Grandma und setzt zu einem großen Schluck an. Als ich das sehe, ziehe ich die rechte Augenbraue nach oben.

„Was?", blafft Grandma. „Wegen dir habe ich wirklich einen erhöhten Rum-Verbrauch."

„Das habe ich mir alles nicht ausgesucht", sage ich enttäuscht und atme tief durch.

Dann erzähle ich ihr von dem Besuch von Judy heute Vormittag, dem Wiedersehen mit Vincent und die immer größer werdende Wut auf meinen Chef. Grandma hört mir aufmerksam zu und behält die Flasche Rum vorsichtshalber in der Hand. Als ich fertig bin, reicht sie mir diese jedoch und sagt energisch: „Trink das Zeug aus!"

Auch wenn mir in diesem Moment nicht zum Lachen ist, Grandma bringt mich mit ihrem trockenen Humor dazu. Ich nehme einen großen Schluck aus der Flasche und schüttle mich danach wie Lou, wenn er aus dem Wasser kommt. „An das Zeug kann ich mich nie gewöhnen", krächze ich.

Statt einer Antwort deutet Grandma jedoch nur ein Lächeln an.

Plötzlich macht mich die Ruhe um uns herum stutzig. „Wo ist eigentlich meine Mutter mit ihrem Spielgefährten?"

„Die habe ich nach London zu unseren Verwandten geschickt."

„Da haben wir doch gar keine Verwandten", werfe ich stirnrunzelnd ein.

„Echt nicht?" Grandma spitzt dabei ihren Mund. „Wie dumm von mir!" Ihr vielsagender Blick spricht dabei für sich.

Chapter 16

Clive

*A*uf dem Weg zum Pub, 19 Uhr

Mit Amy an der Leine laufe ich durch den Hyde Park und treffe mich in wenigen Minuten mit einer atemberaubend gutaussehenden Frau. Sie fällt genau in mein Beuteschema. Sie hat lange blonde Haare, aber ich weiß, dass sie damit nicht zur Welt gekommen ist. Ihre makellose Figur hält sie mit viel Disziplin beim Essen und täglichem Sportprogramm in Form. Mich hat es ziemlich überrascht, dass sie meiner Einladung so schnell gefolgt ist.

Für Juni ist es verdammt heiß in London und Amy trabt hechelnd neben mir her. „Wir sind gleich da", sage ich beruhigend zu ihr. Ihre Reaktion auf meine Aussage fällt ziemlich teilnahmslos aus. Sie läuft im gleichen Tempo weiter.

Der Außenbereich des Pubs ist voll besetzt und doch sticht meine Verabredung – Sammy - unter allen Frauen deutlich heraus. Sie trägt ein enges rotes Kleid, das ihre Proportionen gut zur Geltung bringt. Die langen blonden Haare sind leicht gewellt und erreichen fast ihre Hüfte. Die mit diversen Glitzersteinen besetzten Sandalen sind schwindelerregend hoch und an ihren braunen Beinen hinauf bis zu den Knien geschnürt.

Was für eine Frau.

Wir begrüßen uns mit einer festen Umarmung und ich lasse mich ihr gegenüber in den gepolsterten Sessel fallen. Sofort bin ich ihrem musternden Blick ausgesetzt. Durch meine blau getönte Sonnenbrille entgeht mir ihr spöttisches Lächeln nicht. Ihre Augen schweifen über meine Halsketten, weiter zu meinem schwarzen, kurzärmligen Hemd – wodurch meine Tattoos an den Armen sichtbar sind - und der cremefarbenen Weste darüber und enden schließlich an meiner schwarzen Hose.

„Wenn du nicht mein Bruder wärst, würde ich dich glatt mit nach Hause nehmen, so *heiß* wie du aussiehst", sagt sie und leckt sich dabei über die roten Lippen.

„Den Umstand nicht vergessend, dass du verheiratet bist", ergänze ich wie nebenbei. „Dass du umwerfend schön bist, muss ich nicht extra erwähnen, oder?"

„Und trotzdem hat *er* eine andere und will die Scheidung!", sagt sie plötzlich kalt.

Ich halte kurz den Atem an, ziehe ein Stück meine Sonnenbrille nach unten und frage: „Wie bitte?"

„Ja!", keift sie und ihr ist anzumerken, wie tief verletzt sie ist. „Weißt du, ich könnte ja damit leben, wenn er sich so ein junges Ding genommen hätte. Das machen ja fast alle Männer in der Midlife-Crisis so ... aber nicht eine ... der die Speckröllchen aus dem Jeansbund gucken und die noch zwei Jahre älter ist als ich."

Dann ist sie also so alt wie ich, zweiundvierzig.

Hmm.

Und wie soll ich meiner Schwester jetzt beibringen, dass ihr Schönheitswahn ihrem Mann gehörig auf die Nerven ging? „Auch auf die Gefahr hin, dass du unseren Eltern irgendwelche geheimen Sachen aus unserer Kindheit ausplauderst, weil du dich an mir rächen willst ... für das, was ich dir jetzt sage ... aber ich finde ... du solltest wirklich mal anfangen zu leben. Du bist wunderschön, aber das bist du auch noch, wenn du zwei Salatblätter mehr isst und einen Abend in der Woche kuschelnd neben deinem Mann auf der Couch verbringst, statt in einem Fitness-Studio zu hocken."

„Habt ihr euch abgesprochen?", faucht sie mich an.

„Bestimmt nicht! Du weißt, dass ich ihn noch nie leiden konnte, das ändert aber nichts an der Tatsache, dass er irgendwie recht hat. Wissen es Mum und Dad schon?"

„Untersteh' dich, es ihnen zu sagen! Die bissigen Bemerkungen kann ich mir jetzt schon denken."

Mit tiefer Stimme fährt sie fort: „Wir haben dir von Anfang an gesagt, dass er nicht der Richtige ist ... oder auch ... das haben wir kommen sehen." Sammy verdreht die Augen mehrmals hintereinander und winkt genervt die Bedienung zu uns an den Tisch. Ohne mich zu fragen, was ich trinken möchte, bestellt sie einfach zwei Cocktails. Mich stört das weniger, weil sie meine Schwester ist und ich es nicht anders von ihr kenne. Aber als ihr Mann würde ich mir schon lautstark Gehör verschaffen. Und ich weiß, dass ihre Eigenmächtigkeit ihrem Mann missfiel.

Die Kellnerin hat uns gerade wieder verlassen, da kneift sie plötzlich die Augen zusammen und ruft laut: „Alexander!"
Im gleichen Moment reißt Amy sich mitsamt Leine von meinem Stuhlbein los und sprintet davon. Ich muss mich nicht umdrehen, um zu wissen, zu wem sie rennt.

„Seit wann steht Alexander denn auf blond?", fragt Sammy entsetzt.

„Steht er nicht ...", knirsche ich.

„Die Frau ... die bei ihm ist, hat aber blonde kurze Haare", sagt sie trotzig.

„Hmm ... das ist nur eine Perücke", brumme ich.

„Ach, echt?", fragt Sammy voller Neugier.

Ich drehe mich daraufhin genervt weg und sehe, wie Violet geradewegs mit Amy an der Leine auf mich zukommt und merke, wie ich vor Entsetzen den Mund leicht öffne. Dass ich sie hier im Pub treffe, damit habe ich nicht im Geringsten gerechnet. Plötzlich nimmt sie ihre überdimensionale Sonnenbrille ab und schenkt mir einen ihrer stechendsten Blicke, den ich jemals von ihr erhalten habe. „Das ist ... glaube ich ... Ihr Hund, Mr. Henderson!", zischt sie, drückt mir die Leine in die Hand, dreht sich wieder um und verschwindet gemeinsam mit Alexander in das Innere des Pubs.

„Jetzt begreife ich auch den Spruch ... wenn Blicke töten könnten ... du wärst echt mausetot", bemerkt Sammy spitz. „Mein lieber Bruder ... jetzt musst du mich aufklären, wenn ich es noch richtig in Erinnerung habe, wart ihr beste Freunde, du und Alexander, oder? Und wer ist sie?"

„Lass' es, Sammy! Ich brauche jetzt nicht auch noch deine schlauen Reden!", sage ich genervt.

Es ist auf den Tag genau eine Woche her, seit ich Violet das letzte Mal gesehen habe. Eine Begegnung mit Alexander habe ich ebenfalls vermieden. Ich hatte einfach keine Lust, mein Verhalten zu erklären. Trotzdem habe ich Violet täglich wie ein Stalker beobachtet und kenne ihren genauen Tagesablauf.

Ich muss zugeben, dass ich meine Gefühle für sie unterschätzt habe. Schon gleich am nächsten Tag wäre ich am liebsten zu ihr gegangen und hätte mich für mein idiotisches Benehmen entschuldigt.

Allerdings kam dann noch das schlechte Gewissen hinzu, als ich festgestellt habe, dass sie ausschließlich diese furchtbare Perücke trägt und ohne Alexander an der Seite nicht mehr das Haus verlässt. Irgendetwas muss passiert sein, denn nicht umsonst verbringt sie die Nächte bei ihrer Grandma. Das weiß ich auch nur, weil ich sie mit einem Leihwagen bis nach Oxford verfolgt habe. Und jetzt steht sie plötzlich vor mir und mich überrollt ein Magenkrampf nach dem anderem.

„Du machst gerade meinen ganzen Plan kaputt", keift mich Sammy an.

„Deinen was?", blaffe ich zurück. Ich habe jetzt keine Nerven für ihre Banalitäten.

„Ich wollte Alexander ... und wieso hat ... Mrs. Blue-Eyes ihn jetzt?"

„Dafür musst du dir schon die Haare dunkel färben!", sage ich gehässig. „Und wie ... du willst Alexander?" Jetzt wird mir erst einmal bewusst, was meine Schwester da gerade von sich gegeben hat.

„Ganz einfach, Brüderchen, der Mann ist echt eine Augenweide und auch wenn er nur Affären will ... ich kann mich mit ihm an meinem Mann rächen. Er hat ihn schon immer als Bedrohung empfunden, also machen wir einen Deal, du bekommst Mrs. Stechender Blick, mein Gott, wenn sie einen anguckt, ist man danach wirklich schockgefrostet ... und ich schnappe mir Alexander." Sie reicht mir ihre rechte Hand über den Tisch und ich schlage ein, obwohl ich ihr nicht wirklich zugehört habe.

Minuten später hat Sammy es tatsächlich geschafft, dass Alexander neben ihr am Tisch sitzt, indem sie ihn einfach am Ausgang des Pubs abgepasst und mit wohl viel weiblicher Überzeugungsarbeit zu uns an den Tisch gelockt hat. Jedenfalls lehnt sie jetzt *so* an ihm, dass ihr Busen an seinem Arm klebt.

Meine Aufmerksamkeit dagegen gehört ganz allein Violet - die mit Lou neben Amy steht - und als ich das spöttische Lächeln um ihre Mundwinkel bemerke, rast mein Blut mit dreifacher Geschwindigkeit durch meine Adern.

Sie sind kein Paar, denn keine Frau würde diesen massiven Annäherungsversuch von Sammy belächeln.

„Willst du dich nicht setzen?", frage ich Violet und könnte sie vor Freude auf den Stuhl neben mich zerren.

„Ja, bitte", flötet Sammy. „Ihr könnt doch auch hier essen." Sie deutet auf die zwei Pizzakartons, die Violet und Alexander zum Mitnehmen aus dem Pub geholt haben.

„Nein! Das ist zu gefährlich!", sagt Alexander ernst und sein Gesicht verfinstert sich. Mir schnürt es bei seinen Worten die Kehle zu. Plötzlich springe ich auf, packe Violet am Arm und ziehe sie mit mir in eine ruhige Ecke.

„Was ist passiert?", frage ich aufgeregt.

„Das kann ich dir hier nicht erzählen", sagt sie leise.

„Wo dann?"

Violet schweigt und sieht nach unten. Diese furchtbare Perücke und die Sonnenbrille machen mich total nervös.

„Bist du unter der gleichen Rufnummer noch zu erreichen?", will ich von ihr wissen.

„Nein!"

„Violet, wir müssen los", sagt Alexander, der plötzlich hinter mir steht.

„Gib mir noch einen Moment", bitte ich ihn.

„Natürlich. Ich warte bei Sammy am Tisch."

Als Alexander verschwunden ist, nehme ich Violet vorsichtig die Sonnenbrille ab und sehe ihr direkt in die blauen Augen. „Es tut mir leid", flüstere ich.

„Das hoffe ich. Ich melde mich bei dir", sagt sie schnippisch, nimmt mir die Sonnenbrille aus der Hand, setzt sie provokant wieder auf und schiebt sich an mir vorbei. Ich bin mir sicher, dass der Körperkontakt, den wir dabei hatten, von ihr geplant war. Was für ein *Biest*, denke ich und ein fettes Grinsen überzieht mein Gesicht.

„Übrigens, blond steht dir gar nicht", rufe ich ihr nach. Als Antwort zeigt sie mir den rechten Mittelfinger.

Den habe ich verdient.

„Bist du auf Erfolgskurs?", frage ich meine Schwester, als ich mich wieder zu ihr an den Tisch setze.

„Oh ja, ich denke schon. Allerdings werde ich mir jetzt wirklich die Haare dunkel färben. Immerhin fange ich nun ein neues Leben an", sagt sie spitz.

Ich schiele vielsagend über den Rand meiner Sonnenbrille.

„Du musst mir helfen", teilt sie mir verschwörerisch mit.

Sofort schrillen meine Alarmglocken laut, denn wenn meine Schwester diesen Satz zu mir sagt, sind das meist nie legale Bitten an mich.

„Was willst du?", schnarre ich mit gespielt tiefer Stimme.

„Ich brauche Geld, wenn ich ab jetzt allein lebe. Kannst du ein paar Gemälde und solchen Kram für mich verkaufen?"

Ich nicke, weil ich weiß, dass gleich noch eine Bitte von ihr kommt.

„Für viel Geld … vielleicht sehr viel Geld?" Sie schickt mir über den Tisch einen Luftkuss und flötet irgendwelches Zeug von wegen Lieblingsbruder und so.

„Du hast nur einen Bruder", setze ich nach und grinse sie an. Natürlich werde ich das für sie tun.

Chapter 17

Clive

*I*n meiner Galerie, 12.15 Uhr

Jetzt ist es genau zwei Tage her, seit ich Violet im Pub getroffen habe. Bei jeder Nachricht, die auf meinem Smartphone eintrifft, schlägt mein Puls schneller, weil ich inständig hoffe, dass sie von ihr ist. Bis jetzt aber Fehlanzeige.

Geschäftlich gesehen war die letzte Woche ein voller Erfolg. Das Treffen mit dem schottischen Lord – wegen des Degens aus der Renaissance-Zeit - war eines meiner außergewöhnlichsten, das ich je hatte. Dass er einen traditionellen Kilt tragen würde, damit habe ich gerechnet, doch auch sein stolzes Auftreten hat mich auf eine gewisse Art und Weise fasziniert. Seinen Erzählungen nach, lebt er in Schottland auf einem alten, schlossähnlichen Familienbesitz. Doch aus Erfahrung weiß ich, dass man sich davon nicht täuschen lassen darf, denn er scheint bestens mit der neusten Technik vertraut zu sein – und ganz und gar nicht altbacken. Den Kontakt zu mir hat er immerhin über verborgene Internetplattformen hergestellt und aus unserem Gespräch konnte ich entnehmen, dass er die dunklen Seiten des Kunsthandels durchaus kennt. Als er mich dann jedoch auf die besagten Gemälde in Rom ansprach, habe ich die Notbremse gezogen und mich unwissend gestellt.

Natürlich hat jeder noch so kleine Kunsthändler von diesen kompromittierenden Gemälden gehört, aber niemand weiß Genaueres darüber. Unter uns Händlern kursieren die irrsinnigsten Gerüchte darüber.

Genau so soll es in den nächsten Monaten auch bleiben!

Jedenfalls hat sich das Geschäft letzten Endes für beide Seiten rentiert. Er war mit meiner Ware zufrieden und ich mit seiner Bezahlung. Als Bonus habe ich zwei weitere Aufträge von ihm angenommen. Zum einen benötigt er noch eine kirchliche Statue aus seinem ehemaligen Familienbesitz und zum anderen ein besonderes Gemälde aus dem Nachlass seines Onkels – beide sind nur auf illegalem Weg zu beschaffen, denn sie stammen aus einem Raubüberfall im 17. Jahrhundert. Ich habe auch schon eine Idee, wo ich mit der Suche anfangen kann, allerdings muss das noch warten, denn heute steht ein Termin bei der National Gallery auf dem Plan, auf dessen Ausgang ich sehr gespannt bin.

Außerdem habe ich etliche Anfragen wegen eines Gemäldes, welches bei mir im Ausstellungsraum hängt. Es ist ein faszinierendes Bild: Im oberen Drittel ist eine bewachsene Insel im blauen Ozean zu sehen. Schweift der Blick des Betrachters jedoch weiter nach unten in die Tiefe des Meeres, dann trifft man auf eine dunkle Felsenformation. Betrachtet man des Gemälde im Ganzen, dann stellt es einen Totenkopf dar. Eine fantastische Idee des noch recht unbekannten Künstlers und ich habe mich bis jetzt erfolgreich geweigert, dieses Gemälde zu verkaufen. Vielleicht behalte ich es auch ganz für mich.

Das Klicken von Damenabsätzen lenkt meine Gedanken in eine andere Richtung. Am Monitor der Videoüberwachungsanlage taucht eine Frau mit langen dunklen Haaren auf. Es kann unmöglich Violet sein und doch schlägt mein Herz vor Aufregung schneller.

„Brüderchen?", flötet es da auch schon.

Ich verdrehe genervt die Augen und rufe: „Ich bin im Büro."

Drei Atemzüge später steht Sammy im roten kurzen Kleid vor mir. „Na, was sagst du zu meiner neuen Haarfarbe?" Wie ein Tanzkreisel dreht sie sich mehrmals vor mir.

„Das ist nicht dein Ernst, oder?"

„Natürlich. Wir haben immerhin einen Deal. Oder hast du das schon vergessen? Ich bekomme Alexander und du Mrs. Stechender Blick."

„Sie heißt Violet!", schnarre ich.

„Huch … schlecht geschlafen?"

Ich hole tief Luft und streiche mir die Haare aus dem Gesicht.

Sammy mustert mich mit zusammengekniffenen Augen. „Dich hat es ziemlich erwischt, würde ich sagen. So kenne ich dich gar nicht."

Zum ersten Mal erwidere ich nichts dagegen. Mir kommen keine Floskeln wie: „Sie ist nicht mein Typ", oder „Ich will kein weibliches Wesen – außer Amy – in meinem Leben", über die Lippen. Dieses Mal halte ich einfach meine Klappe.

„Sie hat sich noch nicht gemeldet", presse ich zwischen meinen Zähnen hervor und suche angestrengt nach meiner Schachtel Zigarillos. Zwischen meinen Unterlagen auf dem Schreibtisch finde ich sie. Etwas umständlich ziehe ich mir einen heraus, zünde ihn an und inhaliere tief den ersten Zug.

„Das habe ich mir schon gedacht", sagt Sammy. „Nicht umsonst bist du so fahrig. Sie wird sich auch nicht melden."

„Warum das denn nicht?", frage ich aufgebracht und lehne mich an die Kante meines Schreibtisches.

„Seit wann macht eine Frau das, was sie sagt?" Sammy formt ihre roten Lippen zu einem Schmollmund, setzt sich mir gegenüber in meinem Bürosessel und schlägt provokant ihre Beine übereinander. Dafür erntet sie von mir einen irritierten Blick. „Bei mir zieht diese Nummer nicht", bemerke ich ironisch.

„Du hast aber trotzdem geguckt. Also kann ich das wohl auch bei Alexander ausprobieren."

Vor Entsetzen klappt mir die Kinnlade runter. „Du willst das mit ihm wirklich durchziehen?"

„Ja!", sagt sie schnippisch. „*Er* ist gestern zu seiner neuen Freundin gezogen und kannst du dir vorstellen, dass sie zwei Kinder hat, die noch zur Schule gehen?"

„Wir reden gerade von deinem Mann?", frage ich zur Sicherheit nach, obwohl ich es bereits weiß.

„Ex!", faucht sie.

„Du wolltest nie Kinder, er schon."

„Ich ruiniere mir doch nicht die Figur!"

Für diese Aussage erntet sie von mir einen abfälligen Blick.

„Du hast doch auch keine Kinder", setzt sie gehässig nach. Sie scheint meinen Blick verstanden zu haben.

„Tja ... Emma war viel zu sehr mit sich selbst beschäftigt und zu unreif für Kinder. Aus heutiger Sicht gesehen ist es gut so, dass wir keine haben. Sie hätte unseren Scheidungskrieg auf deren Rücken ausgetragen. Und verschone mich jetzt bloß mit deinen Vorhaltungen, du hattest recht, was meine Ambitionen ihr gegenüber angehen."

„Leider! Hat eigentlich Mrs. ... ähm ... Violet ... Kinder?"

„Nein! Aber den Grund dafür kenne ich nicht. Bei ihrem Job ist es fast unmöglich, beides zu vereinbaren, denke ich."

„Hmm ... reden wir von unserem Deal", wechselt Sammy abrupt das Thema.

Mich beschleicht eher das Gefühl, dass sie sich etwas vormacht in Bezug auf das Thema Kinder. „Wie ist dein Plan?", frage ich neugierig.

„Du musst wie durch einen Zufall auf Violet treffen."

„Und du begleitest mich bei dem *Zufall*, weil Alexander in ihrer Nähe ist. Habe ich recht?" Ich zwinkere ihr verschwörerisch zu und grinse sie dabei an.

„Du machst dich über mich lustig", meint sie und tut beleidigt.

„Würde ich nie tun, aber dein Plan ist noch ausbaufähig, oder?"

„Jetzt sei nicht so negativ eingestellt und höre mir erst einmal zu. Ich habe mir das so vorgestellt ..."

***

Die National Gallery befindet sich am Ende des Trafalgar Square und ist eine der bedeutendsten Galerien der Welt. Ungefähr zweitausenddreihundert Werke - in der Zeit vom 13. bis 19. Jahrhundert - sind in dem viktorianischen Gebäude, welches 1837 errichtet und danach ständig erweitert wurde, ausgestellt.

Als ich vor fünfzehn Jahren beschlossen habe, mit Kunst zu handeln, fehlte mir dafür das Wissen und das Verständnis. Um mir beides anzueignen, besuchte ich von da an täglich die National Gallery und studierte zuerst die einzelnen Entstehungs-Epochen, dann die dazugehörigen prägenden Künstler und später auch die verschiedenen Techniken der Farbgebung.

In dieser Zeit lernte ich viele außergewöhnliche Menschen kennen und zu einigen pflege ich bis heute ein enges Verhältnis. Darunter befindet sich unter anderem der Museumsdirektor, der damals gerade in der Einarbeitung war und mir viele wertvolle Informationen vermittelte. Einige davon waren *top-secret*. Und genau dieser Mann ist jetzt mein Ziel.

Anthony hält am Hintereingang der Gallery in der Organgen-Street an und ich nehme zwei Stufen auf einmal. Mich muss niemand erkennen und schon gar nicht wissen, mit wem ich mich hier treffe.

Mein Weg führt mich direkt zu den Büros im Erdgeschoss. Etwas verhalten klopfe ich am Vorzimmer des Direktors und trete zwei Atemzüge später ein.

„Mr. Henderson", begrüßt mich die freundliche Sekretärin, die wie immer an ihrem vollbepackten Schreibtisch sitzt. „Mr. Abraham erwartet Sie bereits."

„Das habe ich befürchtet", sage ich und zwinkere ihr zu.

Daraufhin zwinkert sie mir frech zurück und ihre grünen Augen strahlen dabei. „Sie finden den Weg allein?"

„Ich glaube, ohne Sie findet hier niemand irgendetwas."

„Weil ich schon so viele Jahre hier arbeite und fast zum Inventar gehöre?", seufzt sie.

„Sie sind einfach unersetzbar, Mrs. Abigal", flöte ich. Das ist nicht einmal gelogen. Ohne diese Frau würde hier das totale Chaos herrschen.

„Und Sie mein Lieblingskunsthändler", schnurrt sie, steht danach auf und ihre kleine korpulente Figur kommt zum Vorschein. Von der sollte man sich besser nicht täuschen lassen. Wenn Mrs. Abigal durch die endlos wirkenden Gänge der prächtigen Gallery flitzt, habe ich wirklich alle Mühe, ihr zu folgen. Doch jetzt muss ich nur in das nächste Zimmer zu ihrem Chef - und das schaffe ich ohne sie.

***

Als ich mich eine Stunde später mit einem Grinsen im Gesicht von Mrs. Abigal verabschiede, befinde ich mich gedanklich bereits bei meinem nächsten Tagesordnungspunkt – Sammy. Ich werde sie gleich treffen und bin so was von gespannt, wie sie ihren Plan, Alexander für sich zu gewinnen, umsetzen will.

„Zu meiner Schwester, Anthony", sage ich und steige ins Auto.

„Natürlich, Mr. Henderson."

Minuten später schiebt sich die schwarze Limousine durch den dichten Londoner Verkehr in Richtung Mayfair. Meine Schwester wohnt nur ein paar Straßenzüge von meiner Galerie entfernt.

Als sie mir die Wohnungstür öffnet, bin ich für den ersten Moment sprachlos, erhole mich aber recht schnell von meinem Schock. „So nehme ich dich nicht mit", blaffe ich sie an.

„Warum das denn nicht?", ruft sie entsetzt aus.

„Weil dein Outfit viel zu auffällig ist", versuche ich ihre offenherzige Bekleidung zu umschreiben. „So funktioniert dein Plan nie!"

Ohne eine Antwort von ihr abzuwarten, schiebe ich mich an ihr vorbei und gehe in ihr Ankleidezimmer. In ihrer wohlsortierten Kleiderordnung werde ich schnell fündig: rotes T-Shirt, blaue Jeans und die passenden Sneaker dazu. Diese drei Dinge drücke ich meiner irritiert dreinschauenden Schwester in die Hand. „Anziehen!", schnarre ich.

„Das Zeug?", fragt sie mit finsterem Blick.

„Genau das! Du willst ihn doch haben, oder?"

„Natürlich! Sonst würde ich das doch nie machen", jammert sie.

„Dann beeil dich! Uns läuft die Zeit davon!"

Grollend rennt meine Schwester ins Bad und erscheint tatsächlich Minuten später wieder auf der Bildfläche.

„Das ging aber schnell", lobe ich sie. Meinen sarkastischen Unterton muss Sammy bemerkt haben, denn sie schenkt mir dafür einen grimmigen Blick.

„So kommt meine Figur gar nicht richtig zur Geltung", zetert sie.

„Alexander hat dich nicht erst einmal im Bikini gesehen. Glaube mir, er kennt deine Figur besser, als du denkst."

„Bist du dir sicher?" Sammy sieht mich mit einem ungläubigen Blick an und ich kann ihre Unsicherheit förmlich riechen. Ihre jahrelange Fassade beginnt zu bröckeln und ich werde an ihrer Seite sein, wenn sie ohne Schutz dasteht.

„Vertrau' mir", sage ich und nehme sie für einen kurzen Augenblick in die Arme.

„Und wenn unser Plan schiefgeht?", seufzt sie.

„Dann machen wir uns beide zum Trottel!"

Sammy lacht gekünstelt und grinst mich danach an. „Wir bekommen das schon hin!", sagt sie verschwörerisch und zieht mich am Arm aus ihrer Wohnung.

***

Wie zwei Stalker pirschen Sammy und ich wenig später durch den Hyde Park auf der Suche nach Violet und Alexander. Amy ist absolut nicht begeistert, dass sie von Sammy geführt wird. Sie trottet hinter ihr her und ihr missmutiges Schniefen verrät mir ihren Frust. *Nicht mehr lange*, sage ich tonlos und genau in diesem Augenblick beginnt das Spiel. Noch sind wir getarnt hinter Bäumen versteckt, aber nur einige Meter von uns entfernt laufen die Objekte unserer Begierde über den Rasen und sind in ein tiefes Gespräch vertieft. Sie haben uns nicht bemerkt!

Es dauert nur Sekunden, bis Amy die Witterung aufnimmt und anfängt, sich in die Leine zu hängen. Meiner Schwester habe ich bewusst nicht gesagt, dass - wenn der Hund seine dreißig Kilo Lebendgewicht erst einmal einsetzt - er ziemlich schnell rennen kann. Doch sonst würde die Umsetzung des Plans unecht aussehen, was ich natürlich vermeiden will.

„Halte sie gut fest!", rate ich Sammy.

Wie ausgemacht, verstecke ich mich hinter einem großen Baum und flüstere Amy zu, dass sie Lou suchen soll. Sofort setzt sie zum Spurt an und meine Schwester fliegt nur so hinter ihr her. Das geht so lange gut, bis Sammy ins Stolpern kommt, hinfällt und dabei die Leine loslässt. Amy spürt augenblicklich ihre Freiheit und rennt mit freudigem Gebell auf Violet zu.

„Amy?", höre ich diese überrascht rufen.

Meine Schwester bekommt in der Zwischenzeit Hilfe von Alexander, der wie wild angerannt kommt und sie wieder auf die Füße stellt.

„Mein Bruder steinigt und federt mich, wenn ich ohne Amy nach Hause komme", schluchzt meine Schwester in Alexanders Armen.

„Wo ist er denn?", will Alexander wissen.

„Er hat noch einen Termin in der National Gallery und ich sollte in der Zwischenzeit mit Amy im Park spazieren gehen."

Der weinerliche Ton meiner Schwester scheint den Nerv von Alexander zu treffen. Er reicht ihr ein Taschentuch, damit sie sich die verschmutzten Hände abputzen kann und ich bin mir sicher, ein paar Tränen haben den Weg über ihr perfektes Make-up gefunden.

Violet sieht sich das alles mit einer gewissen Skepsis an, das kann ich an dem Zucken ihrer Mundwinkel erkennen.

„Sie gehen wohl nicht so oft mit Amy?", fragt sie und ich höre den unterschwelligen Ton bis zu meinem Versteck. Hoffentlich bemerkt meine Schwester die Falle und sagt nichts *Blödes*. „Nein, natürlich nicht!", entrüstet sich Sammy. „Der Hund mag mich doch gar nicht."

Als ich das höre, haue ich mir mit der Faust gegen die Stirn und fluche über die Dummheit meiner Schwester.

Violet schweigt daraufhin und plötzlich sieht sie in meine Richtung. Sie hat unser Spiel durchschaut, da bin ich mir sicher. Nur Alexander scheint Sammys Hilflosigkeit anzutörnen, denn sein breites Grinsen verrät, dass er angebissen hat. Nur wie komme ich jetzt aus meiner misslichen Lage raus?

Manchmal ist das Glück wirklich auf meiner Seite, denn in diesem Moment kommt ein älteres Ehepaar mit einem Dackel angelaufen. Sofort nehmen Lou und Amy den Hund ins Visier und alle Augen sind plötzlich auf das Geschehen gerichtet. Sofort sprinte ich aus meinem Versteck zwischen den Bäumen hindurch, tauche ein Stück hinter Violet wieder auf und rufe Amy zu mir. Ich weiß genau, dass Lou ihr ohne Weiteres folgen wird. Mein Plan geht auf.

Innerhalb von einer halben Minute sitzen beide Hunde hechelnd vor mir. Auf mich treffen irritierte und überraschte Blicke – nur den von Violet kann ich nicht entschlüsseln, weil sie immer noch diese blöde überdimensionale Sonnenbrille trägt. Von der furchterregenden blonden Perücke einmal ganz abgesehen.

„Hatte ich dir nicht gesagt, du sollst Amy gut festhalten?", blaffe ich meine Schwester an.

„Das habe ich doch versucht …", stottert sie.

„Du kannst Sammy doch nicht einfach mit Amy losschicken!", mahnt mich Alexander.

Ich kann es nicht verhindern, dass es um meine Mundwinkel

verdächtig vor Freude zuckt. Er hat den Anker, den meine Schwester ausgeworfen hat, tatsächlich gefangen.

„Es stand leider niemand zur Verfügung, der das hätte übernehmen können", sage ich unterschwellig in Richtung Violet.

„Kate arbeitet nicht mehr für dich?", erhalte ich prompt zur Antwort von ihr.

Ertappt, fluche ich innerlich.

„Doch, doch", wirft Sammy schnell ein. „Sie hatte einen wichtigen Arzttermin."

„Aha!", sagt Violet knapp. „Es ist doch hoffentlich nichts Ernstes?"

Als hätten Sammy und ich uns abgesprochen, wiegeln wir mit großen Gesten ab.

Ich bin mir sicher, dass nur Alexander noch nicht begriffen hat, dass dieses Zusammentreffen *kein* Zufall ist.

Jedenfalls sorge ich dafür, dass ich mein Glück nicht ausreize und mahne zum schnellen Aufbruch. Meine Schwester wirft mir dabei einen ihrer dümmsten Blicke zu, doch ich kenne Alexander und er leckt nur Blut, wenn man ihn im *Jagdmodus* hält. Wie ich Violet wieder auf meine Seite ziehe, dass weiß ich schon, doch dafür muss ich nach Oxford.

Natürlich nur, wenn sie nicht selbst dort ist.

Chapter 18

Clive

*O*xford, nächster Tag, 11 Uhr

Granny steht am Gartenzaun und erwartet mich bereits. Dieses Mal habe ich mich vorher angemeldet. Eigentlich wollte ich mich damit nur vergewissern, ob Violet schon in London ist.

„Bleibt der Pirat länger an Land oder ist das nur ein Abschiedsbesuch?", begrüßt sie mich knapp. Ihr strenger Blick über den Brillenrand hinweg galt natürlich mir.

„Manche Landgänge sind ziemlich gefährlich, deshalb muss man gut überlegen, in welche Richtung man laufen möchte", sage ich und schlage dabei die Autotür zu.

„Und jetzt wissen Sie es?", will Granny mit tiefer Stimme wissen.

„Ja, und ich brauche Ihre Hilfe."

„Kommen Sie doch erst einmal herein und setzen sich auf die Terrasse. Ich hole den Rum. Und sagen Sie Ihrem Hund, dass er endlich diese Katze fangen soll."

Als würde Amy verstehen, was sie machen soll, rennt sie los und verschwindet in den Hecken des Gartens.

Granny kommt tatsächlich mit einer Flasche Rum und zwei Gläsern wieder. Als sie meinen entsetzten Blick bemerkt, sagt sie: „Den werden Sie brauchen, wenn Sie hören, was ich Ihnen zu erzählen habe."

Ich schiele sie über den Rand meiner blau getönten Sonnenbrille hinweg an und ziehe die Stirn in Falten.

„Also lange hätte ich diesen Agenten vom Geheimdienst nicht mehr von Violet fernhalten können", beginnt Granny.

„Sie meinen Alexander?" Ich muss schmunzeln.

„Ja, wen sonst?", krächzt sie und füllt die Gläser.

Doch anstatt zu trinken, beginnt sie zu erzählen. Und so erfahre ich die Geschichte von Vincent und auch, dass Violet durch meine Entdeckung des verschwundenen Gemäldes in ein perfides Spiel verwickelt wurde. Granny hatte recht – ich brauche den Rum - und leere das Glas in einem Zug. „Deshalb diese fürchterliche Perücke", sinniere ich vor mich hin. „Können Sie mir Violets neue Telefonnummer geben?", frage ich.

„Sie hat keine neue!", teilt mir Granny mit.

„Nicht?" Bei meiner Frage schüttle ich leicht den Kopf.

„Nein! Hat Sie Ihnen das denn erzählt?"

„Ja!"

„Frauen sagen nicht immer die Wahrheit, um an ihr Ziel zu gelangen." Granny grinst mich siegessicher an.

„Gut zu wissen", grolle ich und muss über meine Dummheit lachen. Da hat dieses kleine Biest mich tatsächlich auflaufen lassen und ich Idiot bin mittlerweile mit meinem Smartphone verheiratet, weil ich es keine Sekunde mehr aus den Augen lasse, immer in der Hoffnung, dass sie sich doch meldet.

„Gut!", brumme ich. „Bis jetzt hatte sie ihren Spaß und jetzt wird es Zeit, sie wieder an Bord zu holen."

„Wie haben Sie das denn vor?" Granny sieht mich neugierig an.

„Ich brauche Sie für meinen Beutezug", beginne ich und erläutere ihr bis ins kleinste Detail mein Vorhaben.

Als ich fertig bin, sind ihre Augen weit aufgerissen und ihr Mund steht leicht offen. Ihr Schweigen treibt mir eine dünne Schweißschicht auf die Haut. Es ist lange her, dass ich so voller Ungeduld auf eine Antwort gewartet habe. „Kann ich auf Sie zählen?", dränge ich.

Grannys Zustand ist unverändert, außer dass sie mir zunickt und einen großen Schluck Rum aus der Flasche nimmt. Das bereits gefüllte Glas trinkt sie danach ebenfalls aus. Irgendwann findet sie ihre Stimme wieder und krächzt: „Willkommen an Bord, Kapitän. Will und ich sind morgen ihre Crew."

Chapter 19

Violet

*N*ational Gallery London, 11 Uhr

Als ich gestern Abend *an das Ende der Welt* gereist bin, empfing mich Grandma mit einem strahlenden Lächeln. Das ist jetzt eher nichts Außergewöhnliches, zumal ich in der Küche eine leere Flasche französischen Rotwein entdeckt habe. Trotzdem wurde ich das Gefühl nicht los, dass ihre gute Stimmung eventuell etwas mit mir zu tun hat. Ihr Vorschlag, für den nächsten Tag die National Gallery zu besuchen, weil Will angeblich dort noch nie war und er dringend Nachholbedarf in Sachen Kunst hätte, machte mich jedoch stutzig.

Meine Gefühle fingen daraufhin an zu toben und ich war hin- und hergerissen. Natürlich wollte ich Grandma die Bitte nicht abschlagen. Sie war in den letzten Tagen – wie immer – meine seelische Stütze. Außerdem hätte ich dann auch die Gelegenheit, persönlich mit dem Museumsdirektor zu sprechen und ihm mein Anliegen vorzutragen. Den geplanten Anruf könnte ich mir so ersparen.

Dagegen spricht jedoch, dass Daniel mir in der Gallery den romantischsten Heiratsantrag gemacht hatte, den ich mir jemals vorstellen konnte. Je länger ich darüber nachdenke, desto mehr komme ich zu dem Ergebnis, dass dieser Besuch vielleicht zu meiner Vergangenheitsbewältigung gehört. Jedenfalls fiel der Kampf meiner Gefühle zugunsten von Grandmas Bitte aus.

Deshalb sitze ich jetzt auf den Stufen vor der National Gallery und warte auf Grandma und Will. Die Sonne scheint mir ins Gesicht und ich trage heute zum ersten Mal nicht mehr diese fürchterliche, blonde Perücke. Zu meinem persönlichen Schutz hat Alexander zwei seiner Leute abgestellt, die sich diskret im Hintergrund halten. Er muss ein paar nicht aufschiebbare Arbeiten in seinem Büro erledigen und kommt deshalb nicht mit.

Vorher haben wir noch zusammen Vincent einen weiteren Besuch im Krankenhaus abgestattet. Sein Zustand hat sich nach meinem ersten Besuch von Tag zu Tag verbessert und der behandelnde Arzt hat uns signalisiert, dass Vincent bald entlassen werden kann. Übrigens hat er mein parfümiertes Taschentuch immer noch. Es liegt unter seinem Kopfkissen.

Meine Angst vor ihm habe ich - bis auf einen ab und zu auftretenden Albtraum - unter Kontrolle. Wir hatten vor allem in den letzten Tagen viel Zeit zum Reden und ich habe etliche emotionale Stunden in seinem Krankenzimmer verbracht. Und wenn ich nicht bei ihm war, dann war Judy da – seine Frau. Zu meiner großen Freude finden beide gerade wieder zueinander und das beschleunigt natürlich Vincents Genesung. Sobald er aus dem Krankenhaus entlassen wird, begibt er sich in ein Rehabilitationscenter, um seine Alkohol-, Drogen- und Spielsucht zu bekämpfen.

Nur Alexanders akribischer Verschleierungstaktik ist es zu verdanken, dass mein Chef immer noch nicht weiß, dass Vincent lebt. Als er mir von Vincents Tod berichtet hat, habe ich mich dazu gar nicht weiter geäußert. Das kläre ich mit ihm in einem offenen Gespräch, das nächste Woche stattfinden wird. Bis dahin bin ich noch krankgemeldet.

Außerdem war es für Alexander ein berauschendes Gefühl, die interne Ermittlungsbehörde, mit deren Leiter er übrigens Tennis spielt, auf Mr. Joss' suspekte Arbeitsweise aufmerksam zu machen. Jedenfalls steht meine Abteilung ab jetzt im Fokus der Ermittlungen und ich hoffe, in diesem Zusammenhang meine Kündigung durchzusetzen.

Die unerwartete Begegnung mit Clive schwirrt mir immer wieder durch den Kopf. Als ich ihn mit dieser attraktiven Blondine im Pub sitzen sah, verkrampfte sich augenblicklich mein Magen und ich konnte keinen klaren Gedanken mehr fassen. Von der zugeschnürten Kehle will ich gar nicht erst reden. Alexander muss zu diesem Zeitpunkt erneut seine telepathischen Kräfte aktiviert haben, denn er raunte mir sofort zu, dass das Clives jüngere Schwester sei. In diesem Moment wäre ich ihm am liebsten vor Freude um den Hals gefallen.

Ohne, dass wir jemals darüber gesprochen haben, wussten wir beide, wer die Objekte unserer Begierde sind. Für mich ist es Clive und für Alexander Sammy, die wie durch ein Wunder jetzt eine brünette Haarfarbe trägt. Wenn das mal kein Zufall ist, wo ich doch nicht an Zufälle glaube.

Ich bin mir sicher, dass der Auftritt der beiden im Hyde Park ebenfalls geplant war. Zumindest hoffe ich das, denn bis zum jetzigen Zeitpunkt hatte ich immer noch keinen Kontakt zu Clive. Ich bin einfach zu stolz, den ersten Schritt zu wagen. Immerhin wollte er mich nicht mehr in seinem Leben haben.

***

Grandma und Will schlendern wie ein frisch verliebtes Paar über den Trafalgar Square in Richtung Eingang der National Gallery auf mich zu. Mir huscht bei dem Anblick der beiden ein befriedigendes Lächeln über mein Gesicht.

Trotzdem plagt mich bei dem Gedanken, gleich die Gallery betreten zu müssen, ein mulmiges Gefühl. Als mich meine Grandma erblickt, winkt sie mir schon von Weitem zu, was sie besser aufgrund meiner Sicherheitslage lassen sollte. Doch sie scheint meine steife Körpersprache nicht zu verstehen und als die beiden vor mir stehen, begrüßen sie mich überschwänglich.

„Wir haben uns heute schon zum Frühstück gesehen", murre ich.

„Da hattest du aber bessere Laune", bemerkt Grandma spitz.

„Bringen wir es bitte hinter uns", sage ich leise und stehe auf. Grandmas kritischer Blick ruht auf mir.

Zusammen betreten wir die Gallery und zu meiner großen Überraschung läuft mir Mr. Abraham sofort in die Arme. Durch seine hochgewachsene, schlanke Gestalt, das etwas graumelierte Haar und seine leicht arrogant wirkende Art, ist er nicht zu übersehen. Vielleicht täuscht mich mein Gefühl, aber es kommt mir so vor, als hätte er mich erwartet.

„Mrs. Donovan", ruft er. „Was für eine Freude, Sie zu sehen."

Mein irritierter Blick lässt sein aufgesetztes Lächeln ersterben.

„Ich wollte Sie in den nächsten Tagen kontaktieren", erklärt er mit ernster Mimik.

„Jetzt machen Sie mich aber neugierig." Und das sage ich nicht einfach so, sondern empfinde es auch wirklich.

Mit gedämpfter Stimme fährt er fort: „Mein Angebot, das ich Ihnen letztes Jahr gemacht habe, steht immer noch. Sollten Sie nun Interesse daran haben, dann würde ich mich freuen, Sie in meinem Team begrüßen zu dürfen."

„Wie kommen Sie denn zu der Annahme, dass sich meine Meinung geändert hat?", frage ich etwas schnippisch.

Plötzlich beugt er sich zu mir vor und flüstert in mein Ohr: „Ich bin daran interessiert, den Deal mit den Chinesen endlich abzuschließen, damit die Gemälde von den englischen Künstlern hier in der Ausstellung zu bewundern sind. Außerdem sage ich Ihnen meine uneingeschränkte Unterstützung für Rom zu."

Bei seinem letzten Satz vergesse ich zu atmen. Mit weit aufgerissenen Augen sehe ich ihn an. Woher hat er bloß diese Informationen? Steckt etwa Clive dahinter?

„Kann ich Ihnen in ein paar Tagen meine Entscheidung mitteilen?", frage ich, ohne auf sein Angebot einzugehen.

Augenblicklich wird mir klar, dass ich unbedingt mit Clive reden muss.

„Ich akzeptiere nur ein *JA,* Mrs. Donovan", sagt er mit Nachdruck und schenkt mir dabei ein herzliches Lächeln. „Jetzt genießen Sie mit Ihren Großeltern aber bitte die Ausstellung."

Bevor ich irgendetwas erwidern kann, ist er plötzlich verschwunden und lässt mich mit einem noch größeren Gefühlschaos zurück.

„Geht es endlich los?", krächzt Will und er und Grandma werfen sich komische Seitenblicke zu. Mich befällt erneut ein ungutes Gefühl, dass der Besuch hier vielleicht einen ganz anderen Hintergrund hat.

Mr. Abraham ist nur ein Beispiel dafür, denn wie zum Teufel hat er von dem Gemälde in Rom erfahren? Natürlich ist er ein weltweit angesehener Mann und ich weiß, dass er nicht nur legal erworbene Gemälde in seiner Ausstellung hat. Aber welches wertvolle Gemälde ist nicht schon gestohlen, verschenkt oder plötzlich von der Bildfläche verschwunden und wie durch ein Wunder an ganz anderer Stelle wieder aufgetaucht?

Manche Werke haben sogar eine Odyssee von mehreren hundert Jahren hinter sich, bis sie in der National Gallery ihr endgültiges Zuhause gefunden haben. Doch das oder die Gemälde in Rom haben eine hochsensible Brisanz und deshalb dürfte die National Gallery *offiziell* wirklich kein Interesse daran haben. Aber da scheine ich mich wohl zu täuschen.

„Womit soll die Nachhilfe beginnen?", frage ich belanglos.

„Na mit dem alten Zeug", murmelt Will.

„Du meinst die Gemälde aus der Renaissance, Barock- und Rokoko-Zeit?"

„Ja, wenn das so heißt, und dann bitte auch die nackten Frauen", kichert Will und sieht Grandma mit verschlingendem Blick an. „Du bist natürlich die Schönste von allen", setzt er nach.

Bevor die beiden jetzt was *Blödes* anstellen, schnarre ich: „Wir müssen hoch in das zweite Obergeschoss." Dabei verdrehe ich genervt die Augen und laufe los.

Doch je mehr Treppen ich steige, umso mehr rast mein Puls. Als ich endlich auf dem obersten Treppenabsatz im Obergeschoss ankomme, schnappe ich nach Luft, so als hätte ich die letzte Stunde vergessen zu atmen.

Beim Betreten der Ausstellungsräume lasse ich mich hinter Will und Grandma zurückfallen und kämpfe mit meiner Fassung. Wie in Trance höre ich die beiden diskutieren und je näher wir der Stelle kommen, wo das Gemälde mit dem Segelschiff hing, umso mehr verschlechtert sich mein Gesamtzustand.

Als ich den nächsten Raum betrete und mein Blick sich an der Wand festsaugt, nehme ich nichts mehr um mich herum wahr, außer dem Rauschen des Blutes in meinen Ohren. Ich schließe die Augen, spüre wie ich falle, doch irgendjemand reißt mich an sich.

„Violet?", höre ich von Weitem.

Ich bin nicht in der Lage zu antworten. Plötzlich ist das fehlende Gemälde, was sich doch eigentlich immer noch bei Grandma im Keller befindet, wieder da und darunter liegt eine Rose. Mein Unterbewusstsein spielt mir einen bösen Streich. Ich spüre plötzlich kühle Luft in meinem Gesicht und atme dabei tief ein.

„Wir brauchen etwas zu trinken!", ruft eine raue, männliche

Stimme.
Wer ist das? Clive?
Jetzt zweifle ich an meinem Verstand.
„Kann ich Ihnen meine Hilfe anbieten?", fragt jemand, den ich nicht zuordnen kann. Das Rauschen in meinen Ohren wird weniger, trotzdem befinde ich mich in einem undefinierbaren Zustand.
„Nein. Meine Enkelin erwartet ein Baby und die schlechte Luft hier macht ihr einfach zu schaffen."
Baby? Ich? Was erzählt Grandma da bloß?
Unverzüglich schlage ich die Augen auf und sehe - *Clive.*
Der Mann ist Wirklichkeit, schreie ich tonlos - und ich liege in seinen Armen. Grandma ist es jedoch, die mir die kühle Luft zufächelt. Will mustert mich hingegen mit besorgtem Blick. Im nächsten Augenblick reiße ich meinen Kopf zur Seite, entdecke tatsächlich das fehlende Gemälde an seinem ursprünglichen Platz und darunter liegt eine Rose. Das heißt, dass mein Unterbewusstsein mich doch nicht in die Irre geführt hat. Das alles um mich herum ist echt! Nur schwanger bin ich nicht. Das wüsste ich.
„Violet. Ich habe hier etwas zu trinken für Sie", sagt eine besorgte Stimme. Mrs. Abigal, die Sekretärin.
Na toll!
Meine Unpässlichkeit scheint sofort die Runde gemacht zu haben. Clive nimmt ihr das Glas aus der Hand und hält es mir an die Lippen. Wie ein Baby, das zum ersten Mal aus einem Glas trinkt, nehme ich ein paar Schlucke.
„Ich weiß schon, warum ich Sie sonst immer im Sitzen begrüße, Mr. Henderson", flötet Mrs. Abigal. „Ihr Charme ist einfach umwerfend."
Bei ihren Worten schielt sie zu mir, dann wieder zu Clive und um ihre Mundwinkel zuckt es verdächtig. Jetzt komme ich mir richtig dumm vor. Noch nie in meinem Leben bin ich ohnmächtig geworden und gerade hier passiert mir das.
Etwas schwerfällig winde ich mich aus Clives Armen und versuche aufzustehen. Mit seiner Hilfe schaffe ich
das auch. Aber wirklich nur, weil er mich festhält und stützt.
„Das Gemälde?", flüstere ich und zeige darauf.
Schwer atmend schleiche ich mit Clive im Schlepptau darauf zu und lese die Widmung darunter:

Eine Schenkung von Mr. Henderson an die National Gallery.

„Schenkung?", quietsche ich und mein Rauschen in den Ohren ist sofort verschwunden. „Das Gemälde ist gut eine Million Pfund wert."

„Für dich ist es unbezahlbar. Ich habe es nur für kleines Geld von einem Hehler erstanden. Er dachte, es sei eine Fälschung."

„Dann hatte er keine Ahnung von Kunst", schnarre ich und mir wird klar, dass Clive einen enormen Aufwand betrieben hat, damit dieses Gemälde wieder an seinem alten Platz hängt. Er musste mit Grandma und Mr. Abraham verhandeln und sie von seinem Vorhaben überzeugen.

Und was hat es mit der Rose auf sich, die unter dem Gemälde liegt? Die Neugier packt mich nun doch und ich möchte unbedingt wissen, was auf der weißen Karte steht.

„Hast du ein Verhältnis mit der Blumenverkäuferin?", frage ich Clive.

„Unter anderem", bekomme ich als Antwort ins Ohr geraunt.

Der Klang seiner Stimme sorgt dafür, dass ein prickelnder Schauer über meinen Rücken fegt. Plötzlich treffen sich unsere Blicke und sein Gesicht ist so nah an meinem, dass ich seinen Atem auf meiner Haut spüren kann. Jetzt bloß nicht schon wieder die Fassung verlieren, flehe ich mein Gefühlschaos an.

„Kannst du mir bitte die Rose reichen?", sage ich an Clive gewandt.

„Dafür muss ich dich loslassen … und der Gedanke missfällt mir."

„Ich glaube, Sie sollten Violet besser nach draußen an die frische Luft bringen, Mr. Henderson", schlägt Mrs. Abigal vor.

„Das wird auch Zeit!", krächzt Will. „Ich war mindestens schon fünfmal in meinem Leben hier in dieser Gallery. Die nackten Frauen sind immer noch die gleichen."

„Was?", rufe ich entsetzt und sehe gerade noch, wie Grandma ihm ihren Ellenbogen in die Seite rammt.

„Das meint er nicht so", wiegelt Grandma ab und schenkt mir ein mitleidiges Lächeln.

In der Zwischenzeit hat Mrs. Abigal die Rose aufgehoben und

drückt sie mir in die Hand. „Danke!", hauche ich und spüre die aufsteigende Röte in meinem Gesicht. Ich habe das Gefühl, die gesamte Luft in diesem Raum ist von Mitleid mir gegenüber verseucht. Damals waren Mrs. Abigal und Mr. Abraham Zeuge von Daniels Heiratsantrag, nun sind sie es erneut – nur von Clives Überraschung. Und jedes Mal geht es um dieses eine Gemälde.

Verdammt.

Mit leicht zittrigen Händen drehe ich die weiße kleine Karte um und lese mit wild klopfendem Herzen:

Jetzt hängt das für dich bedeutungsvolle Gemälde wieder an seinem ursprünglichen Platz und du kannst es zu jeder Zeit besuchen, solltest du den Wunsch danach haben.

Der Idiot.
PS: Eine Einladung zum Dinner erfolgt mündlich.

Die Karte lese ich mindestens dreimal hintereinander, um sicher zu gehen, dass ich sie richtig verstanden habe.

„Ich dachte mir", beginnt Clive nun und holt mich damit aus meinen Gedanken, „dass das Dinner besser bei mir zuhause stattfindet. Dein Alkoholkonsum und das daraus resultierende Verhalten bei unserem letzten Date zwingt mich zu dieser Maßnahme."

Genau in diesem Moment bin ich wieder Herrin über meine Gefühle. „Ach, so siehst du das!", blaffe ich und bedecke ihn mit einem hochmütigen Blick. Sollte er auf den törichten Gedanken kommen, dass ich aus Dankbarkeit gleich wie ein süßes Kätzchen schnurre, dann täuscht er sich. Zur Vorsicht fahre ich erst einmal die Krallen aus. „In den nächsten Tagen habe ich leider sehr viel zu tun und muss vorher erst noch in meinem Terminplaner nachsehen, wann ich überhaupt Zeit habe."

Arrogante Zicke. Trotzdem, er hat es verdient.

„Dann denke ich über eine Entführung nach", kontert er und sieht mich aus schmalen Augen an. Statt einer Antwort deute ich ein hämisches Lächeln an.

Wenn er wüsste, was er für ein Gefühlschaos in mir anrichtet. Sein holziges, raues und doch zugleich elegantes Parfüm vernebelt mir jedes Mal die Sinne. Dann noch dieser ausgefallene Kleidungsstil, der ein Mix aus Rockstar und Gentleman ist, fasziniert mich seit unserer ersten Begegnung. Der Mann an sich ist einfach ein *Kunstwerk* und viel zu gefährlich für mich.

Chapter 20

Clive

*I*n meiner Wohnung, 20 Uhr

Ich stehe am offenen Austritt in meinem Wohnzimmer und blicke hinüber in den Hyde Park. Eine Hand habe ich in der Hosentasche vergraben und in der anderen halte ich meinen Zigarillo. In wenigen Minuten erwarte ich Alexander. Wir haben uns, seitdem ich aus New York zurück bin, noch nicht wieder persönlich getroffen. Die kurze Begegnung im Pub zähle ich nicht.

Violet ist mit Granny und Will nach dem Besuch der Gallery zurück nach Oxford gefahren. Eigentlich hatte ich gehofft, dass ich mit ihr wenigstens noch einen Kaffee trinken und etwas reden kann.

Auch wenn mir Granny am Tag zuvor alles Wichtige, was in der letzten Zeit in Violets Leben passiert ist, erzählt hat, so hätte ich gern ein paar Minuten mit ihr allein verbracht. Dass ihr emotionaler Zustand auf sehr wackligen Füßen steht, habe ich nicht anders erwartet. Mir war es wichtig, dass Violet das Gemälde zurückbekommt, seit ich die Geschichte von Granny kenne. Der finanzielle Verlust daraus ist für mich überschaubar. Mit Granny habe ich zudem vereinbart, dass wir Violet vorerst beim Betreten der Gallery ihren Gefühlen überlassen und ich mich nicht zu erkennen gebe. Doch als sie förmlich in den Ausstellungsraum geschlichen kam, mit fahler Gesichtsfarbe und ängstlicher Mimik, gab ich sofort meine Deckung auf. Im nächsten Augenblick lag Violet schon benommen in meinen Armen.

Mit so einer heftigen Reaktion von ihr hatte keiner von uns gerechnet. Ich dachte eher, sie würde einen Weinkrampf, ähnlich wie in New York, bekommen, aber nicht in Ohnmacht fallen. Plötzlich stieg in mir ein nicht zu unterschätzendes Schuldgefühl auf.

War mein Vorhaben etwa zu waghalsig?

Ich tauschte sogleich mit Granny besorgte Blicke aus. Zwei Atemzüge später aber schielte sie mich über ihre rote Hornbrille an und pustete so stark eine ihr ins Gesicht hängende Locke weg, dass diese kerzengerade stehenblieb. Die vorbeilaufenden Besucher schnarrte sie auf deren Hilfeangebot an, dass ihre Enkelin schwanger sei. Daraufhin stieg mein Puls in eine beachtliche Höhe und für einen Moment plagte mich die Frage: *Was wäre wenn?*

Violet hingegen erwachte derweil aus ihrem Dornröschenschlaf - und das ganz ohne meinen Kuss.
Moment, das war auch ein Prinz, der Dornröschen damals wach geküsst hat und kein Pirat. Dann stimmt die Geschichte doch.

Wir Piraten sind halt nicht so gefühlsduselig wie die Prinzen.

Meine Gegensprechanlage summt und reißt mich aus meinen idiotischen Gedanken.

Kate öffnet für mich die Wohnungstür. Heute erst hat sie mir gebeichtet, dass sie es war, die sich in den letzten Tagen - wenn Violet im Krankenhaus zu Besuch war - um Lou gekümmert hat. Kein Wunder, dass das Hundefutter so schnell leer war und ich ständig neues kaufen musste.

„Ich gehe jetzt, Mr. Henderson", ruft sie mir zu.

„Bis morgen, Kate und danke!" Sie weiß wofür. Einfach, dass sie für mich da ist.

„Ich habe uns Bier mitgebracht", begrüßt mich Alexander, der plötzlich in meinem Wohnzimmer steht. „Die Tür stand offen", entschuldigt er sich.

„Komm' rein und setz dich, wenn du magst. Wir müssen unbedingt reden."

„Über unsere Beziehung?", fragt er ironisch.

„Seit wann reden Männer über ihre Beziehungen?", knurre ich.

„Reden Männer überhaupt miteinander?"

„Deinem intellektuellen Dickicht kann ich im Moment sowieso nicht folgen", sage ich und blase den Rauch vom letzten Zug aus, der sich sofort in alle Richtungen verteilt.

„Es geht um Violet, nehme ich an", beginnt Alexander.

Ich nicke und suche den Aschenbecher, um den Zigarillo zu entsorgen.

„Sie hat mir berichtet, was du heute für sie getan hast. Respekt. Hast du deine Meinung, was sie betrifft, nun doch geändert?"

„Was meinst du genau?"

„Clive, bitte keine komplizierten Gespräche. Darauf habe ich keine Lust."

Ich lehne mich an die Anrichte und vergrabe meine Hände in den Hosentaschen. Alexander visiert mich mit durchdringendem Blick an. „Ich denke schon", murmle ich.

„Hmm, du denkst schon", sinniert Alexander. „Dann sage ich dir, dass Violet dich wirklich mag."

Das habe ich befürchtet. Ich verweigere meiner Lunge die Luftzufuhr und atme erst wieder ein, als meine Augen anfangen zu flattern. Vor Anspannung vergrabe ich meine linke Hand in meinen Haaren und lasse sie dort die nächsten paar Atemzüge.

„Übrigens ein kluger Schachzug, meine Aufmerksamkeit von Violet auf deine Schwester zu lenken. Mit den dunklen Haaren ist sie allerdings wirklich eine Augenweide."

Vor Entsetzen reiße ich mir die Hand aus meinen Haaren.

„Ich war das nicht", verteidige ich mich, auch wenn ich nicht ganz unschuldig an der Situation bin. Sagen wir es so, ich habe nur etwas nachgeholfen. „Sammy braucht im Moment moralische Unterstützung und ich bitte dich, behandle sie gut."

„Sie hat mir erzählt, was mit ihrer Ehe passiert ist, aber das haben wir beide doch vorausgesehen", resümiert Alexander.

„Ja, leider." So wie Sammy zuvor bei meiner Ehe mit Emma, habe ich immer gewusst, dass es bei ihr nicht hält, bis der Tod sie scheidet.

„Ich möchte nicht …", beginnt Alexander, „dass die Verbindung zwischen Violet und mir unsere Freundschaft ruiniert. Wir sind uns noch nie wegen einer Frau in die Quere gekommen."

„Das ist doch jetzt geklärt", sage ich kalt und lasse mich gegenüber von Alexander in den Sessel fallen. Er brummt irgendetwas Unverständliches und öffnet dabei zwei von seinen mitgebrachten Bierflaschen mit dem Feuerzeug. Verstohlen prosten wir uns zu und trinken die Flaschen fast leer.

„Wenn die Internationale Behörde …", beginne ich und kämpfe

dabei mit der verschluckten Luft, „nicht mehr gegen mich ermittelt, dann kann ich meine Kontakte in Rom und London wieder aktivieren?", frage ich.

„Zumindest in London. Mit Rom wäre ich noch vorsichtig", mahnt Alexander.

Ich kneife die Augen zusammen und will wissen, warum?

„Du weißt, wo die oder das Gemälde in Rom ist. Sobald feststeht, wann wir dorthin fliegen, kannst du handeln. Vorher würde ich mich an deiner Stelle unsichtbar machen. Es gibt zu viele … und vor allem nicht zu unterschätzende … Interessenten."

„Du wirst schon recht haben. Übrigens gehört Mr. Abraham ebenfalls dazu", bemerke ich unterschwellig.

„Wieso signalisiert die National Gallery denn Interesse?", grübelt Alexander.

„Ja, die Frage stelle ich mir auch und dafür kann ich dir noch keine Antwort geben. Theoretisch ist das Gemälde Eigentum des italienischen Staates. Die Regierung würde nie zulassen, dass das Gemälde in London ausgestellt wird. Ganz zu schweigen, wenn bekannt wird, was darauf zu sehen ist."

„Vielleicht soll es auch gar nicht ausgestellt werden. Die Gallery lebt nur von Spendengeldern", sagt Alexander mit bedeutungsvoller Stimme und zwinkert mir verschwörerisch zu.

„Mir missfällt der Gedanke, dass Mr. Abraham Violet in seinem Team haben will. Weißt du davon?"

Alexander nickt. „Sie hat es mir vorhin am Telefon erzählt. Allerdings muss sie erst einmal die Sache mit ihrer Behörde klären und das wird nicht einfach."

„Ich habe gehört, dass mittlerweile die interne Abteilung ermittelt. Du hast nicht zufällig etwas damit zu tun?" Mein ironischer Unterton ist nicht zu überhören.

„Mir sind doch glatt beim Tennis spielen einige Details der Arbeitsweise von Mr. Joss über die Lippen gerutscht und blöderweise war mein Gegenspieler ein interner Ermittler."
Alexander stöhnt gekünstelt auf.

„Hmm, Zufälle gibt es", überlege ich gespielt und grinse dabei über das ganze Gesicht. „Wird das Violet helfen?"

„Das ist der Plan. Allerdings muss sie sich ebenfalls einem unangenehmen Verhör unterziehen und wir sind uns sicher, dass Mr.

Joss sie auflaufen lassen wird. Aber auch dafür haben wir vorgesorgt. Violet trifft sich morgen mit dem Ermittler und sie sprechen die Fragen vorher ab. So kann sie sich darauf vorbereiten. Außerdem hat sie ihm schon einige vertrauliche Unterlagen, die sie in weiser Voraussicht privat auf ihrem Laptop gespeichert hat, zukommen lassen. Mr. Joss muss wohl schon mächtig die Löschtaste an seinem Computer betätigen, das habe ich zumindest gehört."

„Was für ein Bastard! Er lässt zwei Menschen einfach ins Verderben rennen!", grolle ich.

„Du meinst Violet und Vincent?"

Ich nicke.

„Du hast Vincents Frau vergessen ... und auch einige von Violets Angestellten wird er grillen. Ihre Sekretärin gehört ebenfalls dazu."

„Mit der du Telefonsex hattest?", frage ich.

„Genau die!"

Es steht außer Frage, dass wir Violet in den nächsten Tagen seelisch und moralisch unterstützen müssen. Natürlich werde ich versuchen, sie von Alexander fernzuhalten, außerdem plane ich immer noch ihre Entführung zum Dinner.

„Die Chinesen ...", beginne ich, „sind mir noch eine Vase schuldig ... Mr. Abraham hat mich darum gebeten. Nur brauche ich für den Deal Violet. Ist sie dazu in der Lage? Du hattest die letzten Tage mehr mit ihr zu tun und kannst das besser einschätzen." Dass sich ein Hauch von Sarkasmus in meiner Stimme versteckt, kann ich nicht verhindern.

Alexander zieht für einen kurzen Augenblick eine Augenbraue nach oben. „Ich glaube, sie ist froh, wenn sie wieder arbeiten kann. Mach' ihr selbst den Vorschlag und du wirst sehen, ob sie darauf eingeht. Ich habe nur eine Bedingung", fordert Alexander. „Ich komme zu eurem Schutz mit!"

„Ja!", sage ich, obwohl mir der Gedanke suspekt ist. Erstens arbeite ich nicht gern im Team und zweitens möchte ich Alexander wirklich lieber von Violet fernhalten. „Ich gebe dir Bescheid, sobald ich nähere Informationen von meiner Kontaktperson hier in London habe. Denn soweit mir bekannt ist, soll sich die Vase nicht mehr in New York befinden."

„Nach dem missglückten Deal werden die Chinesen doch noch

vorsichtiger sein, oder?", fragt Alexander.

„Ja, leider, so ist es!"

***

Es ist kurz vor Mitternacht, als ich mit meinem schwarzen Sportwagen in Londons Unterwelt abtauche. Amy fand meine Idee jedoch weniger toll, so spät noch einmal ihre geliebte Couch verlassen zu müssen. Ohne ihre Anwesenheit hätte ich dieses Treffen jedoch nicht vereinbart, denn auf ihr feines Gespür für eine sich anbahnende Gefahr möchte ich nicht verzichten.

Mein Ziel ist weit außerhalb Londons, wo weder Glamour noch Ruhm eine Rolle spielen. Ich treffe mich mit meinem Kontaktmann Joseph nicht zum ersten Mal an diesem Ort und biege schon bald in eine mir bekannte, unbeleuchtete und mit Schlaglöchern übersäte, menschenleere Seitenstraße ein und kann das schmale Haus, was unser vereinbarter Treffpunkt ist, bereits von Weitem erkennen.

Als sich eine dunkle Gestalt von der Hauswand abhebt und sich mitten auf die Fahrbahn stellt, bremse ich meinen Wagen ab und fahre im Schritttempo weiter. Nur ein paar Meter vor ihm komme ich zum Stehen.

Verdammt. Das ist nicht Joseph!

Plötzlich zieht der Mann seinen Revolver und zielt auf mich. Geistesgegenwärtig trete ich auf die Bremse und ducke ich mich, daraufhin lege ich den Rückwärtsgang ein und trete auf das Gaspedal. Im rasanten Tempo fahre ich die marode Straße bis zum Ende zurück. Erst dann reiße ich das Lenkrad herum, lege den Vorwärtsgang ein und presche mit quietschenden Reifen auf die Straße raus, von der ich gekommen bin. Mein finsterer Blick in den Rückspiegel zeigt mir keine Verfolger an.

„Verflucht!", tobe ich und haue mit der Faust auf das Armaturenbrett. „Verdammter Mist, wer war der Typ?"

Sofort versuche ich, über die Freisprechanlage Joseph zu erreichen und lasse es endlos klingeln. Er nimmt allerdings nicht ab. Ich fluche weiter und will den Gedanken nicht wahrhaben, dass ihm etwas zugestoßen sein könnte.

Mein nächster Anruf gilt Rose. Sie ist seit mindestens vierzig

Jahren Bordell-Chefin im Hafenviertel von London, aber das ist nicht der Ort, wo die Luxusjachten anlegen, nein, dort machen eher die Tank- und Handelsschiffe halt. Dementsprechendes Publikum begrüßt sie auch in ihrem Etablissement. Ich habe ihre Dienste oder die ihrer Angestellten nie in Anspruch genommen und werde das auch in Zukunft nicht tun. Aber es steht mir nicht zu, über diese Frauen zu urteilen. Ich bin mir sicher, dort ist keine Frau dabei, die sich diesen Lebensstil je als Ziel gesetzt hat.

Rose kenne ich schon seit mindestens zehn Jahren, denn für sie ist es eine Leichtigkeit, etwaige Schmuggelware den Matrosen mitzugeben oder unterzuschieben. So haben wir uns damals kennengelernt. Bei ihr habe ich einst wertvolles Silberbesteck aus der Kolonialzeit der Briten in Kenia abgeholt, was der Beginn unserer erfolgreichen Geschäftsbeziehung war.

Genau eine halbe Stunde später halte ich mit meinem Sportwagen vor ihrem Bordell, nehme den schwarzen Koffer, der auf dem Beifahrersitz liegt, zur Vorsicht mit und werde Zeuge, wie Rose einen betrunkenen Freier die Treppe hinunterstößt. Vor meinen schwarzen Designerschuhen bleibt er liegen. Amy knurrt den Mann böse an und hebt dabei leicht die Lefze. Das ist kein gutes Zeichen und ich denke, Rose hat alles richtig gemacht.

„Was sehen meine müden Augen denn da?", ruft sie mir zu und reckt ihr weit geöffnetes Dekolleté in meine Richtung.

Etwas verlegen fahre ich mir über meinen Bart und laufe ihr langsam entgegen. Ihr korpulentes Erscheinungsbild wirkt auf mich immer etwas furchteinflößend.

„Ich habe Sehnsucht nach dir", brumme ich und wir wissen beide, dass dies nicht stimmt.

„Ich habe dich schon erwartet", sagt sie plötzlich mit ernster Miene und winkt mich zu sich heran.

„Oha! Das klingt nicht gut", nuschle ich Amy zu.

Als ich das Bordell betrete, schlägt mir ein beißender Geruch aus Männerschweiß, Alkohol und Zigaretten entgegen.

„Du solltest mal lüften", sage ich zu Rose, die vor mir läuft.

„Morgen!", erhalte ich als Antwort. „Du willst wirklich keines dieser süßen Dinger?", fragt sie mich und dreht sich dabei zu mir um. Sie meint eines ihrer Mädchen.

„Nein, danke. Die sind zu schlau für mich."

Rose lacht schallend mit ihrer vom Alkohol rauen Stimme. In der nächsten Minute zerrt sie mich in ihr Büro und schließt die Tür hinter uns ab.

„Jetzt gehörst du mir allein, schöner Mann", säuselt sie. Auf dem unaufgeräumten Schreibtisch steht eine Flasche Whisky. „Willst du auch?", fragt sie.

„Danke. Wieso hast du mich erwartet?", will ich sofort von ihr wissen.

„Joseph ist tot. Sie haben ihn heute ermordet."

„Das habe ich befürchtet. Gegen 22 Uhr habe ich noch mit ihm telefoniert!", bringe ich aufgebracht hervor.

„Das war er nicht! Da lebte er schon nicht mehr!"

„Nicht?", frage ich entsetzt.

Rose schüttelt so heftig den Kopf, dass dabei ihre blonden ungepflegten Haare wild durcheinander fliegen.

„Hast du eine Ahnung, wer es gewesen sein könnte?"

„Man munkelt, dass die Regierung dahintersteckt. Ich denke, es war eher einer von dieser Internationalen Behörde."

„Wie kommst du darauf?" Die Frage stelle ich, weil ich selbst einen Verdacht habe.

„Ich habe so meine Quellen …", sagt Rose bedeutungsvoll.

„Dann war das eine Falle, in die ich gelockt wurde", stelle ich nüchtern fest.

„Und du bist ihr lebend entkommen!" Rose prostet mir zu und nimmt einen großen Schluck aus dem Glas. „Ich habe aber das, was du eigentlich willst. Joseph hat es mir vor ein paar Tagen quasi als Lebensversicherung überlassen, sollte er je verhaftet werden."

„Du? Ich habe ihm noch geraten, die Füße still zu halten, weil diese Behörde auch gegen mich ermittelt. Mittlerweile überschlagen sich dort die Ereignisse und die Ratten verlassen das sinkende Schiff. Anscheinend wollen sie vorher ihre Spuren beseitigen."

Statt einer Antwort öffnet Rose eine Geheimtür in der Wand. Heraus kommt sie mit einem Gegenstand, der in eine schäbige Decke eingewickelt ist.

Aus schmalen Augen beobachte ich ihr Treiben und kratze mich nervös am Kinn.

„Das soll ich dir geben, hat Joseph mir gesagt, wenn ihm etwas passieren sollte."

Bevor ich eine Frage über den Inhalt stellen kann, antwortet sie: „Ich weiß nicht, was darin ist und will es auch nicht wissen. Er hat mir gesagt, du wärst ihm einhunderttausend Pfund schuldig."

Das ist der vereinbarte Preis für die chinesische Vase.
Wortlos reiche ich ihr meinen schwarzen Koffer. „Zähl' nach!", sage ich schroff.

„Nein! Dir vertraue ich." Sie nimmt den Koffer an sich und lässt ihn nun hinter der Geheimtür verschwinden.

„Wieso hat er so eigenmächtig gehandelt? Und was mich viel mehr interessiert? Wie hat er es geschafft, den Chinesen die Vase selbst abzukaufen?", frage ich Rose. Ich kann es immer noch nicht begreifen, was ihm passiert ist.

„Ich will davon nichts wissen, verdammt!", flucht Rose und hält sich die Ohren zu.

„Schon gut!", beschwichtige ich sie.

„Du hast ihn doch lange genug gekannt. Leider kann ich dir deine Fragen nicht beantworten." Rose wirft mir einen Blick zu, der heißt: Lass' es gut sein. Mein Nicken in ihre Richtung soll bedeuten, dass ich es verstanden habe.

Zwei Atemzüge später nehme ich die Vase an mich und verlasse in Roses Gesellschaft ihr Etablissement. Auf der Rückfahrt zu meiner Wohnung überprüfe ich im Minutentakt, ob ich verfolgt werde.

Doch da ist niemand! Das ist noch verdächtiger!

***

Schweißgebadet wache ich - geplagt von einem Albtraum - auf. Man hat auf mich geschossen und ich bin in Violets Armen gestorben.

Völlig konfus knipse ich die Nachttischlampe an und sehe mich um. Die Uhr auf meinem Smartphone zeigt 5 Uhr. Amy liegt schlafend neben mir und von Violet ist weit und breit nichts zu sehen.

„Verdammter Traum!", fluche ich, stehe auf und schlurfe zur Küche hinüber. Dort nehme ich mir ein großes Glas Wasser und trinke es wie nach einer durchzechten Nacht in einem Zug aus. Meine Atmung geht schwer und meine Haut glänzt wie nach einem Ölbad. So langsam realisiere ich, dass es wirklich *nur* ein Traum war, dass aber jemand gestern seine Waffe auf mich gerichtet hat, das war Wirklichkeit.

In der Dunkelheit konnte ich denjenigen nicht erkennen und meine Sicherheit hatte einfach oberste Priorität. Doch als ich wieder von meiner Odyssee nach Hause gekommen bin, habe ich mir bei einer halben Flasche Whisky so meine Gedanken dazu gemacht. Denn eine Frage beschäftigt mich ohne Unterlass: Wieso zog der Angreifer nur seine Waffe und hat nicht auf mich geschossen? Als der letzte Tropfen Whisky in meinem Rachen brannte, kannte ich die Antwort.

Chapter 21

Clive

*M*otel 'Queen Victoria' am Stadtrand von London, 10 Uhr

Nach meinem Albtraum war es unmöglich, weiter zu schlafen. Deshalb begann ich mit einer intensiven Recherche, die hauptsächlich dem rätselhaften Tod von Joseph galt. Dass Violets Behörde dahintersteckt, davon bin ich fest überzeugt. Trotzdem gibt es noch einige Fragen, auf die ich eine Antwort will.

Gegen 7 Uhr klingelte ich Alexander telefonisch aus dem Bett und erzählte ihm, dass ich dringend mit ihm reden muss. Bei unserem Codewort - *höchste Sicherheitsstufe* - war er sofort wach. Er hat mir die Adresse von dem Motel verraten, wo er sich später mit dem internen Ermittler zur Befragung von Violet treffen will. Bis dahin verschanzte ich mich im *Deep Web* und recherchierte weiter.

Pünktlich um 10 Uhr - wie vereinbart - stelle ich den Motor meiner schwarzen Limousine ab und blicke auf das heruntergekommene Gebäude vor mir. Wenn Queen Victoria wüsste, dass ihr königlicher Name mal für so eine Absteige missbraucht werden würde, dann hätte der Inhaber wohl mit dem Gang zum Galgen rechnen müssen.

Amy setzt sofort nach dem Verlassen des Autos ihre Nase auf den Boden und folgt zielstrebig einer Fährte. *Violet.*

Als ich an die abgeschrammte, weiße Tür des Zimmers 3 klopfe, höre ich Lou winseln. Wie immer ist auf Amy Verlass.

Alexander öffnet mir die Tür und wir versichern uns, dass uns niemand weiter beobachtet. „Alles ruhig draußen", knurre ich und mein Blick fällt auf den internen Ermittler. „Phil! Was machst du denn hier?", rufe ich völlig überrascht.

„Hey Clive, du Hurensohn. Das frage ich mich auch."

„Ihr kennt euch?", will Violet wissen und sieht betroffen von mir zu Phil.

„Aber sicher doch. Wir waren früher in der gleichen Branche", sagt Phil und fällt mir vor Freunde um den Hals. Seine großen Hände klopfen mir abwechselnd auf den Rücken und ich habe das Gefühl, er will mich nicht wieder loslassen.

„Gleiche Branche?", fragt Alexander spitz.

„Nicht, was du jetzt denkst", raunt Phil. „Wir waren zusammen auf Europatour. Ich war mit meiner Rockband die Vorgruppe von Clives Band. Mann, das waren noch Zeiten", ruft Phil und haut mir mit der flachen Hand auf die Schulter. Um seinen mir zugetanen Händen etwas aus dem Weg zu gehen, stelle ich mich zwischen Alexander und Violet. „Also ich wusste, dass du für die Regierung arbeitest, aber auch als interner Ermittler für die Internationale Behörde, das ist mir neu", sage ich.

„Ja, ich habe mich eben nach oben geschlafen", bemerkt er zynisch und mustert mich von oben bis unten.

„Du hast dich nicht verändert, Clive Henderson. Immer noch das rebellische Outfit und das gleiche extravagante Auftreten."

„Der feine Anzug steht dir auch sehr gut", gebe ich zur Antwort. Phil ist etwas größer als ich und hat leicht rötlich gefärbte Haare. Da hat sich wohl irgendwann ein Ire in die Ahnengalerie geschlichen. Seine schlaksige und schlanke Figur von damals hat er behalten.

„Bist du immer noch mit diesem blonden Groupie verheiratet?", fragt er mich.

„Haben wir uns schon so lange nicht gesehen?" Entsetzt ziehe ich die Augenbrauen nach oben.

„Scheint so. Also bist du?"

Ich schüttle vehement den Kopf.

„Hätte mich auch gewundert, so wie dich die Frauen angehimmelt haben. Kannst du dich noch an …"

Bevor er jetzt aus meinem Rockstarleben, welches wirklich nach dem typischen Klischee ablief, berichtet, muss ich ihn zum Schweigen bringen, denn Violet hängt gebannt an seinen Lippen und scheint sich prächtig zu amüsieren.

„Darüber reden wir besser bei einem Bier", schlage ich vor.

„Wie? Trinkst du keine harten Dinge mehr? Und auch keine Drogen?", fragt Phil verzweifelt.

„Natürlich! Das volle Programm, immer noch", zische ich und grinse ihn genervt an.

„Du lügst, Henderson. Du siehst viel zu gut aus." Phil holt sich aus seiner Hosentasche eine Schachtel Zigaretten und zündet sich eine an - trotz Rauchverbot.

Wer ist hier jetzt der Rebell?

„Bist du denn immer noch auf Drogen?", frage ich. Seine leicht zittrige Hand macht mich stutzig und seine Pupillen sind außergewöhnlich groß.

„Wie glaubst du wohl soll man den Job ohne das Zeug sonst durchhalten? Zuhause habe ich dazu noch eine meckernde Ehefrau und zwei nervende Kinder sitzen. Wir können gerne unsere Leben tauschen, Henderson."

„Kein Bedarf", sage ich nachdenklich.

„Ja. Kann ich verstehen. Jedenfalls scheinst du alles richtig gemacht zu haben."

„Alles nicht …", wiegle ich ab und sehe Violet von der Seite her an. Doch ich weiß, wo mein Schiff hinsteuert.

„Vielleicht können wir dann zum Grund unseres Treffens kommen", schlägt Alexander vor.

„Gleich!", sage ich. „Vorher müssen wir etwas klären. Phil, sagt dir der Name Joseph Salman etwas?"

„Ja, der ist tot!" Phil zieht heftig an seiner Zigarette, sodass die rote Glut lange aufleuchtet.

„Was?", brüllt Alexander. Er weiß, dass Joseph einer meiner Kontakte in London ist.

„Ja! Nun stelle ich mir die Frage, wieso bedroht mich einer von Violets Männern dann trotzdem mit der Waffe?"

„Moment!", ruft Alexander. „Wir hatten eine Abmachung, dass du nicht alleine zu irgendeinem Treffen gehst. Und wer hat dich bedroht, das will ich auch wissen?"

„Das interessiert mich ebenso!", wirft Violet ein und ihr plötzlich blasses Gesicht sticht von ihrer dunklen Haarfarbe ab.

„Die Abmachung hast du nur mit dir getroffen und als ich mich mit Joseph an der vereinbarten Stelle treffen wollte, wartete eine andere männliche Person und zielte auf mich. Warum er nicht abgedrückt hat, weiß ich bis heute nicht."

„Er hatte den Befehl, dich zu verschonen, weil du Informationen über Rom hast!", sagt Phil mit monotoner Stimme.

„Steckst du etwa dahinter?", frage ich entsetzt.

„Bist du wahnsinnig?", blafft Phil. „Ich bin derjenige, der das Rattennest gerade ausräuchert.

„Also wollen sie ihre Spuren verwischen", bemerkt Violet.

„Nein! Sich freikaufen mit einer chinesischen Vase, die in London aufgetaucht und, nun ja, jetzt wieder verschwunden ist."

„Freikaufen?", überlegt Violet. „Sie wollen damit die Regierung erpressen! Denn diese will die wertvollen Gemälde der englischen Maler zurück und im Gegenzug bekommt die chinesische Regierung ihre zwei Vasen wieder."

„Genauso ist es!", bestätigt Phil. „Und Mr. Joss und seine Handlanger dachten, wenn sie Clive verfolgen, dann wird er sie schon auf die Spur der Vase bringen. Das hat auch fast funktioniert, wenn Joseph nicht vorgesorgt und die Vase im Niemandsland versenkt hätte."

„Und wer hat die Vase jetzt?", fragt Alexander.

„Das musst du deinen Freund fragen", bemerkt Phil unterschwellig.

Alexander sieht mich entsetzt an, doch ich ignoriere ihn.

„Die Vase gehört Violet als Verhandlungsbasis für das Gespräch mit ihrer Behörde", sage ich mit tiefer und besonders rauer Stimme.

„Was?", quietscht Violet.

„Du hast sie?", ruft Alexander.

Phil und ich tauschen verschwörerische Blicke aus. Wir sind uns einig. Er wird den Deal organisieren.

„Das kann ich nicht annehmen", ruft Violet mit jetzt sehr rosiger Gesichtsfarbe.

„Dir wird nichts anderes übrig bleiben", betone ich. „Mr. Joss hat wahrscheinlich hinter eurem Rücken eine Menge illegaler Geschäfte betrieben und ihr habt es nicht bemerkt. Jetzt hast du etwas in der Hand, womit du ihn in die Knie zwingen und dich und deine Leute, also die, die sauber gearbeitet haben, retten kannst. Außerdem ist Mr. Abraham von der National Gallery ebenfalls an dem

Deal mit den Chinesen interessiert. Also kannst du auf seine Unterstützung zählen."

„Der ach so tapfere Pirat rettet seine Meerjungfrau", jodelt Phil nun mit ausladender Gestik und einer leichten Verbeugung in meine Richtung.

„Deinen Sarkasmus habe ich die ganzen Jahre echt vermisst!", drohe ich ihm mit finsterem Blick.

„Ich halte schon meine Klappe", beschwichtigt mich Phil und zündet sich eine weitere Zigarette an. Seine Hände zittern mehr als vorher und ich bin mir sicher, er wird die Unterhaltung schleunigst beenden wollen.

Nach den neuesten Erkenntnissen beschließt Phil, Violet keiner weiteren Befragung zu unterziehen. Er will nun rasch seinen Chef über die veränderte Situation informieren und sich später mit ihr in Verbindung setzen. „Wir trinken bald auf die alten Zeiten und trau' dich nicht, mich zu versetzen", droht Phil scherzhaft.

„Du weißt, wo du mich findest", bekommt er von mir mit einem Grinsen zur Antwort.

„Und ob!", bestätigt er, verlässt das Zimmer, steigt in seine Limousine und fährt mit viel zu schnellem Tempo davon.

„Am liebsten würde ich dir eine reinhauen", knurrt mich Alexander plötzlich von der Seite an.

„Warum das denn?", frage ich unschuldig. Natürlich weiß ich genau, warum.

„Wir treffen uns in deiner Galerie!", blafft Alexander zornig. Während ich noch überlege, warum wir jetzt in die Galerie fahren sollten, knallt Alexander hinter uns die Zimmertür zu und zieht Violet mit sich zum Auto.

Etwas benommen sehe ich den beiden hinterher und in mir erwacht das *Alphamännchen*. Als Amy neben mir anfängt zu winseln und Lou sich vor dem Auto steif macht und nicht einsteigen will, sehe ich das als meine Chance. „Lou kann ruhig bei mir mitfahren", rufe ich in der Hoffnung, dass Violet ihn nicht allein lassen würde.

Meine Hoffnung wird erfüllt!

Minuten später sitzen zwei Hunde auf der Rückbank meiner schwarzen Limousine und Violet neben mir. Vor Freude klatscht mein geschmeicheltes Ego tonlos in die Hände.

Ich lasse mir besonders viel Zeit auf dem Weg zur Galerie, denn so habe ich die Gelegenheit, endlich mit Violet allein zu reden.

Doch zunächst schweigen wir und beobachten uns mit verstohlen Blicken.

„Ziehst du eine Terminplanung oder eine Entführung für unser gemeinsames Dinner vor?", unterbreche ich die Stille.

Über Violets Gesicht huscht daraufhin ein hämisches Grinsen. Sie nimmt ihre langen Haare am Nacken zusammen, dreht sie zu einem Zopf und legt sie auf der linken Schulter ab. „Jetzt enttäuschst du mich", sagt sie schnippisch und formt ihre Lippen zu einem Schmollmund.

„Oh!", antworte ich mit gespielter Höflichkeit. „Mrs. Donovan bevorzugt die harte Version."

„Vielleicht?", sagt sie und ihr selbstgefälliges Grinsen ist mir Antwort genug. Wenn sie wüsste, was sie in mir mit ihrer kühlen und distanzierten Art auslöst.

Oder weiß sie es?

„Befindet sich die Vase wirklich in deinem Besitz?", fragt sie mich leise und wechselt damit das Thema.

„Denkst du, ich habe nur gebluff?"

„Nein."

„Und trotzdem fragst du?"

„Ja! Weil ich nie gedacht habe, dass mein Chef so korrupt ist. Übrigens, das mit deinem Kontaktmann tut mir sehr leid."

„Er war schon tot, als ich mit ihm telefoniert habe ..."

„Was?" Violet ist völlig entsetzt. „Und wer war das dann am Telefon?"

„Ich nehme mal an, der Mann, der dann auch später auf mich an dem vereinbarten Treffpunkt gewartet hat."

„Das war einer von meinen Leuten?"

„Ich habe ihn im Dunklen nicht gleich erkannt. Aber später ist mir eingefallen, wer er ist. Du hattest ihn zu meiner Beschattung wegen des Durchsuchungsbeschlusses der Galerie eingesetzt."

„Etwas längere Haare?"

„Er trug einen Zopf, der ihm bis in den Nacken reichte."

„Dann weiß ich, wer das war. Er ist der Sohn einer italienischen Einwanderfamilie, sein Name ist Alfredo Casa."

„Casa?", frage ich entsetzt und halte sofort am Straßenrand an.

„Bist du dir ganz sicher?", setze ich mit fester Stimme nach und mustere sie intensiv.

„Ja", sagt sie leise und sieht mich mit weit aufgerissenen Augen an. „Du kennst ihn?"

Ich schüttle den Kopf. „Nicht persönlich. Doch seine Familie beherrscht ganz Rom und sein Vater wurde vor Kurzem wie ein König zu Grabe getragen. Jetzt ist im Clan ein Kampf um den Vorsitz ausgebrochen ... und ich bin mir sicher, es hat derjenige die besten Chancen, der den wertvollsten Trumpf in der Hand hat."

„Spielst du etwa auf das Gemälde in Rom an?"

„Ja! Und jetzt weiß ich auch, warum dieser Alfredo *nur* auf mich gezielt und nicht geschossen hat. Das war eine Warnung! Er braucht mich lebend", grolle ich.

„Das solltest du unbedingt mit Alexander besprechen." Violet verschränkt die Arme vor ihrer Brust und fährt sich mit den Händen über die nackte Haut.

„Ist dir kalt?", frage ich, obwohl ich die Antwort schon kenne.

„Ja, vor Furcht und Abscheu. Wieso war ich so blind und habe die Machenschaften in meiner Abteilung nicht bemerkt?"

„Bis jetzt konnten sie das alles wirklich gut vertuschen. Doch irgendwann geraten die meisten dubiosen Geschäfte aus dem Ruder. Der Mensch ist ein neidvolles Wesen und solange er im Vorteil ist, geht alles gut. Doch erhält der eine mehr als der andere, dann gerät das Unterfangen ins Wanken und wird sabotiert."

„Das heißt, verteilt der Kapitän die Beute zu ungleichen Teilen an die Mannschaft, dann kann er in der Nacht mit einer Meuterei rechnen", sagt Violet mit bedeutungsschwerer Stimme. „Deswegen habe ich auch beschlossen, in Zukunft auf eigene Rechnung zu arbeiten."

Gerade will ich den Motor wieder starten und losfahren, doch das lasse ich jetzt. Etwas ungläubig sehe ich sie an. „Wie soll ich das jetzt verstehen?"

„Zu der Behörde gehe ich nicht wieder zurück, auch wenn die Abteilung aufgelöst wird und ich dort neu anfangen könnte. In der National Gallery bin ich ebenfalls nur die Handlangerin von Mr. Abraham, obwohl ich ihn menschlich sehr schätze. Ich habe mich bei nicht weniger bekannten Auktionshäusern in London, New York, Paris und Rom umgehört und die suchen alle sachverständige, freie Mitarbeiter für die Schätzung von Kunstgegenständen. Das würde für mich bedeuten, dass ich meine eigene Chefin bin und hingehen kann, wann und wo immer ich will."

„Und du würdest nicht mehr so gefährlich leben. Die zu beurteilenden Kunstschätze würden dich nicht bedrohen", setze ich scherzend nach.

Innerlich könnte ich gerade einen Freudentanz über Violets Entscheidung vollführen, denn sie ständig in Gefahr zu wissen, erzeugt in mir eine gewisse Nervosität. „Du hast meine volle Unterstützung", sage ich mit einem Strahlen im Gesicht. Dann starte ich die Limousine wieder und fahre im zügigen Tempo zur Galerie. Alexander wird schon ungeduldig auf uns warten.

Chapter 22

Clive

*I*n meiner Galerie, 12.30 Uhr

Ich parke die Limousine versteckt auf meinem Privatparkplatz, damit ich Violet und die chinesische Vase, die sich im Kofferraum befindet, ungesehen in Sicherheit bringen kann.

Alexander wartet bereits in meinem Büro auf uns, aber von Ungeduld ist nichts zu spüren. Er telefoniert, nein falsch, er flirtet am Telefon und nach genauerem Hinhören erfahre ich, dass das Objekt seiner Begierde meine Schwester ist.

Ich kann es nicht glauben!

Violet wickelt in der Zwischenzeit die chinesische Vase in meinem Büro aus dem schäbigen Tuch und betrachtet sie voller Bewunderung. Ich verziehe bei dem Anblick die Mundwinkel nach unten und kann immer noch keinen Gefallen an den Zeichnungen darauf finden.

„Wie viel Geld schulde ich dir?", fragt sie, ohne den Blick von der Vase abzuwenden.

„Du hast mir bei der Bestellung einen Scheck über zwanzigtausend Pfund ausgestellt. Über den Rest reden wir später", wiegle ich ab. In Wahrheit will ich kein Geld von ihr. Erstens klebt symbolisch gesehen das Blut von Joseph daran und zweitens bin ich froh, wenn Violet sich von diesem Rattenpack freikauft.

„Warum wolltest du, dass wir uns in der Galerie treffen?", will ich von Alexander wissen, der gerade sein Gespräch mit einem fetten Grinsen beendet.

„Was hast du mich gefragt?" Alexander sieht mich mit konfusem Blick an.

„Warum wir hier sind?"

„Ach ja, stimmt!", sinniert er vor sich hin. Das Gespräch mit meiner Schwester scheint ihn auf einen abwegigen Kurs gebracht zu haben.

Etwas ungeduldig lasse ich mich in meinen Bürosessel fallen und trommle mit den Fingern auf dem Schreibtisch herum. Plötzlich höre ich Amy knurren, die mit Lou im Ausstellungsraum rumtollt und mein Blick fällt auf die Videoüberwachungsanlage.

„Wer ist das?", schnarre ich. Mit verhaltenen Schritten kommt ein in schwarzem Anzug und weißem Hemd gekleideter, hochgewachsener Mann auf den Eingang der Galerie zu und sieht sich mit verstohlenem Blick um.

Violet sowie auch Alexander beobachten über meine Schulter hinweg den Besucher und augenblicklich flüstert sie: „Heilige Scheiße! Das ist mein Chef, Mr. Joss!"

„Oha!", sage ich und tausche mit Alexander vielsagende Blicke. „Bring Violet bitte mit der Vase in den Keller!", flüstere ich.

„Was ist mit Lou? Wenn Mr. Joss ihn sieht, wird er wissen, dass ich hier bin." Violet klingt ziemlich verzweifelt.

„Überlass' das mal mir. Ich erzähle ihm da schon eine Geschichte."

„Wir bleiben hier im Büro, Clive!", beschließt Alexander und entsichert seine Waffe. „Ich weiß nicht, was der Kerl vorhat. Im Keller kann ich dir nicht helfen."

„Dann will ich mir mal anhören, was der korrupte Mr. Joss so zu berichten hat", sage ich und gehe ihm entgegen, denn in diesem Moment öffnet er bereits die Eingangstür.

Amy und auch Lou knurren ihn an und Mr. Joss bleibt abrupt stehen. Er wirft beiden einen finsteren Blick zu. Als er mich wahrnimmt, ruft er: „Mr. Henderson!", und reicht mir zögerlich die Hand.

„Wir kennen uns?", frage ich unterschwellig. Außerdem unterlasse ich es, ihn mit Handschlag zu begrüßen.

„Noch nicht!", blafft er und ist sichtlich von meiner Zurückweisung empört. „Ist das nicht Lou, der Hund von Mrs. Donovan?", will er neugierig wissen und schielt zu ihm.

„Ja!", sage ich gelangweilt.

„Und wo ist Mrs. Donovan?"

„Woher soll ich das wissen?", schnarre ich.

„Aber sie haben doch ihren Hund", bemerkt Mr. Joss hartnäckig. Seine kleinen grauen Augen unter den buschigen Brauen beobachten mich voller Skepsis.

„Und?", frage ich und zucke mit den Schultern.

„Mr. Henderson!", sagt er ungeduldig, „Sie müssen doch wissen, wohin und wie lange Mrs. Donovan verreist ist?"

„Muss ich das? Und woher wollen Sie wissen, dass sie verreist ist?" Gleich habe ich ihn soweit und ihm reißt der Geduldsfaden.

„Ich weiß es!", grollt er.

„Auch, wenn ich es wüsste, wo Mrs. Donovan sich befindet, Ihnen, Mr. Joss, würde ich es bestimmt nicht erzählen!" Die Arroganz in meiner Stimme ist unüberhörbar und überschlägt sich fast.

„Woher wissen Sie denn, wer ich bin?", fragt er irritiert.

„Das ist nicht schwer zu erraten. Es gibt nicht viele Menschen, die Mrs. Donovans Hund mit Namen kennen. Was wollen Sie hier?"

Bei meiner Frage holt Mr. Joss tief Luft und sein Blick wird eisig. „Ich muss dringend mit Violet sprechen!"

„Aha! Bei mir ist sie jedenfalls nicht. Warum rufen Sie sie nicht an?" Ich bewege meine Mundwinkel zu einem hämischen Lächeln.

„Sie nimmt mein Gespräch nicht an", blafft er und ich bin mir sicher, dass er sich nicht mehr lange unter Kontrolle hat.

„Dann wird sie dafür wohl auch einen Grund haben", reize ich ihn weiter.

„Ich wüsste nicht, welchen?"

Mein abfälliger Blick müsste ihm nun eigentlich sagen, dass ich ihm kein Wort glaube, doch zu meinem großen Entsetzen naht in den nächsten Sekunden die zweite Katastrophe und öffnet - in einer hautengen Jeans, weit ausgeschnittenem Top und ultrahohen Pumps – die Eingangstür der Galerie.

Viel Zeit für weitreichende Entscheidungen bleibt mir nicht und deshalb bin ich mit zwei großen Schritten bei der Besucherin und flöte: „Was für eine Überraschung, mein Schatz", und reiße meine Schwester an mich. „Spiel mit!", zische ich ihr ins Ohr und drücke ihr danach einen Kuss auf die Stirn.

„Was für eine berauschende Begrüßung", quietscht sie und sieht mich entsetzt an. Sie soll jetzt bitte nichts *Blödes* anstellen, bete ich innerlich und hoffe, sie versteht meinen flehenden Blick.

„Dann bist du mir also nicht mehr böse?", fragt sie unterschwellig und zieht einen Schmollmund.

„Nein, mein Schatz. Es war mein Fehler", sage ich kleinlaut und grusle mich wegen meines fürchterlichen Gelabers.

„Dann bekomme ich die Schuhe mit der roten Sohle also, Schatz?" Sammy formt ihren Mund zu einem Luftkuss und ich weiß, dass der letzte Satz von ihr ernst gemeint ist.

„Natürlich!", sage ich und kneife sie in den Arm. *So ein Biest.*

„Ah, Mr. Joss, darf ich Ihnen meine Verlobte Sammy vorstellen?", bemerke ich ganz nebenbei und drehe mich zu ihm um.

„Ich dachte, sie sind mit Mrs. Donovan liiert?", stottert dieser nun erstaunt.

„Wie bitte?", faucht Sammy. „Wie kommen Sie denn zu dieser Annahme!" Augenblicklich dreht sie sich zu mir um und funkelt mich böse an: „Schatz! Hast du mir etwas zu sagen?"

„Ich glaube…", beginne ich mit fester Stimme, „Mr. Joss wollte uns gerade verlassen."

„Ja, natürlich. Tut mir leid, wenn ich mit meiner Bemerkung für Verwirrung gesorgt habe", entschuldigt er sich. „Ich melde mich zu einem günstigeren Zeitpunkt bei Ihnen. Wir müssen dringend über geschäftliche Dinge sprechen!", sagt er mit Nachdruck und verschwindet, ohne sich zu verabschieden, mit großen Schritten zur Tür hinaus.

„Na, wenn das nicht interessant wird", murmle ich leise.

Erst als er außer Sichtweite ist, laufe ich mit Sammy in Richtung meines Büros.

„Wer war das denn?", fragt sie und zieht dabei die Mundwinkel nach unten. „Ein komischer Typ."

„Violets Chef, oder besser gesagt ihr Ex-Chef, ein wirklich gefährlicher Mann", brumme ich gedankenversunken. „Übrigens, dass mit den Schuhen meinst du nicht ernst, oder?"

„Natürlich! Immerhin musste ich deine Verlobte spielen."

„Aber die paar Minuten waren keine vierhundert Pfund wert", entgegne ich entsetzt.

„Ich bin jetzt eine mittellose Frau", jammert sie mit spitzer

Zunge.

„Ja, sehr bedauernswert. Was machst du eigentlich hier?"

„Na, Alexander besuchen. Wo ist er eigentlich?"

„Mit Violet im Büro."

„Bitte was?", zischt Sammy und sieht mich entsetzt an.

„Lach' einfach! Er kann dich über die Überwachungsanlage beobachten!", presse ich hervor.

„Oh!", sagt sie und setzt sofort ihr schönstes Lächeln auf.

Und mit diesem Gesichtsausdruck läuft sie Alexander direkt in die Arme. „Na, schöne Frau", säuselt dieser und ich glaube, genau in dieser Minute brauche ich einen Whisky, auch wenn es erst früher Nachmittag ist.

Violet scheint mein Vorhaben zu durchschauen und fragt kleinlaut: „Hast du auf den Schreck auch was *Richtiges* zu trinken für mich?"

„Gedankenübertragung", grinse ich.

Auch, wenn sie Mr. Joss nicht persönlich gegenüber stand, muss sie eine enorme Wut auf ihn verspürt haben. Nur der Auftritt von Sammy scheint ihre Stimmung zu heben. Aus schmalen Augen sehe ich sie an und sie schenkt mir ein hinterhältiges Grinsen. „Vergiss nicht, deiner *Verlobten* die versprochenen Schuhe zu kaufen."

„Neidisch?", frage ich.

Violet zuckt lässig mit der Schulter und bedenkt mich mit einem hochmütigen Blick.

Plötzlich klingelt ein Smartphone. „Das ist meins", ruft Violet, greift nach ihrer Handtasche und ist zu meinem Erstaunen schnell fündig geworden. Als sie auf das Display sieht, flüstert sie: „Es ist Judy."

Sofort nimmt sie das Gespräch an und hört mit angespannter Mimik einen Moment zu. „Judy, warte! Ich komme vorbei. Gib mir nur etwas Zeit und sieh zu, dass dich niemand erkennt." Daraufhin beendet Violet das Gespräch und alle im Raum starren sie mit fragenden Gesichtsausdrücken an.

„Judy ist der Meinung", beginnt Violet hastig, „dass im Krankenhaus Männer von meiner Behörde nach Vincent suchen. Sie ist total verängstigt und ich muss sofort dorthin."

„Bestimmt nicht allein!", knurre ich.

„Dich darf niemand im Krankenhaus sehen!", mahnt Alexander. „Es wird Zeit, dass ich Vincent in Sicherheit bringe."

„Ich kann doch wieder in Verkleidung dort hingehen!", schlägt Violet vor.

„Alexander hat recht", werfe ich ein. „Es ist zu gefährlich. Ich sollte euch nach Hause bringen." Damit meine ich beide Frauen. Diese sind wenig begeistert von meinem Vorschlag. Sammy wollte so gern noch weiter Alexanders Flirtkunst genießen und Violet will natürlich mit ins Krankenhaus fahren.

„Dann können wir auf dem Rückweg wenigstens Schuhe kaufen, Brüderchen", flötet Sammy in den höchsten Tönen.

Ich verdrehe genervt die Augen und murmle: „Heute bestimmt nicht mehr. Ich muss noch eine Entführung planen!"

Sammys entsetzter Blick ist unbezahlbar und Violet kaut bei meiner Aussage verlegen auf ihrer Unterlippe.

***

Im Autokonvoi bringen wir Sammy nach Hause. Alexander fährt danach weiter ins Krankenhaus und mein Plan ist es, Violet *an das Ende der Welt* zu bringen.

„Wenn ich zur Tarnung die Perücke aufsetze", schlägt sie plötzlich mit weinerlicher Stimme vor, „dann kann ich bei mir in der Wohnung bleiben. Das ständige Hin und Her habe ich satt und möchte wieder in meinem Bett schlafen."

Das kann ich nur zu gut verstehen. „Dann entführe ich dich jetzt!", beschließe ich und fahre über ein paar Umwege zurück zu unserem Wohnhaus.

Wie zwei Einbrecher schleichen wir uns aus der Tiefgarage die Treppen zu meiner Wohnung hinauf und verschwinden kurz darauf - in der Hoffnung, dass uns niemand gesehen hat - darin.

„Also die Entführung habe ich zwar etwas anders geplant", entschuldige ich mich, „deshalb muss ich nun improvisieren."

„Wenn ich es richtig in Erinnerung habe, dann war ein Dinner inklusive?" Violet zieht bei ihrer Frage die Mundwinkel leicht zur Seite und sieht mich mit großen Augen an. „Ich habe Hunger", setzt sie mit Unschuldsmiene nach.

Mit gespieltem Entsetzen sehe ich auf meine Armbanduhr.

„Also es ist erst 14 Uhr."

Verzweifelt lässt Violet die Schultern hängen. „Dann müssen wir wohl etwas beim Lieferservice bestellen. Ich habe heute nur gefrühstückt", murrt sie.

„Ich wusste gar nicht, dass Frauen ebenfalls bissig sind, wenn sie Hunger haben. Ich dachte, das wäre nur bei Männern so."

„Glaube mir Clive, *dich* fresse ich gleich, wenn du weiter mit mir diskutierst." Violet grinst mich an und doch warnt mich ihre steife Körpersprache.

„Ich ergebe mich", sage ich beschwörend und hebe die Hände. „Was hältst du dann von Pasta mit Meeresfrüchten? Die magst du doch, wenn ich mich richtig erinnere, oder?"

„Klingt gut. Wo willst du die bestellen?"

„Nirgends!", nuschle ich und gehe bei ihrer Frage in meine offene Küche. Aus dem Gefrierfach hole ich eine Tüte Meeresfrüchte.

„Du kochst selbst?" Violet verzieht eine entsetzte Miene.

„Ja!", sage ich selbstbewusst. „Ich kann das!"

„Du überraschst mich immer wieder, Clive Henderson", bemerkt sie und klatscht anerkennend in die Hände. „Kann ich mich etwas in deiner Wohnung umsehen? Bis jetzt war ich immer nur zum Schlafen hier." Dass die Zweideutigkeit in ihrer Aussage kaum zu toppen ist, wird uns beiden bewusst, denn wir werfen uns bedeutungsvolle Blicke zu.

„Dumme Rede von mir", murmelt sie verlegen und dreht sich dabei weg. Ich hingegen habe für einen Moment Kopfkino - und dabei liegt Violet nicht allein auf der Couch. Auch der Kerl neben ihr sieht mir verdammt ähnlich.

Schluss jetzt!

Aus dem Weinregal nehme ich eine Flasche Rotwein. Das Floppen des Korkens zieht Violets Aufmerksamkeit auf mich und ich kann in ihren Augen die Gedanken lesen.

„Der Wein stammt aus Kalifornien", betone ich, während ich den roten Traubensaft in die Gläser schütte.

„Aha!", sagt sie knapp, grinst und schnappt sich, ohne weitere Fragen zu stellen, ihr Glas.

Damit in der Hand schlendert sie zu der Anrichte aus der Kolonialzeit und bleibt vor dem Blumengemälde stehen, das darüber hängt. Mit dem rechten Zeigefinger betastet sie vorsichtig, ja fast schon ehrfürchtig, den Rahmen des Gemäldes. Dann geht sie ein paar Schritte zurück, ohne das Gemälde dabei aus den Augen zu lassen und visiert es aus einem anderen Blickwinkel an.

„An dem Gemälde stimmt etwas nicht!", sagt sie plötzlich und nimmt einen großen Schluck Wein.

„Was denn?", frage ich und ziehe die Stirn kraus.

„Der Holzrahmen ist aus dem 16.-17. Jahrhundert und ich bin mir sicher, dass das Blattgold darauf echt ist. Aber das Gemälde an sich ist frühes 19. Jahrhundert und dieses Blumenarrangement ist von einem Laien gemalt. Außerdem passt es überhaupt nicht zu deiner Einrichtung."

„Also, wo du hier übernachtet hast, warst du nicht so kritisch", sage ich gekränkt.

„Darf ich das Gemälde von der Wand nehmen?", fragt mich Violet, ohne weiter auf meinen Einwand zu achten.

„Ja, mach' ruhig!", sage ich lapidar und schmeiße die mit heißem Wasser übergossenen Meeresfrüchte in die Bratpfanne mit dem Olivenöl.

Natürlich lasse ich Violet weiterhin keine Sekunde aus den Augen und werde für meine Unvorsichtigkeit mit heißen Spritzern des Öls bestraft. „Verdammt!", fluche ich.

In der Zwischenzeit untersucht sie die Rückwand des Gemäldes und nuschelt: „Die ist erst vor kurzem hier angebracht worden. Hast du sie entfernt und dahinter nachgesehen?"

„Klar! Da war nichts!"

Violet scheint mir nicht zu glauben und ich bin mir sicher, sie wird mich gleich nach Werkzeug fragen, damit sie die Rückwand selbst entfernen kann. Doch stattdessen dreht sie das Gemälde wieder um und betastet die Oberfläche. Plötzlich stockt sie und scheint zu überlegen. „Hast du das Gemälde schon einmal mit deinem Röntgenautomat untersucht?", fragt sie mit tiefer, bedeutungsvoller Stimme.

„Ja, natürlich, aber woher weißt du, dass ich so ein Teil überhaupt besitze?"

„Weiß ich gar nicht, das war eine Fangfrage. Und? Was hast du herausgefunden?" Violet rauft sich vor Aufregung die Haare.

Fangfrage! Und ich Trottel bin darauf reingefallen!

Mit gelangweilter Miene zücke ich mein Smartphone aus der Hosentasche und suche ein von mir aufgenommenes Video heraus. „Hier, du kannst es dir ansehen, da ist nichts drauf, was die Welt aus den Fugen geraten lässt."

„Das ist egal, ich finde es immer wieder spannend, wenn solche Entdeckungen gemacht werden. Was mit so einer Technik heutzutage alles möglich ist."

„Hmm, die ist auch wirklich nicht billig und man braucht dafür eine Menge Platz."

Violet scheint mir nicht mehr zuzuhören, denn sie hat sich mit meinem Smartphone in der Hand auf den Boden gesetzt und starrt auf das Display.

Plötzlich stöhnt sie und ihr entsetzter Blick trifft mich. Sie lässt sich schweratmend nach hinten fallen. „Du weißt, was sich unter dem Blumenarrangement befindet?", quietscht sie.

„Ich denke schon", sage ich und kratze mir verlegen am Kopf.

Augenblicklich springt Violet auf und kommt drei Schritte mit weit aufgerissen Augen auf mich zu gerannt. Direkt vor der Kochinsel bleibt sie stehen. „Unter diesen Blumen befindet sich ein schlecht gemaltes Landschaftsmotiv und darunter …" Violet hat alle Mühe weiter zu sprechen.

„Ja?", frage ich und halte den Kopf leicht schief.

„Darunter ist ein Gemälde von einem Mann mit einem Baby auf dem Schoß."

„Echt?", frage ich und mein Ton soll so teilnahmslos wie möglich klingen.

„Der Mann ist entweder ein Bischof oder sogar der Papst. Wenn ich es richtig erkannt habe, dann ist das ein Werk des italienischen Malers mit dem magischen *M* als Name."

„Was du alles weißt!", sage ich anerkennend.

„Clive, verarsch' mich nicht. Das ist das verschwundene und noch nie in der Öffentlichkeit gezeigte Gemälde aus Rom, wonach alle suchen, oder?" Ihre Stimme überschlägt sich bei jedem Wort mehr.

„Eines davon, ja …", bemerke ich. „Die Pasta ist übrigens fertig, wir können essen."

„Ich habe jetzt keinen Hunger mehr", ruft Violet völlig aufgelöst. „Clive, ich weiß nicht, was ich sagen soll."

Sie wird von einem Gefühlsausbruch geschüttelt und ihr laufen die Tränen dabei über das Gesicht.

„Also ein *Danke*, dass ich gekocht habe, reicht mir völlig aus."

„Ich rede über das Gemälde und du über das Essen!", stottert sie.

„Jetzt beruhige dich erst einmal. Ich erzähle dir gleich alles, aber vorher wird gegessen."

Ich rücke ihr an der Küchentheke einen Stuhl zurecht und schiebe sie förmlich darauf. „Ich hoffe, dir schmeckt es trotz deiner gerade gemachten Entdeckung."

„*Du* hast dieses Gemälde und führst die ganze Zeit alle an der Nase herum", sagt sie und schüttelt immer wieder den Kopf. „Wer weiß noch davon?"

„Niemand. Nur du jetzt!"

„Alexander auch nicht?", fragt sie ungläubig.

„Nein!", sage ich und reiche ihr den Teller mit der Pasta.

„Hmm, das riecht wirklich gut. Jetzt habe ich wieder Hunger und danach brauche ich dringend Whisky, Rum oder was auch immer du im Haus hast."

Ich kratze mich bei ihren Worten nachdenklich am Kopf.

„Du solltest dringend über deinen Alkoholkonsum nachdenken … oder ist das meine betörende Anwesenheit, die dich zu diesem Treiben veranlasst?"

„Das bist eindeutig *DU*!" Violet schenkt mir darauf einen Blick, den ich nicht wirklich deuten kann. Jedenfalls hat sie mich noch nie so angesehen. Ich weiß aber - dieser Blick ist gefährlich.

Sehr gefährlich!

„Jetzt erzähl' schon", drängt sie. „Wie bist du an das Gemälde gekommen?"

„Das ist eine kuriose Geschichte", beginne ich und setze mich ihr gegenüber. „Einer meiner Kontaktmänner hat auf einem Flohmarkt in Rom dieses Gemälde entdeckt und für umgerechnet einhundert Pfund gekauft."

„Einhundert Pfund?", quietscht Violet. „Das ist mindestens zwanzig Millionen wert."

„Wenn entschlüsselt wird, wer die gezeichneten Personen darauf sind, dann sogar noch viel mehr", sage ich mit bedeutungsschwerer Stimme.

„Also ...", fahre ich fort, „ihm ist der Rahmen, genauso wie dir, aufgefallen und deswegen hat das Gemälde sein Interesse geweckt. Jedenfalls hatte ich sowieso einige Dinge in Rom zu erledigen und brauchte eine Weile, um die Bedeutung des Gemäldes zu begreifen. Ich habe es fotografiert und bin wieder nach London zurückgeflogen. Dort ließ ich durch einen Restaurator eine Kopie anfertigen und bin damit wieder zurück nach Rom. Die Kopie habe ich, wie es sich gehört, beim Zoll angemeldet und erklärt, dass ich das Gemälde in Rom von einem Experten schätzen lassen wollte. Da es offiziell nicht viel wert ist, gab es keine Probleme bei der Ausfuhr. Der Rückflug fand unter den gleichen Bedingungen statt, nur mit dem echten Gemälde im Gepäck und einer erfundenen Bewertung."

„Aber dann hast du das Gemälde gar nicht aus dem leer stehenden Haus in Rom, wo ich dich beobachtet habe, herausgeholt?" Violet zieht ihre Stirn und Falten und sieht mich fragend an.

„Doch. Dort stammt es ursprünglich her und es warten noch drei Gemälde auf uns."

„Drei?", fragt sie mit entsetztem Blick.

Ich nicke zur Bestätigung.

„Oha! Und alle mit dem gleichen Inhalt?"

„Das ist anzunehmen", sage ich und Violet bleibt der Mund offen stehen.

„Meine Kontaktperson habe ich natürlich nach dem Fund des ersten Gemäldes darauf angesetzt, den wahren Besitzer zu finden", fahre ich fort. „Da Rom ein kleines Dorf ist, wusste er schnell, wo das Gemälde die ganzen Jahre versteckt war. In dem alten leer stehenden Haus am Stadtrand. Zu meiner großen Überraschung war es dann aber gar nicht leer, sondern eine ältere Dame wohnte darin. Du kannst dir vorstellen, wie ich mich erschreckt habe, als ich das Haus nach weiteren Gemälden durchsuchte und plötzlich ein altes buckliges Weib mit Kopftuch und Stock hinter mir stand. Ihr Krächzen habe ich heute noch im Ohr."

„Und weiter?", drängt Violet mit leicht rosigen Wangen. Ihr ist die Aufregung förmlich anzusehen.

„Mit meinen bescheidenen Italienisch-Kenntnissen habe ich ihr die Wahrheit erzählt. Dabei hat sie mir tatsächlich von drei weiteren Gemälden berichtet, doch leider ist sie sich unsicher, wo diese versteckt sind. Meiner Bitte, mir auch diese Gemälde zu überlassen, wenn ich sie finde, kam sie zu meiner großen Überraschung sofort nach. Sie hatte nur eine Bedingung, ich sollte ihr bei der Zitronenernte helfen."

„Was? Wie passt das denn zusammen? Das Haus ist doch total verfallen."

„Das dachte ich auch. Sie ging mit mir daraufhin zum Hinterausgang und plötzlich stand ich in einem wunderschönen Zitronenhain. Und ganz am Ende befand sich ihr eigentliches Wohnhaus."

„Das ist unglaublich", ruft Violet aus.

„Ich bin zwei Tage bei ihr geblieben und habe tatsächlich Zitronen mit ihr geerntet."

„Und wo sind die restlichen Gemälde?", will Violet wissen.

„Noch versteckt!", sage ich und schiebe mir eine Gabel Pasta in den Mund. „Kannst du mir einen Gefallen tun?", frage ich.

„Sprich!"

„Geh' morgen zu Mr. Abraham …", beginne ich und erläutere ihr meine Bitte.

Chapter 23

Clive

*I*n meinem Schlafzimmer, 8 Uhr

Ziemlich benommen schlage ich die Augen auf und wundere mich, woher das laute Schnarchen kommt. Ich drehe den Kopf zur Seite und schreie tonlos laut auf.
Violet. Nackt.
Augenblicklich bin ich wach und hebe vorsichtig meine Decke an.
Verdammt.
Ich bin ebenfalls nackt und habe keine Ahnung, wie das passieren konnte. Aber noch viel schlimmer finde ich es, dass ich mich an nichts erinnern kann. Hatten wir Sex oder nicht?
Verzweifelt vergrabe ich meine Hände in den Haaren und plötzlich hört das Schnarchen auf. Violet dreht sich zu mir und schmeißt ihren Arm auf meinen nackten Oberkörper. Vor Schreck halte ich den Atem an und sie scheint es ebenfalls zu tun. Ganz vorsichtig hebt sie ihren Kopf und sieht mich erschrocken an.
„Das, was ich denke haben wir nicht wirklich getan, oder?", jammert sie.
Ich schüttle vehement den Kopf. „Nicht, dass ich wüsste", flüstere ich kleinlaut.
„Und wieso sind wir dann nackt?", presst sie hervor.
„Ich weiß es nicht! Violet, ich habe einen totalen Filmriss!"
„Geht mir nicht anders. Aber was riecht hier so komisch … irgendwie habe ich einen muffigen Geruch in der Nase."
„Ja, jetzt wo du es sagst, rieche ich es auch."

Wie Amy, wenn sie frisches Fleisch riecht, schnuppere ich und lande bei der vor dem Bett liegenden Kleidung. Als ich sie anfasse, ist sie nass und riecht unangenehm. „Hast du auch nasse Kleidung?", frage ich Violet. Sie beugt sich ebenfalls aus dem Bett und nuschelt: „Ja!". Dann lässt sie sich nach hinten in die Kissen fallen und lacht schallend. „Wir waren im Regen tanzen", flötet sie.

Jetzt fällt es mir auch wieder ein. „Das war deine Idee", sage ich und lache ebenfalls. Jetzt hat unsere Nacktheit einen Grund und ich muss mir keine Gedanken machen, dass ich Sex hatte und nichts mehr davon weiß.

„Du hättest im Trockenen bleiben können", zischt sie belustigt.

„Also unter Alkoholeinfluss scheinst du Wasser echt zu mögen. Ich erinnere nur daran, dass du unbedingt beim letzten Dinner nackt in der Themse baden wolltest."

„Tja, dann gib mir in Zukunft einfach keinen Alkohol mehr." Violet zuckt mit den Schultern und hat ein breites Grinsen im Gesicht.

„Also …", beginne ich, „mein Ankleidezimmer ist hier und ich kann mir trockene Kleidung holen. Wie sieht es mit dir aus?", frage ich süffisant.

Violets Grinsen erstirbt soeben und sie flucht eine Menge Schimpfwörter vor sich hin.

„Stopp!", sage ich und wedle dabei wild mit den Händen. „Ich mache dir drei Vorschläge. Erstens … du ziehst Kleidung von mir an, zweitens … du gehst nackt oder drittens … in eine Decke gehüllt in deine Wohnung. Welche Variante bevorzugst du?" Jetzt grinse ich bis über beide Ohren und hoffe, sie entscheidet sich für zweitens.

„Viertens. Ich ziehe das stinkende nasse Zeug wieder an, gehe unter die Dusche und wenn ich wieder vor deiner Tür stehe, hast du Frühstück vorbereitet. Klar soweit!"

Mein gespieltes Entsetzen hat einen ernsten Hintergrund und ich gebe mir keine Mühe wegzusehen, als Violet sich an die Bettkante setzt und anzieht. Ihre langen lockigen Haare fallen ihr dabei über den leicht gebräunten Rücken und bei dem Anblick ihrer nackten Haut beginnt mein Puls auf eine bedrohliche Weise zu rasen. Dass sich Violet mit einem verschlingenden Blick von mir verabschiedet, setzt zusätzlich mein Kopfkino in Gang. Leicht benebelt liege ich im Bett und höre, wie sie die Tür hinter sich zuzieht. Meinen Gedanken lasse ich für einen Moment freien Lauf bis ich mich unter der kalten Dusche abkühle.

***

Mit noch erhöhtem Puls bereite ich nun das Frühstück zu und meine Gedanken rutschen immer wieder in den nicht jugendfreien Bereich ab.

Als Violet kurz darauf an meine Wohnungstür klopft, habe ich ein verführerisches Lächeln im Gesicht. Ich öffne die Tür und ihre tiefblauen Augen wirken wie pure Hypnose auf mich. Ohne ein Wort schwebt sie an mir vorbei und zieht ihren orientalischen Duft hinter sich her. Am liebsten hätte ich sie an mich gerissen und sie leidenschaftlich geküsst. Stattdessen beiße ich mir so fest auf die Lippe, dass es schmerzt.

Außerdem habe ich das Gefühl, Violet scheint es nicht anders zu gehen. Ihre versteckten Blicke und ihre verhaltene Körpersprache sind für mich ein Zeichen, dass es unter ihrer Haut vor Spannung nur so brodelt.

Die Situation entspannt sich beim Frühstück kein bisschen. Im Gegenteil, wir werden immer verkrampfter und zwingen uns förmlich jeden Bissen hinunter. Wir schaffen es nicht einmal mehr, uns in die Augen zu sehen. Jeder noch so leidenschaftliche Blick würde sofort damit enden, dass wir uns vor Verlangen auf dem Fußboden wälzen.

„Ich treffe mich dann kurz mit Mr. Abraham", flüstert Violet verlegen, ohne mich jedoch dabei anzusehen.

Ich lege mein Messer zur Seite und mustere sie auffällig.

„Soll ich dich begleiten?", frage ich rau.

In diesem Moment wirft sie mir einen betörenden Blick zu und mein Herz macht einen Sprung.

Volltreffer.

Ich bin erledigt und liege emotional wie ein angeschossenes Tier am Boden.

„Grandma ist auf den Weg nach London", sagt sie schüchtern.

„Das ist gut. Dann soll sie dich begleiten", sage ich schnell und bin für Sekunden erleichtert. Zum jetzigen Zeitpunkt ist es besser, wenn wir erst einmal etwas Abstand haben, denn heute kann ich mir selbst nicht trauen. „Du hast meine volle Unterstützung, denke daran", mahne ich trotz aller Gefühle. „Lass dich von Mr. Abraham nicht mit Banalitäten abspeisen."

„Hältst du mich für so blöd?", faucht Violet plötzlich.

„Nein! Natürlich nicht. Aber ich kenne ihn und er wird trotzdem versuchen, einen Vorteil aus der ganzen Geschichte zu ziehen."

„Du unterschätzt mich gerade, Clive. Ich kämpfe um meine Freiheit. Da kenne ich keine Gnade."

„Dann ist alles bestens", sage ich leise und trinke den letzten Schluck Kaffee aus.

Chapter 24

Violet

*A*uf dem Weg zur National Gallery, 11 Uhr

„Wieso bist du wirklich in London?", frage ich Grandma, die neben mir in meinem Van sitzt.
„Darf eine Großmutter nicht mal ihre Enkeltochter in der großen Stadt besuchen?", fragt sie entsetzt.
„Grandma!", schnarre ich.
„Du hattest immer noch keinen Sex!", krächzt sie.
Vor Schreck trete ich auf die Bremse und der Fahrer des Kleinbusses hinter mir hupt und gestikuliert wild in seinem Auto.
„Nein!", fauche ich und trete wieder auf das Gaspedal. „Wir hatten einen verdammt schönen Abend und sind im Regen tanzen gewesen", sprudelt es plötzlich aus mir heraus, obwohl ich das gar nicht will. „Natürlich ist das, wenn man an meine Sicherheit denkt, ein blödes Unterfangen gewesen, aber es hat so viel Spaß gemacht. Ich habe ewig nicht mehr so gelacht wie gestern. Und heute früh sind wir nackt zusammen in seinem Bett aufgewacht und hatten zunächst keine Ahnung mehr, was passiert ist. Ich wünsche mir so sehr, dass er einfach meinen Kopf in seine Hände nimmt und mich leidenschaftlich küssen würde. Kannst du dir vorstellen, dass ich schon davon träume, mit ihm im Fahrstuhl Sex zu haben?"
„Huch ...", sagt Grandma. „Sprich ruhig weiter. Ich höre dir zu."
Als ich zu Seite blicke, lodert eine unersättliche Neugier in ihren Augen. „Du willst Details?", frage ich gespielt entsetzt.

„Vielleicht kann ich noch etwas dazu lernen", kichert sie.

„Du bist unglaublich und die tollste Frau der Welt", rufe ich durch den Van und Lou schreckt davon aus seinem Schlaf auf.

Als ich ein paar Kilometer später am Hintereingang der Gallery einparke, sagt Grandma leise: „Er wird nicht den ersten Schritt machen."

„Warum nicht? Denkst du immer noch wegen des Vorfalls in New York?"

„Violet, er musste mit ansehen, wie du überfallen wurdest. Wenn du den Sex im Fahrstuhl willst, dann musst du selbst die Initiative ergreifen."

Bei ihren Worten atme ich tief ein und murmle: „Ich habe Angst, etwas anzufangen und dann zu versagen. Was ist, wenn mich plötzlich die Panik überfällt oder ich andauernd an Daniel denken muss? Dann ist zwischen uns alles kaputt", sage ich weinerlich.

„Damit rechnet er selbst und wird es dir nicht nachtragen."

„Woher willst du das wissen?"

„Vertrau' mir einfach", sagt sie und küsst mich auf die Wange.

Genau in diesem Moment taucht unerwartet Alfredo Casa vor meinem Van auf und starrt mich beängstigend an. Sekunden später ist er wieder verschwunden.

„Meinen Revolver!", rufe ich und sehe mich unsicher um.

Alfredo scheint jedoch in der Menschenmenge untergetaucht zu sein. Grandma sieht mich entsetzt an. „Wer war das denn?"

Bevor ich ihr jedoch antworte, hole ich aus dem Handschuhfach meinen Revolver hervor, den ich für Notfälle dort deponiert habe, und entsichere ihn.

„Ich will auch so einen!", krächzt Grandma.

„Du kannst doch gar nicht schießen", sage ich und schüttle genervt den Kopf.

„Deinen Großvater habe ich nur knapp verfehlt", berichtet sie stolz.

„Was?", schreie ich und sehe sie voller Entsetzen an. „Grandma, damit macht man keine Witze!"

„Das ist keiner. Ich sollte seinen Revolver reinigen und dabei hat sich ein Schuss gelöst. Danach hat er es dann immer selbst gemacht", sagt sie beleidigt.

„Das war wohl auch besser so!", knurre ich und bin mit den Gedanken ganz woanders.

Über die Freisprechanlage suche ich Mr. Abrahams Nummer und rufe ihn an. Nach dem zweiten Klingeln meldet er sich sofort. „Violet. Sie sagen mir jetzt hoffentlich unser Treffen nicht ab."

„Nein. Ich stehe vor dem Hintereingang und habe ein kleines Sicherheitsproblem. Können Sie mir einen Wachmann von sich zum Auto schicken? Außerdem habe ich meinen Hund dabei."

„Natürlich. Ich komme persönlich!", sagt er und legt auf.

Zur Vorsicht stecke ich mir den Revolver in den Bund meiner Anzughose und ziehe meinen Blazer darüber. Grandma beobachtet mein Treiben mit skeptischem Blick, sagt aber kein Wort dazu.

Es dauert keine fünf Minuten, da steht Mr. Abraham - flankiert von zwei bewaffneten Sicherheitsmännern - am Hintereingang und als er mich im Auto entdeckt, kommt er sofort auf uns zu. Die Begrüßung zwischen uns fällt dementsprechend kurz aus und wir passieren ohne weitere Komplikationen den Eingang zur Gallery. Die Besucher beäugen uns wegen Lou skeptisch, doch ihn stört das nicht. Im Gegenteil, er rennt schwanzwedelnd hinter mir her und freut sich über die ihm entgegengebrachte Aufmerksamkeit.

Als ich mit Lou das Büro von Mrs. Abigal betrete, jammert diese: „Habe ich mich jetzt erschreckt", und schielt verdattert auf den Labrador.

„Das ist heute aus Sicherheitsgründen mal eine Ausnahme", sagt Mr. Abraham bedeutungsvoll. Mrs. Abigal nickt und atmet tief aus. „Soll ich die Polizei verständigen?"

„Das ist im Moment nicht nötig", werfe ich schnell ein. Die Beamten würden zu viele und besonders unbequeme Fragen stellen.

„Kommen Sie bitte, meine Damen", fordert uns Mr. Abraham auf und öffnet die Tür zu seinem Büro. Bevor er sie hinter uns schließt, ruft er Mrs. Abigal zu, dass er keine Störung wünscht.

„Ihr Anruf heute früh klang ziemlich mysteriös, Mrs. Donovan", beginnt er und bietet uns einen Platz in der Lounge-Ecke an.

„Ich möchte mich erst einmal bedanken, dass Sie so schnell für mich Zeit haben", beginne ich und spüre meine innere Nervosität.

„Für Sie doch immer", sagt er und betrachtet mich mit wachem Blick.

„Ich habe zwei gute und eine schlechte Nachricht für Sie, Mr.

Abraham."

„Mit der schlechten kann ich leben. Erzählen Sie mir die guten Nachrichten zuerst." Sein aufmunterndes Lachen sorgt dafür, dass sich meine Aufregung legt. „Ich habe die noch fehlende chinesische Vase in meinem Besitz. Diese tausche ich für eine genehmigte Kündigung bei meiner Behörde mit einem wohlwollenden Zeugnis ein."

Für einen Moment lasse ich meine Worte wirken und ziehe erst danach mein Smartphone aus der Handtasche. Als Beweis zeige ich ihm die Fotos, die ich gestern in Clives Galerie von der Vase gemacht habe.

„Darf ich fragen, woher Sie die Vase haben?", will Mr. Abraham wissen und betrachtet intensiv die Fotos.

„Können Sie es sich nicht denken?"

„Mr. Henderson, nehme ich an."

Ich nicke in seine Richtung und habe ein dezentes Lächeln auf den Lippen.

„Dann hat alles seine Richtigkeit", sagt Mr. Abraham und reibt sich verstohlen die Hände. „Sie wissen, dass mir finanziell die Hände gebunden sind."

„Ich schenke Sie Ihnen, wenn Sie dafür sorgen, dass die Behörde meine Kündigung genehmigt."

„Oh! Mit diesem Angebot habe ich nicht gerechnet. Ich werde das gleich mit der Premierministerin besprechen. Sie ist genauso daran interessiert, den Deal mit der chinesischen Regierung endlich zu beenden. Ihren Besuch im nächsten Monat dort würde das eine positive Note verleihen."

„Moment!", werfe ich ein. „Ich bin noch nicht fertig. *Das* sollte die Premierministerin ebenfalls wissen." Ich nehme Mr. Abraham das Smartphone für einen Moment aus der Hand, suche das *bestimmte* Video, was mir Clive verschlüsselt gesendet hat und zeige es ihm. Grandma und ich sehen uns verschwörerisch an und danach beobachten wir Mr. Abraham. Ich wusste nicht, dass ein Mensch so viele verschiedene Mimik innerhalb so kurzer Zeit durchleben kann. Mit hochrotem Kopf und leicht zittrigen Händen gibt er mir nach einer gewissen Zeit mein Smartphone zurück.

„Ich brauche den besten Restaurator, den Sie haben", beginne ich. „Auf das ursprüngliche Gemälde sind zwei weitere Ölgemälde aufgetragen worden und diese müssen fachmännisch entfernt werden, damit das Original nicht beschädigt wird. Erst danach können wir mit Bestimmtheit sagen, wer die Personen auf dem Gemälde sind." Natürlich versteht Mr. Abraham meine Zweideutigkeit, denn auf dem Video sind die Personen verhältnismäßig gut zu erkennen.

„Wo befindet sich das Gemälde im Moment?" Das Zittern in Mr. Abrahams Stimme ist nicht zu überhören.

„London!", sage ich mit fester Stimme.

Statt einer Antwort reißt Mr. Abraham seine Augen weit auf und lockert seinen Schlipsknoten. „Was wollen Sie für das Gemälde, Violet?"

„Den besten Restaurator und meine Freiheit. Sobald der Wert des Gemäldes feststeht, verhandeln Sie mit der Premierministerin über die Bezahlung und das Gemälde gehört Ihnen."

„Ich muss telefonieren!" Mr. Abraham knöpft sich den obersten Knopf seines Hemdes auf und stürzt zur Tür hinaus.

„So warm, wie er tut, ist es hier im Zimmer nun auch nicht", murmelt Grandma und pustet gelangweilt die Luft aus.

„Was denkst du, wird er jetzt machen?", frage ich.

„Telefonieren. Das hat er doch gesagt."

„Grandma", sage ich genervt und verdrehe die Augen. „Ich meine wegen der Angebote von mir."

„Dich auf Händen zur Tür hinaustragen ... du hingegen musst wohl dein ganzes Leben keinen Eintritt für diese Gallery mehr bezahlen."

„Das muss ich auch so nicht, weil der Eintritt für alle frei ist."

„Ich habe aber immer Geld in so Dinger geschmissen", murrt Grandma.

„Das sind Spendenboxen", korrigiere ich sie.

Plötzlich steht Mr. Abraham wieder im Zimmer. Sein verwirrter Blick und seine unsichere Körperhaltung versetzen mich in innere Panik.

Habe ich zu hoch gepokert?

„Sie können sich morgen Ihre Unterlagen bei mir abholen. Ich bekomme im Austausch die chinesische Vase?", fragt er skeptisch.

„Natürlich! Sagen Sie mir einen Zeitpunkt und ich bin da!"

„13 Uhr?"

Ich nicke zur Bestätigung.

„Was gibt es für Sicherheitsprobleme?", will er wissen.

Schlagartig hat Mr. Abraham seine Fassung wieder.

„Die italienische Mafia, nur um eine Organisation zu erwähnen", sage ich ironisch. „Ich bringe Ihnen die Vase in Begleitung des Geheimdienstes."

„Das ist gut. Wann können wir mit der Restaurierung des Gemäldes beginnen?"

„Darüber sprechen wir morgen!", sage ich und stehe auf.

Mr. Abraham schüttelt mir beim Verabschieden besonders lange und intensiv die Hand.

„Jetzt brauche ich wirklich frische Luft", stöhne ich, als wir das Erdgeschoss der Gallery durchqueren.

„Ich dachte schon, du sagst Rum", bemerkt Grandma und ihr ist die Enttäuschung anzumerken. „Aber diese zwei Sicherheitsmänner rennen uns jetzt nicht die ganze Zeit hinterher, oder?"

„Nein, nur bis zum Ausgang."

Drei Atemzüge später scheint mir die Sonne wieder ins Gesicht und ich atme tief ein. Plötzlich wühlt Grandma in meiner Handtasche und ich fühle zeitgleich einen harten Gegenstand im Rücken.

„Gehen wir ein Stück", raunt mir eine männliche Stimme zu.

„Alfredo!", knurre ich. „Was willst du?"

„Sie gehen nirgends mit ihr hin", grollt Grandma und zielt mit vorgehaltenem Revolver auf Alfredo. Jetzt verstehe ich auch, was sie in meiner Handtasche gesucht hat. Meinen zweiten Revolver.

„Sie hat keine Skrupel und auch schon auf meinen Großvater geschossen, er ist seit drei Jahren tot", setze ich unterschwellig nach.

Und bevor Alfredo reagieren kann, drehe ich mich zur Seite und trete mit dem rechten Fuß in seine Kniekehle. Daraufhin knickt ihm das Bein weg und er geht zu Boden. Zu meiner großen Überraschung habe ich plötzlich Clives Parfüm in der Nase. Entsetzt reiße ich den Kopf herum und sehe, wie er Alfredo die Hände auf den Rücken dreht. Zwei Atemzüge später steht Alexander mit zwei seiner Männer daneben und legt Alfredo Handschellen an.

Wo zur Hölle kommen die alle plötzlich her?

„Dich kann man wirklich keine Minute alleine lassen", sagt

Clive und muss schelmisch grinsen.

„Warum tust du es dann?", frage ich gespielt schnippisch und grinse zurück. Ich bin total erleichtert, dass er hier ist.

Grandma fuchtelt immer noch mit meinem Revolver herum und ruft freudig: „Ich habe auch einen!" Sie meint natürlich den Revolver.

„Mrs. Donovan", flötet Alexander. „Wo haben Sie den her?"

„Aus Violets Handtasche geklaut", berichtet sie stolz und kichert dabei.

„Dann stecken wir dieses *Ding* auch dorthin wieder zurück, einverstanden?", sagt Alexander und nimmt Grandma den Revolver aus der Hand. Mit einem Grinsen im Gesicht übergibt er ihn mir. „Du solltest besser auf sie aufpassen."

„Versuch du mal, einer Piratenbraut das Handwerk zu legen."

Alexander hebt beschwörend seine Arme und strahlt mich an. „Wir haben immer noch ein Dinner offen."

„Nur eins?", frage ich und tue entsetzt. „Willst du mich beleidigen?"

„Nimm, was du kriegen kannst …"

„Und gib nichts zurück", ergänze ich.

„Was soll das denn?", will Grandma wissen.

„Der Spruch ist aus so einem Piratenfilm", wiegle ich ab.

„Vielleicht solltest du deine Beute erst einmal wegbringen", unterbricht uns Clive und meint damit Alfredo. Seine plötzlich ernste Miene gefällt mir.

Ist er etwa eifersüchtig?

„Auf diesen Gedanken wäre ich jetzt nicht gekommen, Clive", sagt Alexander mit leichter Ironie in der Stimme. „Wir sehen uns später und *ER* ist in Sicherheit", ruft er mir verschwörerisch zu und meint damit Vincent.

„Himmel, ist das alles aufregend. Du könntest mich wirklich öfter mal zu deinen Einsätzen mitnehmen", krächzt Grandma und klatscht vor Freude in die Hände.

Clive und ich sehen uns hilflos an und verziehen unsere Gesichter zu rätselhaften Grimassen.

„Und, was machen wir jetzt?", fragt sie.

„Ich bringe euch beide erst einmal nach Hause. Hier ist es zu gefährlich. Der Casa-Clan wird nicht erfreut über die Festnahme eines ihrer bedeutendsten Mitglieder sein."

„Also um mich müssen Sie sich keine Sorgen machen. Will hat mich hergebracht und wir wollen noch etwas die Stadt unsicher machen. Er wartet auf der anderen Seite des Gebäudes auf mich. Aber Sie sollten jetzt lieber nach Hause fahren und mit Violet den Fahrstuhl zu ihrer Wohnung nehmen", schlägt Grandma vor.

Das hat sie jetzt nicht wirklich zu ihm gesagt?

Mir steigt die Röte ins Gesicht und meine Hände werden feucht. Clive scheint nichts bemerkt zu haben, denn er fragt etwas irritiert: „Warum das denn?"

„Wussten Sie nicht, dass Violet das Fahrstuhlfahren besonders amüsant findet?"

Schlagartig höre ich auf zu atmen und drehe mich zur Seite, sodass Clive mich nicht beobachten kann. Dabei presse ich meine Lippen fest aufeinander, damit ich nicht laut losschreie vor Lachen. Diese Frau ist einfach unglaublich.

„Das wusste ich wirklich nicht", antwortet er kleinlaut.

„Deswegen sage ich es Ihnen ja." Auch wenn ich Grandmas Mimik nicht sehen kann, weiß ich dennoch, dass sie ihn ansieht und dabei bedeutungsschwer über den Brillenrand schielt.

Plötzlich raunt mir Clive mit seiner rauen und tiefen Stimme ins Ohr: „Fahrstuhl?"

Meine Atmung versagt gänzlich und mein Hals ist trocken. Er hat es begriffen und ich bete inständig, dass sich die Erde unter mir auftut. Doch nichts geschieht, nur seinen verführerischen Parfümduft habe ich zu allem Überfluss weiter in der Nase.

***

Clive hat nach Grandmas Offenbarung schnell dafür gesorgt, dass ich in meine Wohnung am Hyde Park komme. Den Fahrstuhl haben wir nicht benutzt und sind stattdessen die Treppen gelaufen. Jetzt sitzt er angespannt in meinem Wohnzimmer, während ich Lou und Amy in der Küche frisches Wasser gebe.
Keine Ahnung, was er jetzt von mir denkt.

Trotzdem bin ich verwundert und einige Dinge geben mir zu denken. Dass Grandma mit Will ohne Ankündigung bei mir in London aufgetaucht ist, kann ich noch nachvollziehen, obwohl es nicht ihre Art ist. Doch als dann auch noch, wie abgesprochen, Clive und Alexander zu meiner *Rettung* eilten, waren das für mich zu viele *Zufälle*. Mit fester Absicht, Clive zur Rede zu stellen, setze ich mich zu ihm auf die Couch und trinke in einem Zug sein mir gereichtes Glas Rum aus.

„Vertraust du mir?", fragt er mich.

„Nein!", sage ich.

„Das ist gut. Und warum trinkst du dann aus dem Glas?"

„Vielleicht vertraue ich dir ein bisschen. Hast du mir etwas in den Rum getan?"

„Das hätte ich tun können", sagt Clive bedeutungsvoll.

„Aber du hast es nicht! Okay, wir hatten jetzt beide unseren Spaß. Das Auftauchen von dir und Alexander war heute kein Zufall und ich gehe sogar soweit, dass Granny und Will ebenfalls zu deinem Vorhaben gehören."

„Du hast recht und ich gebe dir genau …", er sieht mit einer großen Geste auf seine Armbanduhr, „ab jetzt eine halbe Stunde Zeit, deine Koffer zu packen. Wir verreisen!"

„Moment! Ich muss Grandma davon in Kenntnis setzen und wo sollen die Hunde überhaupt hin?"

„Das ist bereits organisiert. Wir fliegen nicht allein. Alles Weitere erfährst du, wenn wir in der Privatmaschine sitzen."

„Oha!", sage ich und lasse die Schultern hängen. Spontaneität ist nicht mein Spezialgebiet.

***

Wohin ich fliege, ist die Frage. Ich war mir sicher, dass mich die Reise nach Rom führt. Doch als die nette Flugbegleiterin mir eine Decke und ein Schlafkissen kurz nach dem Start reichte, wurde ich dann doch stutzig.

„Wir fliegen *nicht* nach Rom?", frage ich Clive, der neben mir sitzt.

„Hat dir jemand erzählt, dass wir das tun würden?"

Clive sieht mich mit seinen dunkelbraunen Augen an und ich versinke darin. Dass ich dabei meine Frage vergesse, kommt erschwerend hinzu. „Nein", sage ich leise und kann meinen Blick nicht von ihm lösen. „Ich dachte, wir holen die restlichen Gemälde."

„Einfach so?", fragt er und hält meinem Blick stand.

„Okay, Clive. Ich habe dieses *Frage-und-keine-genaue-Antwort-erhalten-Spiel* satt ..."

„Und das heißt?" Sein provozierender Blick lässt mich schneller atmen und gleichzeitig löst er Wut in mir aus, weil ich das Gefühl habe, er spielt mit mir.

„Ganz einfach! Ich frage, du antwortest! Bekommst du das hin?"

„Fangen wir an", sagt er und grinst mich verwegen an.

Das ist nicht fair.

Ich zwinge mich zur Konzentration und beginne, chronologisch zu den letzten Ereignissen meine Fragen zu stellen. Dass Clive mich unverändert mit einem verschlingenden Blick ansieht, versuche ich auszublenden.

Das gelingt mir jedoch nur bedingt.

„Also, wir fliegen nicht nach Rom?", ist meine erste Frage.

„Nein!"

„Was ist dann unser Ziel? Jetzt lass mich nicht um jede Antwort betteln", sage ich leicht genervt.

„Der Gedanke gefällt mir aber", murmelt Clive mit einem unverschämten Grinsen um seine Mundwinkel. Er rückt noch etwas näher an mich heran und beugt seinen Kopf in meine Gefahrenzone. Ich merke, wie ich vor Anspannung leicht meinen Mund öffne. Was hat der Mann vor - und kann er bitte diesen verschlingenden Blick abstellen?

Nein!

Er denkt nicht daran und macht einfach weiter.

„Also! Unser Flugziel?", blaffe ich und atme kurz vor Aufregung.

„Kenia!"

„Wir fliegen nach Afrika?", frage ich mit hoher Stimme.

Daraufhin drehen sich Grandma und Will zu uns um, zeigen mit dem Daumen nach oben und schenken mir ein fettes Grinsen. Wieso wissen die beiden, wohin wir fliegen und ich nicht? Mir fehlen die Worte.

„Ja, Kenia liegt auf dem afrikanischen Kontinent", sagt Clive im belehrenden Ton.

„Das überrascht mich", bemerke ich bissig. „Gut! Kenia! Wieso dorthin? Das ergibt doch überhaupt keinen Sinn?"

„Ich hatte vergessen zu erwähnen, dass die ältere Dame in Rom, die mit der Zitronenzucht, du kannst dich erinnern …?"

„Ja, natürlich …"

„Diese Frau besitzt ebenfalls eine Kaffeeplantage in Kenia und dorthin fliegen wir."

„Um Kaffee zu ernten?", maule ich.

„Denk' nach, Violet!", mahnt Clive.

„Die anderen Gemälde sind nicht in Rom, sondern in Kenia. Das wusstest du die ganze Zeit?"

Clive nickt bestätigend.

„Wieso fliegen Grandma und Will mit? Das ist doch viel zu anstrengend für sie."

„Ich glaube, du unterschätzt die beiden. Hast du nicht gewusst, dass Will viele Jahre in Kenia gelebt hat? Sein Vater diente damals in der Armee."

„Kenia war bis 1963 britische Kolonie. Moment, sind die Gemälde etwa Kriegsgut?", frage ich und glaube, die Zusammenhänge bereits zu verstehen.

„Ja, aus dem Krieg zwischen den Deutschen und den Engländern, so Ende des 19. Jahrhunderts um die Vorherrschaft in Kenia. Die Deutschen haben sich damals zurückgezogen und den Engländern das Land überlassen. Als Abfindung spielten unter anderem diese Gemälde eine Rolle."

„Dann ist deine Kaffeeplantagen-Besitzerin eine Deutsche?"

„Ja, eine, die jetzt in Rom lebt, weil sie einen Italiener geheiratet hat."

„Und sie hat dich nach Kenia geschickt?"

„Ja! Ich soll die Gemälde für sie suchen."

„Dann sind ja schon einige Geheimnisse gelüftet. Aber noch nicht alle. Alexander ist zu unserem Schutz dabei?", frage ich und ziehe eine Augenbraue nach oben.

„Ja, und er soll die Gemälde der britischen Regierung übergeben. Sie sind deren Eigentum."

„Und was ist mit der Kirche und der Mafia?"

„Die wollen sie natürlich auch."

„Sind die Gemälde damals offiziell als Kriegsbeute deklariert worden?"

„Soweit ich weiß, gibt es keine beglaubigten Unterlagen. Deshalb ist die Regierung daran interessiert, diese Gemälde so unauffällig wie möglich nach London zu bringen."

„Im Prinzip könnten die Deutschen ebenfalls ihren Anspruch geltend machen, wenn es keinen Beweis der Abtretung gibt."

„Deshalb ist der Fall so brisant. Wir reisen übrigens alle mit gefälschten Papieren."

„Und ohne Hunde, die bei Kate geblieben sind. Ich konnte nicht verstehen, warum wir sie nicht mit nach Rom nehmen konnten."

„Jetzt weißt du es." Clive schenkt mir eines seiner verführerischen Lächeln.

„Deine Schwester ist zu Alexanders Belustigung da?", flüstere ich.

„Zumindest hat sie keinen anderen Zweck zu erfüllen. Außerdem kann sie so zu Hause keinen Blödsinn anstellen."

„Trotzdem sind noch nicht alle Fragen beantwortet", sage ich nachdenklich. „Die chinesische Vase ist noch in deiner Galerie und das wertvolle Gemälde in deiner Wohnung. Was ist ...?"

„Stopp ...", sagt Clive. „Das mit der Vase ist richtig, das Gemälde, nun ja, nicht mehr. Deine Mutter beginnt heute, es zu restaurieren."

„Meine Mutter?", nuschle ich und halte den Atem an. Mein konfuser Blick sucht in Clives Gesicht nach einer Antwort.

„Sie ist gar nicht im Liebesurlaub mit ihrem Lover, sondern arbeitet seit fast vierzehn Tagen für mich ..."

Da ich nicht in der Lage bin, meine Sprache zu aktivieren, lasse ich Clive einfach weitersprechen. „Sie betreut in der Zwischenzeit meine Galerie und ich habe ihr ein Gemälde zur Restaurierung gegeben, dass sie zu meiner vollsten Zufriedenheit wiederhergestellt hat.
Jetzt arbeitet sie getarnt an dem *verschollenen Gemälde*."

„Deshalb hat sie sich die letzten Tage nicht bei mir gemeldet", sage ich gekränkt.

„Daran bin ich schuld", entschuldigt sich Clive.

„Aber dann verstehe ich nicht, warum ich zu Mr. Abraham gehen und ihn um einen Restaurator bitten sollte."

„Nicht?", fragt Clive zweideutig.

Seine Geste löst in mir eine Vermutung aus: „Ich sollte ihn testen?"

„Hmm ..."

„Und er hat nicht bestanden", resümiere ich.

„Das stimmt ...!"

„Doch als ich ihm gestern das Video von dem Gemälde gezeigt habe, ist er vor Nervosität fast geplatzt. Seinen Hemdkragen hat er sich aufgerissen und sein Gesicht war rot vor Anspannung. So regiert man nur, wenn etwas an die Öffentlichkeit dringt, was man verbergen möchte."

„Ich habe sein darauffolgendes Telefonat abgehört."

„Er hat nicht mit der Premierministerin telefoniert, oder?", frage ich vorsichtig. Irgendwie will ich gar nicht wissen, wer es war.

„Kannst du es dir nicht denken?", fragt mich Clive.

„Mr. Joss?", quietsche ich.

„Ja!", knurrt er. „Deswegen wirst du auch morgen keine Entlassungspapiere erhalten."

„Verdammt!", fluche ich. „Aber wieso macht mir Mr. Abraham dann erst ein Angebot, für ihn zu arbeiten? Das verstehe ich nicht."

„Mr. Joss hat ihn in der Hand. Ich weiß nur noch nicht mit was. Phil und Alexander ermitteln schon. Ich denke, es geht um illegale Geschäfte."

„Das heißt für mich, ich bin immer noch an die Behörde gebunden?", grolle ich.

„Phil wird dich dort rausholen, das hat er mir versprochen. Jetzt genießen wir erstmal die Berge von Kenia in den nächsten Tagen", sagt Clive beschwörend und nimmt plötzlich meine Hand. Als ich auf meinem Handrücken seinen Atem spüre, durchströmt mich ein anregendes Gefühl, welches ich seit Daniels Tod nicht mehr gespürt habe. Clives darauffolgender Kuss auf meinem Handknöchel erweckt mein Verlangen nach mehr.

Chapter 25

Clive

Kenia, Kaffeeplantage in den Bergen, 9 Uhr

Mit einer Tasse Kaffee in der Hand, dem Zigarillo im Mundwinkel und einer dunklen Sonnenbrille auf der Nase schlurfe ich auf die Veranda des beeindruckenden Farmhauses. Dort setze ich mich in einen der Korbschaukelstühle und inhaliere den Rauch.

Nach neun Stunden Flug in der Privatmaschine und einem halbstündigen Helikopterflug sind wir am frühen Morgen endlich hier - mitten in der grünen Hochebene von Kenia – angekommen. Keiner von uns hat mit dieser atemberaubenden Landschaft gerechnet, die sich uns vom Hubschrauber aus präsentiert hat.

Am Farmhaus wurden wir dann von einem großen Begrüßungskomitee der Einheimischen in Empfang genommen. Die Angestellten tragen tatsächlich noch diese lange, weiße Tunika und einen Turban, wie früher in der Kolonialzeit. Auch die Einrichtung des einstöckigen Farmhauses hat sich seit dieser Zeit nicht wesentlich verändert. Wie mir ein Angestellter berichtet hat, ist das Steinhaus mit seiner, um diese Zeit typischen Bauweise, um 1880 erbaut worden. In der heutigen Zeit könnte man dieses Haus als eine Art *Finca* bezeichnen.

Hier oben in den Bergen gibt es kein Internet. Leider wussten wir das vorher nicht. Es wurde mir anders mitgeteilt. Jedenfalls müssen wir dafür immer in die nächste Stadt fahren, die jedoch nur einige Kilometer entfernt ist. Ein besseres Versteck für diese wertvollen Gemälde kann man sich wirklich nicht aussuchen.

Mein Blick schweift über den liebevoll angelegten Garten mit den verschieden blühenden Pflanzen und Sträuchern. Hier ist es, als wäre man in die Kolonialzeit zurückversetzt. Jedenfalls fühle ich mich so. Dabei muss ich an den mit mehreren Oscars gekrönten Liebesfilm denken, in dem der Hauptdarsteller zuletzt bei einem Flugzeugabsturz ums Leben kommt und seine Freundin durch den Brand auf ihrer Kaffeeplantage alles verliert. Und genau auf so einer Veranda sitze ich nun und puste den Rauch in Kringeln wieder aus.

Verrückt.

Diese Stille um mich herum ist so was von entspannend und meine Gedanken driften dabei zu Violet ab.

Ich muss zugeben, sie hat mir gestern schon etwas leidgetan. Ausnahmslos alle waren in mein Vorhaben eingeweiht, nur die Hauptdarstellerin nicht. Sie hierher nach Kenia zu verschleppen, kommt einer Entführung nahe und ohne Grannys Hilfe wäre das nicht möglich gewesen. Dass wir uns im Haus ein Zimmer teilen, war keine Frage. Ich hatte ihr angeboten, auf der Couch zu schlafen, aber das wollte sie nicht. Natürlich ist es für uns beide eine komplizierte Situation, aber ich finde, wir gehen ganz gut damit um. Ich werde ihr die Zeit geben, die sie braucht, denn ich möchte mir später nicht den Vorwurf machen müssen, dass ich sie zu irgendetwas gedrängt habe. Außerdem schwirren mir die Bilder von ihrem Überfall noch immer unaufhaltsam durch den Kopf. Trotz allem muss ich zugeben, dass nur Violets pure Anwesenheit mein Kopfkino in Gang setzt und mir dabei keine jugendfreien Filme zeigt. Besonders die Sache mit dem *Fahrstuhl* macht mir zu schaffen.

Plötzlich höre ich Stimmen und drehe mich danach um. Will und Granny erscheinen auf der Veranda. Bei ihrem Anblick reiße ich mir vor Entsetzen meine Sonnenbrille runter und ziehe die Augenbrauen nach oben. „Wo wollt ihr in diesem Aufzug hin?", frage ich.

„Wie, gefällt dir meine Kleidung nicht?", fragt Will und präsentiert sich voller Stolz. Er trägt tatsächlich einen Tropenanzug wie um die Jahrhundertwende. Jetzt fühle ich mich noch mehr in die Kolonialzeit zurückversetzt.

„Er ist von meinem Vater und der, den Granny anhat, ist von meiner Mutter."

„Oha!", sage ich und schnappe nach Luft. Vielleicht sollte ich das mit dem Rauchen doch aufgeben. „Und wo wollt ihr jetzt hin?", will ich wissen und streiche vor Nervosität meine Haare nach hinten.

„Die Gegend etwas erkunden", sagt Will.

„Da draußen gibt es Löwen!", werfe ich fürsorglich ein.

„Wir sind bewaffnet!" Will hält mir stolz sein Gewehr für die Jagd auf Großwild entgegen.

„Ich habe auch eins!", flötet Granny und meine Gesichtszüge erstarren. Violet verfüttert mich an das nächstbeste Löwenrudel, wenn ich die beiden so losziehen lasse.

„Wollen wir nicht lieber zusammen frühstücken und danach mit dem Helikopter die Gegend erkunden?", schlage ich vor.

„Papperlapapp, gefrühstückt haben wir schon und alte Leute sind wir auch nicht, wir können laufen ... und vor den Löwen haben wir schon mal gar keine Angst", krächzt Granny und zieht Will mit sich.

Ich merke gerade, dass mir die Argumente ausgehen. Nicht einmal über Handy sind sie im Notfall zu erreichen. „Wann seid ihr wieder zurück?"

„Spätestens heute Abend!" Will winkt mir mit seiner Waffe zum Abschied glücklich zu und ich winke ohne Waffe – dafür mit schlechten Gefühl in der Magengegend – zurück.

In diesem Zustand findet mich kurz darauf Alexander. „Bekommt dir die Luft in Afrika nicht?", fragt er und sieht mich irritiert an. Ich zeige auf die zwei immer kleiner werdenden Punkte in der grünen Landschaft und berichte ihm, was passiert ist.

„Ich hoffe, sie haben wenigstens einen Kompass dabei", meint Alexander. „Wenn sie bis heute Nachmittag nicht wieder hier sind, suchen wir sie mit dem Helikopter. Gönn' den beiden doch ihren Spaß."

„Violet gibt mich zum Abschuss frei, wenn sie davon erfährt", knurre ich.

„Das glaube ich nicht, so wie sie dich ansieht."

„Wie sieht sie mich denn an?", frage ich neugierig.

„So, wie sie mich nie angesehen hat!" Alexander holt tief Luft. Dann fragt er: „Wie geht es ihr?"

„Um ehrlich zu sein, ich habe keine Ahnung. Als wir hier angekommen sind, ist sie vor Erschöpfung sofort ins Bett gefallen und jetzt schläft sie noch immer."

„Und wo waren deine Hände?" In Alexanders Augen lodert die Neugier.

„Unter meiner Decke. Und deine? An meiner Schwester, nehme ich an."

Alexander bleibt mir die Antwort schuldig, aber sein befriedigendes Lächeln sagt mir alles. Und in diesem Moment höre ich Absätze auf dem Steinfußboden klacken und „Schaaatz?" rufen. Meine Schwester ist im Anmarsch.

Sofort schmeißt sie sich auf Alexanders Schoß und betrachtet mich mit einem herausfordernden Grinsen. „Wo ist denn die Frau deiner schlaflosen Nächte?"

„Sie erntet schon den Kaffee!", sage ich bissig und hoffe, Sammy versteht, dass ich in Gegenwart von Alexander nicht über meine Gefühle reden möchte.

„Huch, dann gehe ich ihr mal helfen", flüstert Sammy, steht auf und verschwindet wieder im Haus. Alexander sieht mich von der Seite an, aber ich reagiere nicht auf ihn.

„Hast du eine Ahnung, wo wir anfangen zu suchen?", fragt er mich und zündet sich eine Zigarette an.

„Du meinst nach den Gemälden?"

Natürlich, nach was denn sonst.

Was für eine blöde Frage von mir. Ich habe es bis jetzt vermieden, Alexander von der Existenz des in meinem Besitz befindlichen Gemäldes zu erzählen. Ich weiß nicht warum, aber irgendetwas hindert mich daran.

Das erste Gemälde wurde laut Aussage von Mrs. Pavaron damals versteckt unter den Dielen im Farmhaus gefunden, bevor es nach Rom gelangt ist. Übrigens ist Mrs. Paravon die alte Dame aus Rom.

„Ich schlage vor, wir fangen im Haus an", beginne ich. „Außerdem habe ich Informationen, dass hier auf dem Gelände kleine Unterkünfte für die Landarbeiter existieren sollen. Dort könnten sie ebenfalls sein."

„Haben wir einen Bebauungsplan?", will Alexander wissen und kratzt sich nervös hinterm Ohr.

„Nein. Ich habe nur Satellitenaufnahmen und auf denen ist aber nicht wirklich etwas zu erkennen."

„Das heißt, wir segeln in unbekannten Gewässern."

„So ist es. Ich buche für morgen den Helikopter und damit fliegen wir dann das gesamte Gelände ab. Will soll sich mal mit den Einheimischen anfreunden, vielleicht wissen die etwas oder können uns wichtige Informationen liefern. Natürlich nicht über die versteckten Gemälde, sondern über die Gepflogenheiten hier im Haus. Damit könnte man dann bestimmte Verhaltensmuster analysieren."

„Einen Versuch ist es auf alle Fälle wert. Und was machen wir heute?"

„Sobald Violet wach ist, durchsuchen wir das Haus. Ich habe verschiede Geräte zur Ortung von Gegenständen im Gepäck."

„Irgendwie fühle ich mich in eine andere Zeit zurückversetzt", sinniert Alexander vor sich hin.

„Ich dachte schon, ich bin der einzig Verrückte hier", sage ich und trinke den letzten Schluck Kaffee, der mittlerweile kalt ist, aus.

***

Alexander ist in der Zwischenzeit wieder ins Haus gegangen und ich genieße diese atemberaubende Stille, die mich umgibt. Der plötzlich auftretende, mit orientalischen Düften angehauchte Luftzug veranlasst meine Mundwinkel, sich zu einem verführerischen Lächeln zu verziehen. „Guten Morgen", sage ich, ohne mich umzudrehen, denn ich weiß, wer hinter mir steht.

„Den wünsche ich dir auch. Ist das schön hier und so eine Stille", schwärmt Violet und läuft barfuß in den Garten hinaus.

Die Sonne zeichnet eine Silhouette von ihrer schlanken Figur und durch das lange weiße Kleid wirkt Violet eher feenhaft. Sie so zu sehen, ruft in mir den Wunsch wach, sie in meine Arme zu reißen und leidenschaftlich zu küssen.

Tatsächlich stehe ich auf und gehe zu ihr. Statt sie jedoch zu umarmen, stelle ich mich nur eine Fingerbreite hinter sie. Sofort kann ich beobachten, wie sich ihr Brustkorb anhebt und sie schwer atmet. Ihr Parfümduft gepaart mit dem angenehmen Geruch ihrer Haare zwingt mich, für einen Moment die Luft anzuhalten. Zwei

Atemzüge später taste ich vorsichtig nach ihrer Hand und als sie diese nicht wegzieht, halte ich sie in meiner fest.
Der erste Schritt ist getan.
Jetzt traue ich mich, nach einer kurzen Pause von hinten meinen Arm um Violets Hüfte zu legen und dabei wird ihre Atmung schneller. Bevor ich jetzt etwas tue, was sie nicht möchte, flüstere ich ihr ins Ohr: „Geht es dir gut?"
„Sehr gut", sagt sie leise und ihr Körper drückt sich leicht an meinen.
Überaus glücklich über ihre Aussage, drehe ich sie zu mir um und nehme ihren Kopf in meine Hände. Ihre wunderschönen Gesichtszüge und die strahlend blauen Augen nötigen mich förmlich, diese Frau endlich zu küssen. Ich beuge mich zu ihr und plötzlich trötet es hinter uns: „Brüderchen, wo hast du …?"
Ich schließe vor Verzweiflung, Wut und Enttäuschung die Augen und Violet fängt an zu kichern. „Bin ich froh, dass ich keine nervigen Geschwister habe."
Jetzt muss ich auch lachen und drehe mich zu Sammy um. Diese flötet sofort los, dass es ihr leidtut und sie wirklich nicht stören wollte.
„Du hast es vermasselt!", knirsche ich. „Was willst du?", setze ich genervt nach.
„Ich suche die Autoschlüssel für den Jeep. Dir wurden sie doch heute früh von einem Angestellten übergeben."
„Die liegen in *unserem* Zimmer", sage ich und sehe Violet dabei an. Mir entgeht das plötzliche Funkeln in ihren Augen nicht.
„Wo wollt ihr denn hinfahren?", will ich wissen.
„Uns die Umgebung und die Stadt ansehen."
„Das könnte interessant werden", bemerkt Violet und sieht mich fragend an.
„Sollen wir mitfahren? Wir haben noch nicht gefrühstückt", werfe ich als Gegenargument ein.
„Ja, stimmt! Dann fahren wir später. Es gibt doch nicht nur einen Jeep hier, oder?"
„Um ehrlich zu sein, ich habe nur für ein Auto die Schlüssel."
„Auch egal. Sag' mal, wo sind eigentlich Granny und Will?"
„Spazieren!", platze ich sofort heraus, greife nach Violets Hand und ziehe sie mit mir.

Eine Viertelstunde später sitzen wir allein am Frühstückstisch auf der Veranda und genießen die Ruhe um uns herum. Natürlich schweigen wir uns nicht an, sondern wir plaudern über banale Dinge. Plötzlich sind wir, wie auch immer wir darauf gekommen sind, bei dem Thema *Kinder* angelangt.

„Warum hast du keine?", will ich von Violet wissen. Ich lehne mich in meinem Korbstuhl zurück und beobachte sie gespannt. Ihre Körperhaltung bleibt dabei die gleiche, das heißt, ihr macht das Thema nicht so zu schaffen wie Sammy.

„Daniel konnte keine Kinder zeugen und eine Adoption kam für ihn nicht in Frage. Also war das Thema für uns schnell erledigt."

„Ähm, das klingt sehr abgeklärt", sage ich und sehe Violet aus schmalen Augen an.

„Ja, aber was sollte ich tun? Daniel Vorwürfe machen oder ihn mit einer Adoption nerven? Ihm machte das Thema genug zu schaffen und in diese offene Wunde wollte ich nicht immer wieder hineinstechen. Natürlich hätte ich gern ein Kind gehabt. Mit Daniels Tod hat sich plötzlich alles geändert und ich habe über eine künstliche Befruchtung nachgedacht. Aber mein emotionaler Zustand war einfach nicht stabil genug für eine solche Entscheidung. Und jetzt bin ich mit neununddreißig zu alt für ein Kind."

„Findest du?", sage ich zögerlich. „Ich glaube, du wärst eine tolle Mutter geworden."

„Lenk' nicht von dir ab", sagt Violet. „Warum hast du keine Kinder?"

„Du hast doch Emma kennengelernt. Würdest du mit dieser Frau Kinder wollen?"

„Ich schon mal gar nicht", lacht Violet. Doch dann wird sie ernst. „Wolltest du keine Kinder?"

„Also, ich hätte nichts dagegen gehabt. Aber sie war einfach die falsche Frau für diese Verantwortung. Deshalb habe ich genauso wie du das Thema für mich irgendwann abgeschlossen."

„Jetzt hat jeder von uns einen Hund", bemerkt Violet und sieht an mir vorbei in die atemberaubende Landschaft.

Denken wir beide gerade in eine gemeinsame Richtung?

„Ich stelle mir gerade Granny und Will als Babysitter vor", sage ich und muss herzlich lachen. Violet verschluckt sich vor

Schreck an einem Bissen Brot und prustet über den Tisch.

Mühevoll schlingt sie den Rest runter und quietscht: „Das Kind würde zur Geburt in eine Piratenflagge eingewickelt und mit Rum großgezogen werden."

„Irgendwie gefällt mir der Gedanke", sage ich und Violet schenkt mir für meine Worte einen bejahenden Blick.

***

Nach dem ausgiebigen Frühstück haben Violet und ich beschlossen, uns auf dem Gelände etwas umzusehen. Wir dachten, dass wir so schon diese seltsamen Unterkünfte der Plantagenarbeiter entdecken würden.

Stattdessen aber fanden wir in hoher Stückzahl bis zu fünf Meter hohe Kaffeepflanzen. Diese majestätischen Gewächse mit ihren leicht glänzenden dunkelgrünen Blättern und den weißen duftenden Blüten oder den Kaffeekirschen hinterließen bei uns einen bleibenden Eindruck.

Als wir nach einem einstündigen Spaziergang, den wir wie selbstverständlich Hand in Hand absolvierten, wieder zum Farmhaus zurückkehren, waren wir immer noch allein.

Eigentlich der beste Zeitpunkt, Violet endlich zu küssen, ohne dass uns jemand stören würde. Doch uns treibt beide eine innere Unruhe wegen der verschollenen Gemälde an.

Alexander und Sammy waren anscheinend in die Stadt gefahren und von den Angestellten ist ebenfalls weit und breit niemand zu sehen.

Ein verdächtiger Zustand!

„Wo sollen wir anfangen zu suchen?", fragt Violet plötzlich und holt mich mit ihrer Frage aus meinen Gedanken.

„Mit den Gästezimmern", schlage ich vor. „Und danach systematisch von Zimmer zu Zimmer."

Wir einigen uns darauf, dass Violet sich die Gemälde an den Wänden genauestens ansehen und ich mich um die baulichen Gegebenheiten kümmern würde. Jede Holzdiele, auf der wir laufen und die ungewöhnliche Geräusche oder Bewegungen macht, gerät so in mein Visier. Ich klopfe also die Wände ab und sobald ich auf einen Hohlraum stoße, bohre ich mit einem kleinen Bohrer ein winziges Loch in die Wand oder den Boden, schiebe eine Kamera hindurch und kann über meinen Laptop in das Innere des Hohlraums sehen.

Violet hat in unserem Gästezimmer ein verdächtiges Gemälde entdeckt. Nach einem riskanten Kratztest und einer Schnellanalyse der Farbzusammensetzung hat sie herausgefunden, dass sich darunter noch ein Gemälde befindet, aber die Leinwand aus dem zwanzigsten Jahrhundert stammt. Trotzdem werden wir es in London mit dem Röntgengerät genauestens untersuchen.

„Wie viele Zimmer hat dieses Haus eigentlich?", will Violet wissen.

„Nach meinem Wissen sind es mit den Wirtschaftsräumen zehn Stück."

„Die alle zu durchsuchen, dafür brauchen wir mindestens eine Woche", bemerkt sie entsetzt. „Außerdem gibt es so
viele versteckte Ecken und Winkel, dass ich Angst habe, wir übersehen etwas."

„Aber eine andere Alternative haben wir nicht!"

„Lass' uns das ehemalige Wohnzimmer durchsuchen", schlägt sie vor. „Wenn man wirklich etwas Wichtiges verstecken will, dann doch dort, wo man sich oft aufhält."

„Also für Leichen gilt deine Vermutung nicht", werfe ich ein.

„Da ist man froh, wenn sie für immer verschwinden."

„Du scheinst damit Erfahrung zu haben", bemerkt Violet mit spitzer Zunge.

Plötzlich gibt unter mir eine Diele nach und mit zwei Handgriffen kann ich sie entfernen. Darunter finde ich eine von Holzwürmern zerfledderte Bibel. Beim Durchblättern fällt mir auf, dass sie Ende des 19. Jahrhunderts gedruckt wurde. Sie ist nicht wirklich wertvoll, weil es von diesen Ausgaben eine Menge gut erhaltener Exemplare gibt, also lege ich sie ehrfürchtig wieder zurück und befestige die Diele darüber.

Violet sitzt derweil im Schneidersitz in der Mitte des Wohnraums und ich verfolge ihren Blick.

„Siehst du diese weiße Holzverkleidung, die sich um den oberen Teil des Raums zieht?", fragt sie.

„Die ist nicht zu übersehen", sage ich und meine Gedanken driften beim Anblick ihrer braunen Beine in eine ganz andere

Richtung ab.

Plötzlich dreht sie sich zu mir um und bemerkt meinen gierigen Blick. Dem hält sie nur für Sekunden stand und dreht sich dann wieder weg.

Enttäuscht lasse ich die Luft aus meiner Lunge entweichen und suche den Boden weiter nach losen Dielen ab. Meine darauffolgende Entdeckung lässt meinen Puls in dreifacher Geschwindigkeit durch meine Adern fließen.

Denn ich starre auf lilafarbene Fußnägel.

Violet steht direkt vor mir. Als ich aufsehe, blicke ich in ihre Augen und diese sind so tiefblau, dass kein einziger Farbtupfer mehr zu erkennen ist. Ich wüsste in diesem Moment keinen einzigen Grund, der mich daran hindern würde, diese Frau zu küssen. Mit dem Zeigefinger streiche ich ihr eine ins Gesicht fallende Haarsträhne zur Seite. Mein rechter Daumen fährt dabei über ihre wohlgeformten Lippen und als sie dabei leicht den Mund öffnet, beuge ich mich zu ihr und hauche ihr einen Kuss darauf. Mich überrollt dabei ein wohltuender Schauer und Violet stöhnt leise auf. Dieses Stöhnen entfacht in mir die unterdrückte Begierde und ich nehme ihren Kopf zwischen meine Hände und sauge zärtlich an ihrer Lippe. Ich spüre ihren schnellen Atem und als sie leicht an meinen Haaren zieht, weiß ich, dass ich sie fordernder küssen darf. Sofort sucht meine Zunge den Einlass in ihren Mund und wir verschmelzen zu einem der leidenschaftlichsten Küsse, den ich je hatte. Irgendwann packe ich sie und hebe sie hoch. Violet schlingt ihre Beine um meine Hüfte und ich drücke sie an die Wand. Unsere Küsse explodieren förmlich und ich weiß nur eins – ich will jetzt und sofort diese Frau lieben.

Aber wie sollte es anders sein, höre ich das Geräusch eines herannahenden Jeeps. Wenn das jetzt wieder meine Schwester ist, dann verbuddle ich sie eigenhändig unter den Kaffeepflanzen.

„Hallo? Ist hier jemand?", ruft eine männliche Stimme plötzlich und wir hören, wie eine Autotür zuknallt wird. Sammy hat noch einmal Glück gehabt.

„Wer ist das denn?", fragt Violet misstrauisch und lässt von mir ab.

„Ich habe ihn nicht bestellt!", bemerke ich grimmig und greife zur Pistole an meinem Knöchel. Mit einem Handgriff habe ich sie gelöst und behalte sie zur Vorsicht hinter meinem Rücken versteckt. Mit Violet zusammen gehe ich dem unbekannten Besucher entgegen.

***

Auf der Veranda wartet ein uniformierter Einheimischer auf uns. „Guten Tag. Bitte entschuldigen Sie die Störung", begrüßt er uns. „Ich suche einen Mr. Clive Henderson."

„Er ist nicht hier!", antwortet Violet schroff. „Was wollen Sie von meinem Bruder?"

Kluges Wendemanöver.

Ich beschließe, mich aus dem Gespräch möglichst rauszuhalten, um somit nicht meine Identität zu verraten.

„Können Sie mir sagen, wann er wieder zurück ist?", fragt der Einheimische.

„Nein, leider nicht. Er ist mit seiner Freundin in die Stadt gefahren und ich habe keine Ahnung, wie lange das noch dauern wird." Violet zuckt mit ihren Schultern und drückt damit ihr Bedauern aus.

„Ich habe hier ein wichtiges Einschreiben für Mr. Henderson. Vielleicht können Sie es entgegennehmen?"

„Natürlich! Von wem ist es denn?"

„Der Absender ist eine italienische Behörde. Mehr weiß ich leider auch nicht."

„Wir haben dort Verwandtschaft", erklärt Violet und drängt ihn, ihr den Brief auszuhändigen. Er lässt sich den Erhalt bestätigen und steigt daraufhin wieder in seinen Jeep.

Wir warten so lange, bis er außer Sichtweite ist und setzen uns danach in die Korbstühle auf der Veranda. Meine Pistole lasse ich wieder in das Halfter am Knöchel verschwinden und sage mit tiefer Stimme: „Jetzt wird es langsam kompliziert."

„Ja! Woher wissen die Italiener, dass du hier in Kenia bist? Wir sind doch heute früh erst angekommen. So schnell ist keine Post der Welt." Violet reicht mir den Brief und ich sehe ihn mir genauer an. Darauf ist weder ein Poststempel noch ein Absender zu finden. Nervös trommle ich mit den Fingern auf den Holztisch und weigere mich, ihn zu öffnen.

„Soll ich es machen?", fragt Violet, die mich die ganze Zeit beobachtet. Genau in diesem Moment reiße ich den Umschlag auf und ziehe ein weißes bedrucktes Blatt Papier raus.

„Das ist eine ausgedruckte E-Mail", sage ich und betrachte den Brief kritisch.

„Dann ist schon mal geklärt, wie der Brief so schnell in Kenia ankommen konnte. Und was steht drin?"

„Das willst du nicht wirklich wissen", knurre ich und lese mit großem Entsetzen den Inhalt durch.

„Jetzt spann' mich nicht so auf die Folter!"

„Meine angebliche Tante in Rom ist auf *unerklärliche* Weise verstorben und man bittet mich, für die Beerdigungszeremonie nach Italien zu reisen, um die Formalitäten zu erledigen." Das ist die Kurzform des Briefes und ich reiche ihn Violet. „Wer es auch war, Mrs. Pavaron ist ermordet worden", grolle ich.

„Nur wer weiß überhaupt, dass du hier in Kenia bist? Weder Kate noch meine Mutter werden etwas verraten haben, oder?" Violet sieht mich mit großen Augen an.

„Sie wissen nicht, wo wir sind. Ich tippe auf die Familie Casa oder der Geheimdienst hat irgendwelche Informationen herausgegeben."

„Du machst mir Angst, Clive. Alexander arbeitet für den Geheimdienst ..."

„Ich weiß ..."

„Vielleicht wurde die alte Dame vor ihrem Tod gefoltert und hat preisgegeben, dass du nach Kenia willst", lenkt Violet ab.

„Das könnte auch sein. Auf alle Fälle müssen wir so schnell wie möglich diese Gemälde finden und nach Rom reisen. Ich will wissen, was dort wirklich vorgefallen ist."

„Dann lass' uns jetzt besser hinter die Holzverkleidung im Wohnzimmer sehen. Vielleicht sind dort die Gemälde versteckt."

„Eigentlich wollte ich mich nicht um die Gemälde kümmern, sondern um dich", sage ich mit einem verführerischen Grinsen im Gesicht.

„Die Idee finde ich durchaus reizvoller", antwortet mir Violet und nur einen Atemzug später sitzt sie auf meinem Schoß und ich spüre ihren heißen Kuss auf meinen Lippen.

Für einen Moment vergessen wir uns und geben uns unserer Leidenschaft hin.

Doch ohne, dass wir uns abgesprochen haben, kehren wir irgendwann in das Wohnzimmer zurück und mein kritischer Blick sucht die weiße Holzverkleidung ab. Direkt über den bodentiefen Fenstern steht die Verkleidung mindestens zehn Zentimeter weiter vor als im Rest des Raumes.

„Ich brauche einen Stuhl", sage ich.

Violet scheint die gleichen Gedanken zu haben, denn sie steht damit bereits hinter mir. Sofort steige ich darauf und bohre für den Einlass der Kamera ein kleines Loch in die Verkleidung. Violet hält in der Zwischenzeit den Laptop und als ich die Kamera einführe, höre ich von ihr: „Du heilige Scheiße. Ich kann zwar nicht sehen, ob das die gesuchten Gemälde sind, aber auf alle Fälle liegen dort oben zusammengerollte Pergamente."

„Dann müssen wir die Verkleidung abreißen", beschließe ich.

„Das kannst du nicht einfach machen", wirft Violet ein.

„Warum nicht? Ich glaube, Mrs. Paravon hat mich als ihren Erben eingesetzt und somit gehört dieses Anwesen mir. Also kann ich damit machen, was ich will."

„Hat sie keine Verwandten?"

„Mir gegenüber hat sie ausdrücklich erwähnt, dass von ihrer Familie niemand mehr lebt. Und Kinder hatte sie keine. Violet, die Frau war zweiundneunzig."

„Dann wirst du schon so alt und sie nehmen dir einfach das Leben. Wie makaber."

„Stimmt. Wo bekomme ich denn jetzt Werkzeug her?", fluche ich.

Irgendwie ist mir die Motivation für die Suche nach den Gemälden verloren gegangen. Erst hat es Joseph wegen der chinesischen Vase erwischt und jetzt noch Mrs. Paravon. Fluchend laufe ich in die Küche und suche mir zwei dicke Fleischmesser. Mit denen müsste ich die Verkleidung etwas lösen können und sollte sich wirklich dieser wertvolle Fund dahinter verbergen, dann brauche ich sowieso das passende Werkzeug dafür.

Mit Groll im Bauch steige ich wieder auf den Stuhl und Violet gibt mir – mit dem Blick auf die Kamera - Anweisung, welche Holzpaneele ich entfernen soll. Vor Aufregung merken wir nicht, was um uns herum passiert und erst, als wir das Entsichern von

Waffen hören, stockt uns der Atem und wir tauschen entsetzte Blicke aus.

„Ich merke, wir erscheinen zum richtigen Zeitpunkt!", raunt eine männliche Stimme und der höhnische Unterton hallt durch den gesamten Raum.

Fortsetzung folgt

DANK

Als Erstes danke ich meiner Tochter Tiffany, die mich bei der Charakterisierung der Hauptpersonen auf die abenteuerlichsten Ideen gebracht hat.

Meinen Eltern gilt ebenso mein Dank. Ohne ihre Hilfe hätte ich mein Wirtschaftsstudium wohl abgebrochen und wäre heute nicht da, wo ich jetzt bin. Außerdem hat der Glauben an mich mir viel Kraft verliehen.

Das grandiose Cover habe ich meiner ersten großen Liebe aus der Grundschule zu verdanken. Jens, ich bin so stolz auf deine Arbeit.

Bekim Resing, Inhaber der *Galerie B* in Bocholt, danke ich für seine kompetente, fachmännische und unterstützende Beratung.

Bei Daniela Humblé und Katja Kühn möchte ich mich für das hervorragende Lektorat bedanken.

Für die Bearbeitung meines Manuskripts danke ich feinst@in 360, Daniel Sommer und Jens Bachmann für die professionelle Unterstützung.

Nicht zu vergessen meine grandiosen Erstleserinnen Silke Gruner, Diana Schlegel, Martina Giesing-Tekampe, Stefanie Süselbeck, Liesa Siebke, Julia Raasch und Erstleser Gottfried Heidenfelder. Ich danke euch für eure konstruktive Kritik und die daraus entstandenen Diskussionen.